聽 海湧
Three Tears in Borneo

歸來

製作全紀錄

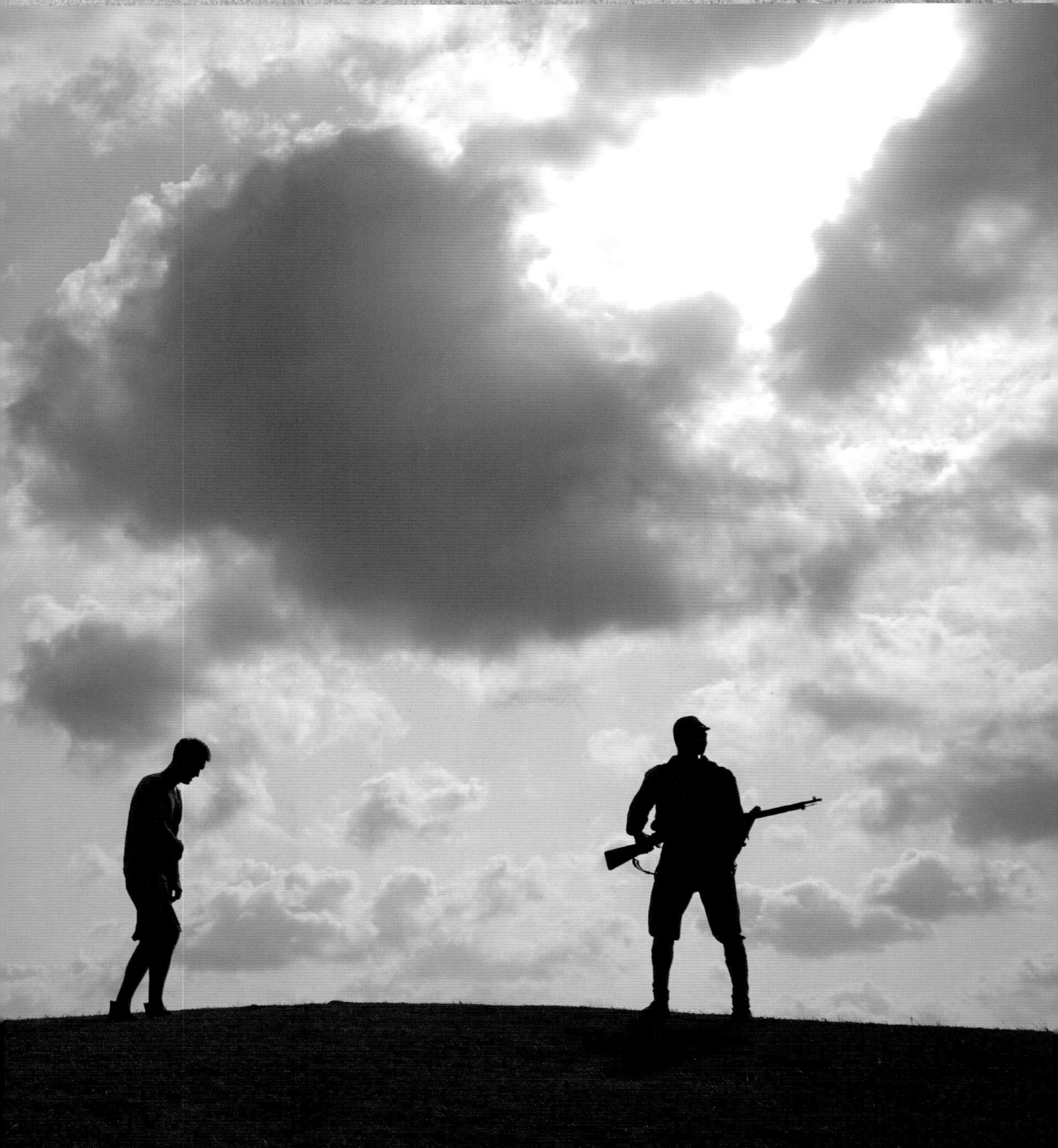

【第一章】CHAPTER 1

荒地戰場上的世界觀

面向歷史的傷瘢

在陌生的異鄉，能怎麼找尋認同？在殘酷的戰場，該如何保有善良？以戰時的南洋婆羅洲為背景，烽火荒地之上，人心亦焉戰場——公視歷史劇集《聽海湧》，在短短五集的篇幅之內，演繹了時代的創傷、國族的命運，以及在別無選擇的絕境戰火下，身而為人仍能做出不同的選擇。

在公視二〇二〇年的迷你劇徵案中拔得頭籌的《聽海湧》，帶著看上去絕對不夠用的預算，和向來冷門的歷史題材，這支「毋驚死」的劇組隊伍，竟說服了所有評審、從眾多偶像劇、穿越劇等提案裡拔萃而出，成為唯一獲得青睞的時代劇種。公視節目部經理、本劇監製於蓓華形容，這是一份「馬上教人掉進陷阱」的企劃案，充滿新鮮、奇特的美學氣味，「《聽海湧》是一支年輕的團隊，從導演、工作團隊到主角演員都非常年輕，他們沒有業界的窠臼、沒有那些難以下嚥的陳腐味，在遴選階段時就吸引了評審的好奇心——這群年輕人究竟發生了什麼事啊？怎麼可以這麼勇敢？再加上當時預算有夠少，不過就一千六百萬，簡直是一架自殺式飛機！但是我們確確實實地從他們眼中看見了一份渴望、渴望著面向那一段最難以言說的臺灣歷史，所以，我們就勇敢一回！」

關於各種現實的挑戰，製作人林佳儒可說最了然於胸，作為甫始便與導演共同發展計畫案、乃至全程參與投案的創始者，林佳儒形容，《聽海湧》是「做得很大、但預算很小」的一個夢，「《聽海湧》是一個很年輕的團隊，要拿到大筆預算本來就有難度，第一次挑戰擔任製作人，我的角色是控制每個項目的預算，若無法拍出理想的效果，便得去衡量止損點何在。但我的感觸是，如果真的止步於預算，最後只會證明我們太年輕、沒經驗、所以拍不好，如果我們無法做出一點超出實際能力的事，只會證明自己能力真的不夠。」

二〇一八年，導演孫介珩參加臺北電影節「VR工作坊」，於一周內利用VR技術進行故事提案，並以《在投降的前一刻爆炸（Fire in the Hall）》贏得大獎，而有了後來醞釀《聽海湧》的起因，「那次工作坊地點在中山堂，我想，假如可以配合場地就地發想腳本，應該會滿好玩的吧！」

一九四五年十月二十五日早上十點，臺北公會堂（現臺北市中山堂）舉行受降典禮，投降方代表為日本在臺總督兼第十方面軍司令官安藤利吉，受降方代表則

2018 年臺北電影節「VR 工作坊」在臺北市中山堂（原臺北公會堂）舉行。

1945 年 10 月 15 日，日本在臺北公會堂向二戰同盟國投降。圖片來源／維基百科

是臺灣省行政長官陳儀，「我們都在歷史課本上讀過日本戰敗的記述，但當時臺灣人的身分認同已經深受日本的殖民政策影響，這樣長期的認同不可能在短時間內改變，所以我開始對這類題材感興趣，譬如從史料上看見了當時的臺籍日本兵，日本投降後，他們一夜之間成了戰勝國的國民，過程中又涉及到軍事審判等等，讓我不禁好奇：這些人後來怎麼了？有沒有回到臺灣？」

孫介珩認為，從以前到現在，臺灣一直都存在「認同」的難題，國族的撕裂，身分的轉移，無時無刻不在挑動臺灣人的敏感神經，「我從何而來？我到底是誰？就算問出了口，也不一定有答案。戲劇主要訴諸『衝突』，『認同』則是最具衝擊性的

為拍攝新海三兄弟搭船隨日軍出征的場景，劇組將停泊在安平港內已退役的德陽艦局部改裝為二戰末期日本松型驅逐艦。

議題，戰爭更是引發最極端的生存危機。」

《聽海湧》製作期間，疫情猛獸般撲來，幾乎所有產業都遭受了劇烈的衝擊，現代文明與病毒之間的戰爭如火如荼，情勢並不樂觀，而這齣迷你劇集在硝煙烽火之中，以一齣非主流的時代劇之姿，堅韌地倖存了下來，要在眾觀者的眼球上粉墨登臺。

原始叢林中的人性辯證

從導演的立場來看，一齣戲劇的美學結構，得等到真正把戲做好做完，才能去握取其中的深層脈絡，「美學是累積的，並不是剛開始就給出各種完整的設定，至少這齣戲是這樣。我自己傾向把故事、角色和歷史事實慢慢捏在一起來形塑美感，後來有製作人給了我們很多關於畫面上必要的提示，強烈建議劇組親赴婆羅洲，帶回當地的聲音、光影和空氣，再來著手創造鏡頭，這樣之後，才能具體去掌握這齣戲到底要讓觀眾看見什麼。」──孫介珩說。

孫介珩提到的製作人，即是瀚草文創董事長、現於政大廣電系兼任的湯昇榮，他深知若要拍出一齣夠真夠強的作品，非得親涉現場不可，「婆羅洲的自然生態非常獨特，而《聽海湧》的故事背景如果放在婆羅洲，必須要讓觀眾有體感，感受到婆羅洲的生態樣貌、環境氣氛、甚至是空氣的味道，用場景來說故事。」

彼時疫情仍未明朗，製作暫停，在湯昇榮的積極鼓勵下，導演和主創共五人，在

1. 為參加 2021 年金馬創投會議尋找資金，藝術指導廖惠麗領軍完成的 50：1 模型圖。
2. 模型打造了整個場景的建築物位置、形式、材質，掀開屋頂還能看到內部的格局與陳設，甚至周圍包覆的雨林樹種，都是有經過討論與設計。
3. 模型完成後，導演孫介珩、攝影師王淳宇、美術指導李薇時常圍著戰俘營模型討論空間與分鏡。

1. 婆羅洲象，又名侏儒象，是世界上體型最小的大象。
2. 在波羅洲山中巧遇鬚豬母子。
3. 馬來犀鳥，體型較大，尾巴長而重，只棲息在雨林高處。
4. 長鼻猴，棲息於婆羅洲岸邊的紅樹林、沼澤及河畔的森林，以樹葉為主食。

二〇二二年六月，飛去了北婆羅洲。

北婆羅洲的一切，確實帶給主創們很大的震撼，在旅途中認真搜集各式資料的同時，也感受這個充滿各種感官元素的環境——完全不同於臺灣的森林面貌、各種動物與昆蟲，還有多元且複雜的原住民族群。《聽海湧》的舞臺，因為這趟旅程，而顯得更加具體且清晰。

至於劇中人物在異鄉戰地上，必須面臨、承擔的生存危機和陌異孤獨感，也和婆羅洲的當地環境相互對應，「像是三位主角、臺籍日本兵的少年們，他們在對這世界尚未理解時就置身異地，無論氣候、語言、種族、生活習慣，都面臨巨大的差異，而戰爭是人類最極端的生存狀態，處在極端環境下，個體的孤獨該如何表現？我與主創們就這件事討論了很久，大多時候，要呈現人的極端狀態，會選擇藉由演員誇張、戲劇化的面部表情來展現，但《聽海湧》則選擇了另一種方式：在情感張力最強大的場景中，去看見世界真正的樣子，而動物可以做為建立環境氛圍的必要配置，像是婆羅洲的巨蟻陣列、無辜的長鼻猴、憤怒的野豬、泛淚的象眼，鏡頭分別給予牠們特寫，去指涉戰爭情境下各式各樣的混亂、無助、困頓、徬徨。」孫介珩說。

北婆羅洲巴哥國家公園（Bako National Park），熱帶雨林的各種地貌、植被和氣候，帶給劇組主創們各種深刻的震撼與靈感。

戰爭，是最精采絕倫也最悚然觸骨的人性舞臺，在隨和寧靜的自然環抱中，清晰映見人性的辯證與拉鋸，從而建立人與自然、自我與他者的對話起始點。畢竟，唯有在澄澈無缺的月光下，才能夠從茫茫黑夜裡，清楚地辨析出自身的形影。

從海上來的人

彷彿為了呼應劇名「聽海湧」，阿遠、阿輝與德仔三人家鄉的海岸，在全戲裡反覆透過人物的意識流出現，劇情結尾更以阿遠跨海歸國作為結局基調，相對於山野的原始和野蠻象徵著各種外部危機，大海的象徵性似乎更傾向人物內心的情緒軸線，「拿山與海來相比對照的話，海可以說是『家』的概念，越靠近海，越靠近家，而越是靠近山，角色身處的困境和膠著則更難以逃脫，前面提到的挖山洞也是這樣，越往內陸挖掘，越感到被困住，但其實山與海之間存在著一大片廣闊的熱帶雨林，足以容納許多當地元素。整齣戲裡從頭到尾放了很多北婆羅洲獨特的空景、動物、植物、原住民等等元素進去，建構起整體世界觀，這個世界觀的作用，首先是讓觀眾不去意識到戲其實是在臺灣拍的，較高層次的功能則是讓觀眾感受角色遭遇的事件和衝突，在主線故事發展之下，人是在怎麼樣的環境裡求生。」孫介珩說道。

不過，孫介珩的知識背景，讓他對每個元素的設置皆持以思慮，「歷史學訓練出身的人對於標籤化、貼標籤這件事有很高的敏感度，我會不斷思考：加進這個元素之後，對劇本身的幫助是什麼？我們一行人去北婆羅洲，除了拍了很多空景、動物，也體驗到在山裡迷路、被救援隊呼叫是怎麼一回事，當你真正感受到困境的存在，在家鄉和陌生的困境之間，置入這些自然狀態的元素其實是有效的，原住民也是如此，幾百幾千年來山林就是他們的家，其他外來者全部都是過客而已，就算你讓軍隊占領這座山，你能占領多久？即使加入當地原住民的戲分可能會招致刻板印象，我還是認為這個元素相當重要。」

新海輝在森林中迷路，遇到一位伊班族（Iban）獵人，兩人一起經歷了一段奇幻旅程。

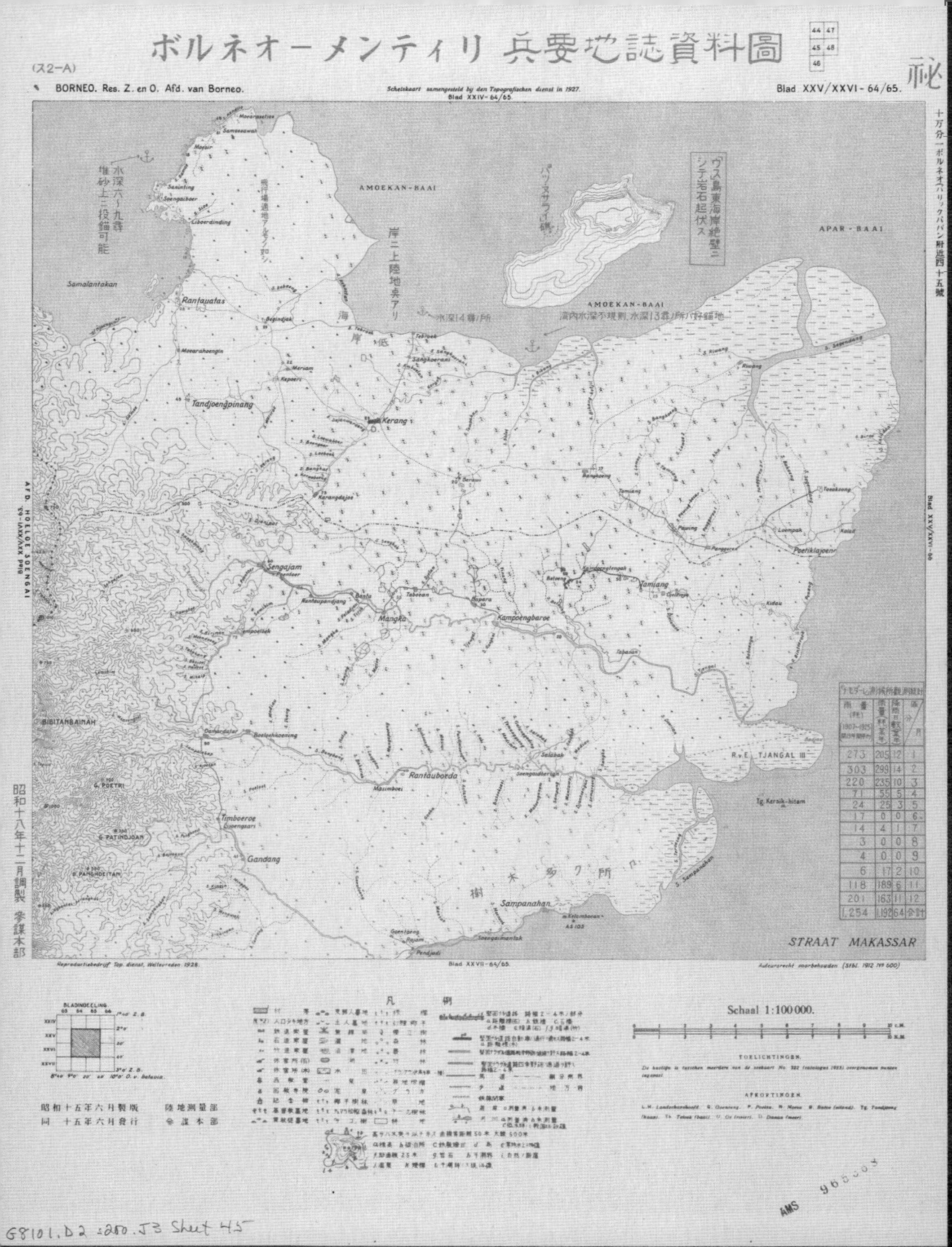

美術組依照劇本內容、日軍地圖與田野調查的結果，創造了一個符合故事裡世界觀的婆羅洲局部地圖。

「北婆羅洲俘虜收容所第五分所」氛圍圖，所有的故事，都發生在這個十棟房舍組成的小型戰俘營裡面。氛圍圖是在前期跟投資人、劇組工作人員溝通時非常有效的工具之一。

軍人勅諭

【第二章】
CHAPTER 2

活在當時的人們

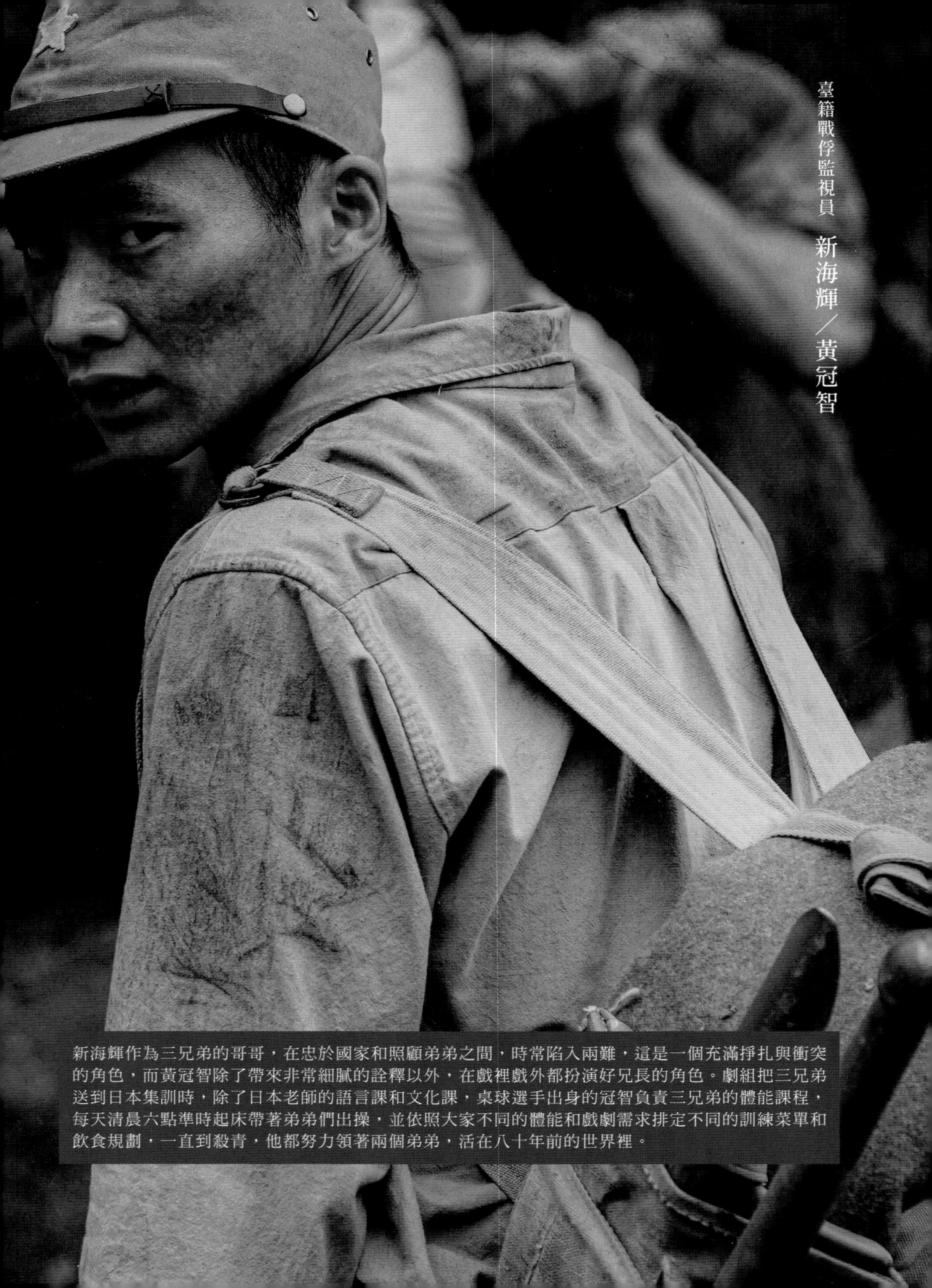

臺籍戰俘監視員　新海輝／黃冠智

新海輝作為三兄弟的哥哥，在忠於國家和照顧弟弟之間，時常陷入兩難，這是一個充滿掙扎與衝突的角色，而黃冠智除了帶來非常細膩的詮釋以外，在戲裡戲外都扮演好兄長的角色。劇組把三兄弟送到日本集訓時，除了日本老師的語言課和文化課，桌球選手出身的冠智負責三兄弟的體能課程，每天清晨六點準時起床帶著弟弟們出操，並依照大家不同的體能和戲劇需求排定不同的訓練菜單和飲食規劃，一直到殺青，他都努力領著兩個弟弟，活在八十年前的世界裡。

臺籍戰俘監視員

新海志遠／吳翰林

《聽海湧》整個故事都圍繞在新海志遠身邊發生，但他可能是劇中最接近普通人的一個角色，很多時候他被大環境和時間逼著做了決定，而決定卻不總是帶來好的結果。吳翰林是心思非常細膩的演員，為了接近劇中的阿遠，他讀遍導演提供的所有臺籍日本兵的回憶錄、口述歷史，試著想像八十年前的阿遠，在面對這麼多波折時，會是如何反應。而在拍攝現場，翰林總是打開所有的感官，讓自己的情感真實流露，我們彷彿看著一個人從八十年前走入鏡頭，也很難不心疼這個在泯滅人性的戰爭底下，仍試圖保持善良的少年。

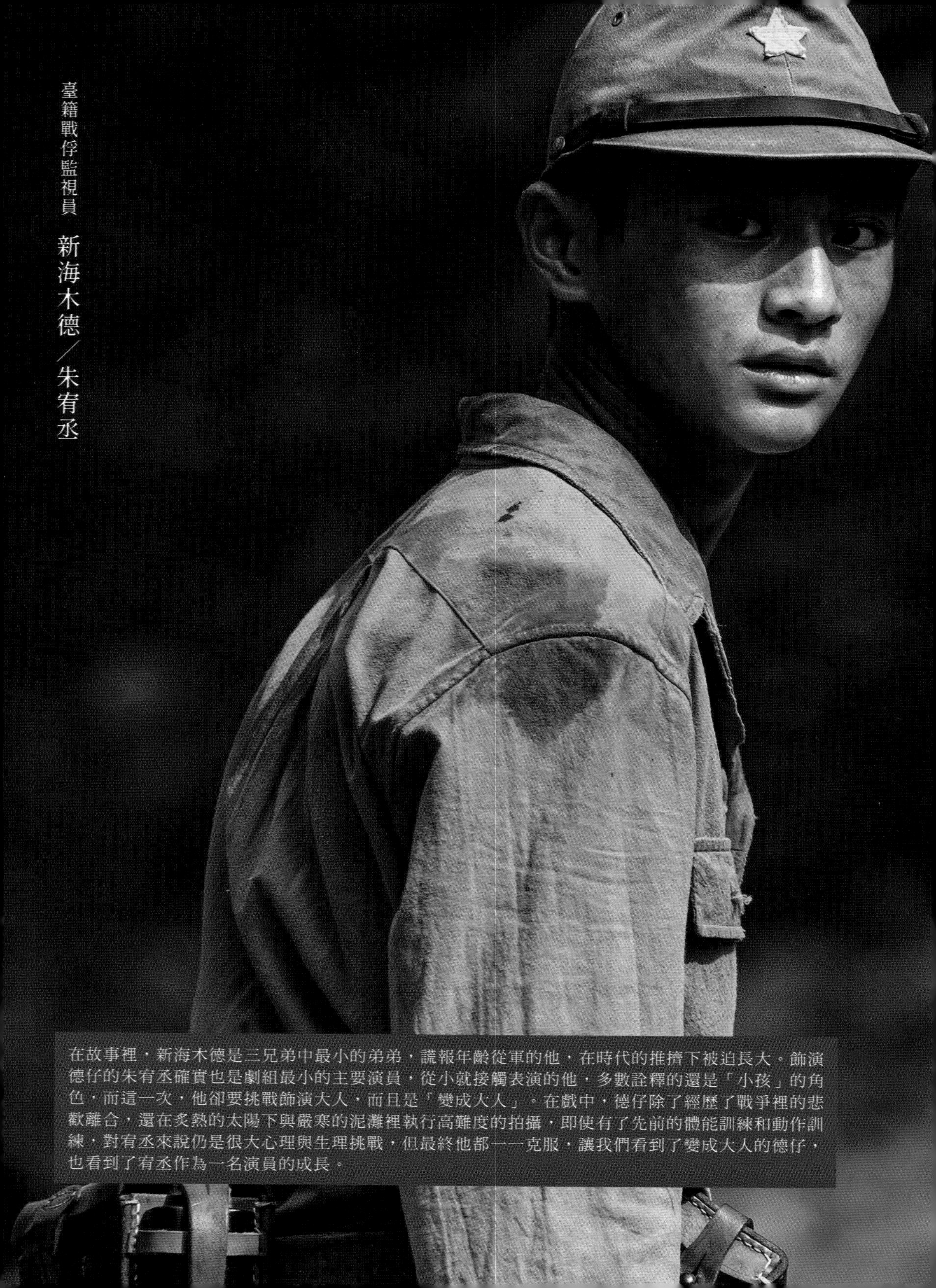

臺籍戰俘監視員

新海木德／朱宥丞

在故事裡，新海木德是三兄弟中最小的弟弟，謊報年齡從軍的他，在時代的推擠下被迫長大。飾演德仔的朱宥丞確實也是劇組最小的主要演員，從小就接觸表演的他，多數詮釋的還是「小孩」的角色，而這一次，他卻要挑戰飾演大人，而且是「變成大人」。在戲中，德仔除了經歷了戰爭裡的悲歡離合，還在炙熱的太陽下與嚴寒的泥灘裡執行高難度的拍攝，即使有了先前的體能訓練和動作訓練，對宥丞來說仍是很大心理與生理挑戰，但最終他都一一克服，讓我們看到了變成大人的德仔，也看到了宥丞作為一名演員的成長。

臺灣製糖株式會社廠長千金

淺田櫻子／塗茂るな

新海志遠的青梅竹馬淺田櫻子，是阿遠能夠在戰場上堅持下去最重要的盼望，出生在富裕家庭的她，卻比很多人都更了解戰爭的無情與可怕，但在國家動員的氛圍下，她也只能盼望三兄弟平安歸來。塗茂るな和三兄弟第一次見面是在日本，她帶著初到東京集訓的三兄弟去到了江之島，夕陽西下，四個人在海灘上跑跳、玩耍，彷彿是跨越八十年的時空旅行一般。也因此在後面的拍攝過程中，只要是櫻子和三兄弟一起的戲，現場的人都能感覺到一種青春的氣息，沒有戰爭煙硝的氣息。

中華民國駐北婆羅洲領事夫人

何景儀／連俞涵

在片中，很少人知道她叫何景儀，多數人都叫她領事太太，她話不多，全劇臺詞只有十六個字，這多少反映了那個時代女性戰俘，是在一個絕對弱勢的處境中。連俞涵在片中最常對戲的演員，是她襁褓中的嬰兒，等戲時，她總是安靜在一旁，輕輕晃著嬰兒，時時刻刻呵護著他，讓嬰兒維持在安定的狀態。而她所詮釋的何景儀，許多時候在面對戰俘裡各種惡意與善意，所表現出來的冷靜、堅毅與果敢，透過各種非語言的方式表現出來，讓現場的劇組人員即便知道自己在拍戲，卻總忍不住心有戚戚焉，為她輕聲嘆息。

中華民國駐北婆羅洲領事

羅進福／施名帥

羅進福在《聽海湧》裡面是個篇幅不多，但卻非常關鍵的角色，往往他的一個決定，改變了故事中所有人的命運。施名帥從開拍到殺青，都不停在說「這角色真的好難……」。羅領事是一名外交官，是丈夫和父親，同時也是俘虜，他夾在每個身分的矛盾之間做出選擇。在有限的篇幅下，施名帥希望羅領事每一次流露出來的情緒，都可以引領著觀眾去感受他不同的困境。有些情緒很重的戲，他甚至要自己強忍住，不許掉出淚水，因為那才是他心中羅領事在當下該有的悲傷。這個很難的角

北婆羅洲戰俘營副指揮官
龜田源作／葛西健二
日軍戰俘營副指揮官龜田源作，是整個部隊中最資深的士官，習慣用最嚴厲的手段管理下屬與俘虜。葛西健二過去是以搞笑藝人的身分被大家認識，風趣爽朗的他，在節目帶給大家許多快樂。然而這次卻要挑戰陰沉且殘暴的日本長官，他一口極具特色的關西腔日文，完全表現了龜田的蠻橫，甚至片中還有不少打人與挨打的動作戲，葛西健二從開拍前的軍事訓練和動作訓練課就非常專注，因為他知道龜田是一名幹練的軍人，標準必須要比一般的士兵高更多。在《聽海湧》裡面，可以看到不同以往的葛西健二。

北婆羅洲戰俘營指揮官　田中徹／塚原大助

日軍戰俘營指揮官田中徹，是一個賞罰分明、治軍嚴謹的長官。這個角色在開拍前一個月都還沒找到理想的演員，導演和編劇利用三兄弟日本集訓的空檔，在東京辦了一場試鏡，希望能找到適合的人選。塚原大助是最後一個進來試鏡的演員，他穿了一身深色軍大衣，往中間一站，神色若定，儼然就是田中指揮官。在日本的劇團還有演出的他，拍攝期間往返東京和高雄兩地，他總是把握時間，在飯店房間也常常一個人揣摩角色與臺詞，甚至還被隔壁不知情的旅客向櫃檯投訴：有日本爸爸在罵小孩，好凶……

北婆羅洲戰俘營上等兵

竹崎正八／松野高志

日軍上等兵竹崎正八，是士兵裡的老大，也是軍營裡的炊事兵，在戰場上天不怕地不怕，管理俘虜更是毫不手軟。松野高志平時在網路短片裡給人印象是開朗幽默的角色，他所主持的生活風格類節目也多次入圍金鐘獎，但這次飾演竹崎正八需要有很多極端殘暴的表現，高志一改過去給大家的陽光男孩印象，精湛細膩的演技，表現在他的眼神、他的走路和他出手打人的節奏上，都讓竹崎正八這個角色的各種情緒與動作，有了更具戲劇張力的鋪陳和伸展。

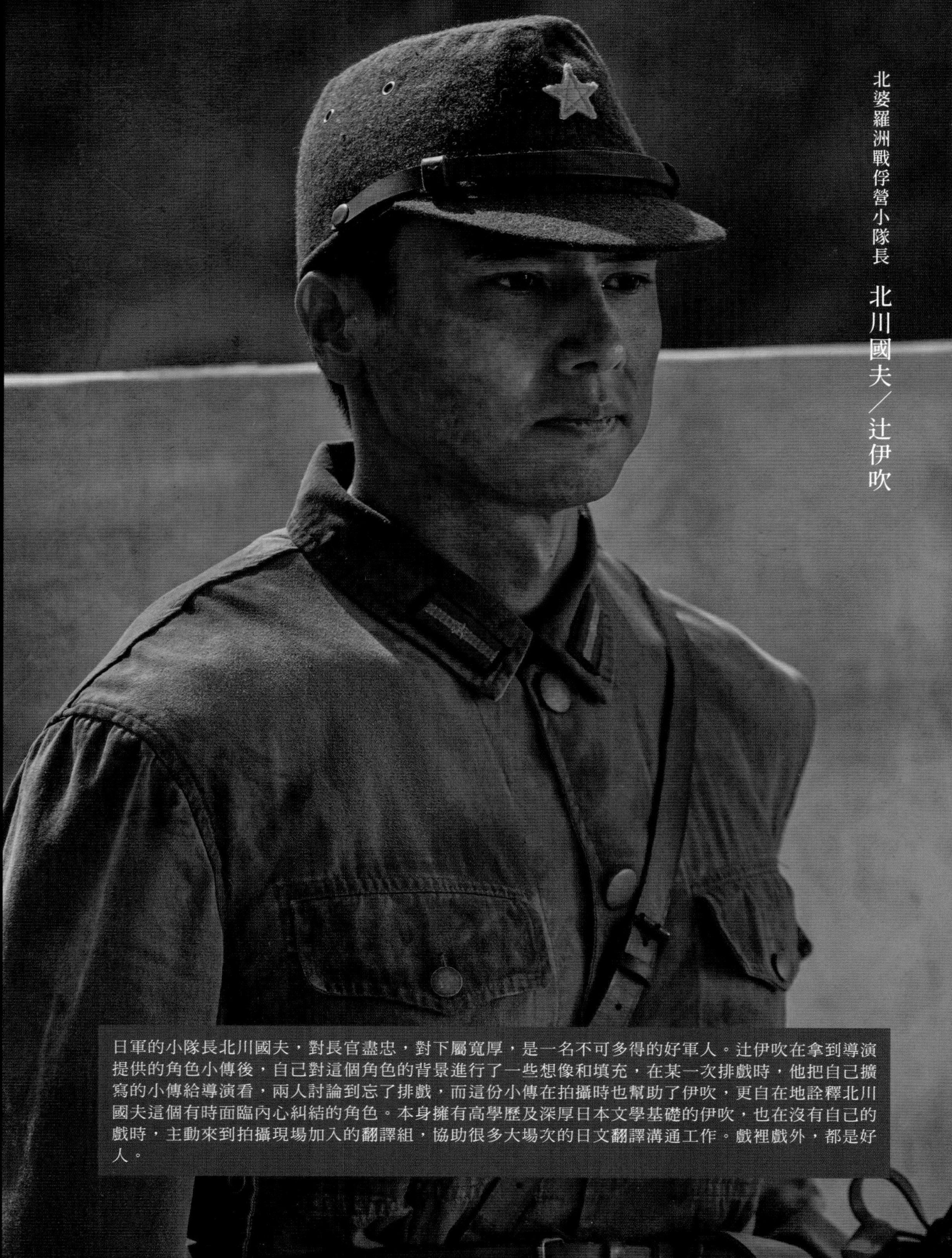

北婆羅洲戰俘營小隊長　北川國夫／辻伊吹

日軍的小隊長北川國夫，對長官盡忠，對下屬寬厚，是一名不可多得的好軍人。辻伊吹在拿到導演提供的角色小傳後，自己對這個角色的背景進行了一些想像和填充，在某一次排戲時，他把自己擴寫的小傳給導演看，兩人討論到忘了排戲，而這份小傳在拍攝時也幫助了伊吹，更自在地詮釋北川國夫這個有時面臨內心糾結的角色。本身擁有高學歷及深厚日本文學基礎的伊吹，也在沒有自己的戲時，主動來到拍攝現場加入的翻譯組，協助很多大場次的日文翻譯溝通工作。戲裡戲外，都是好人。

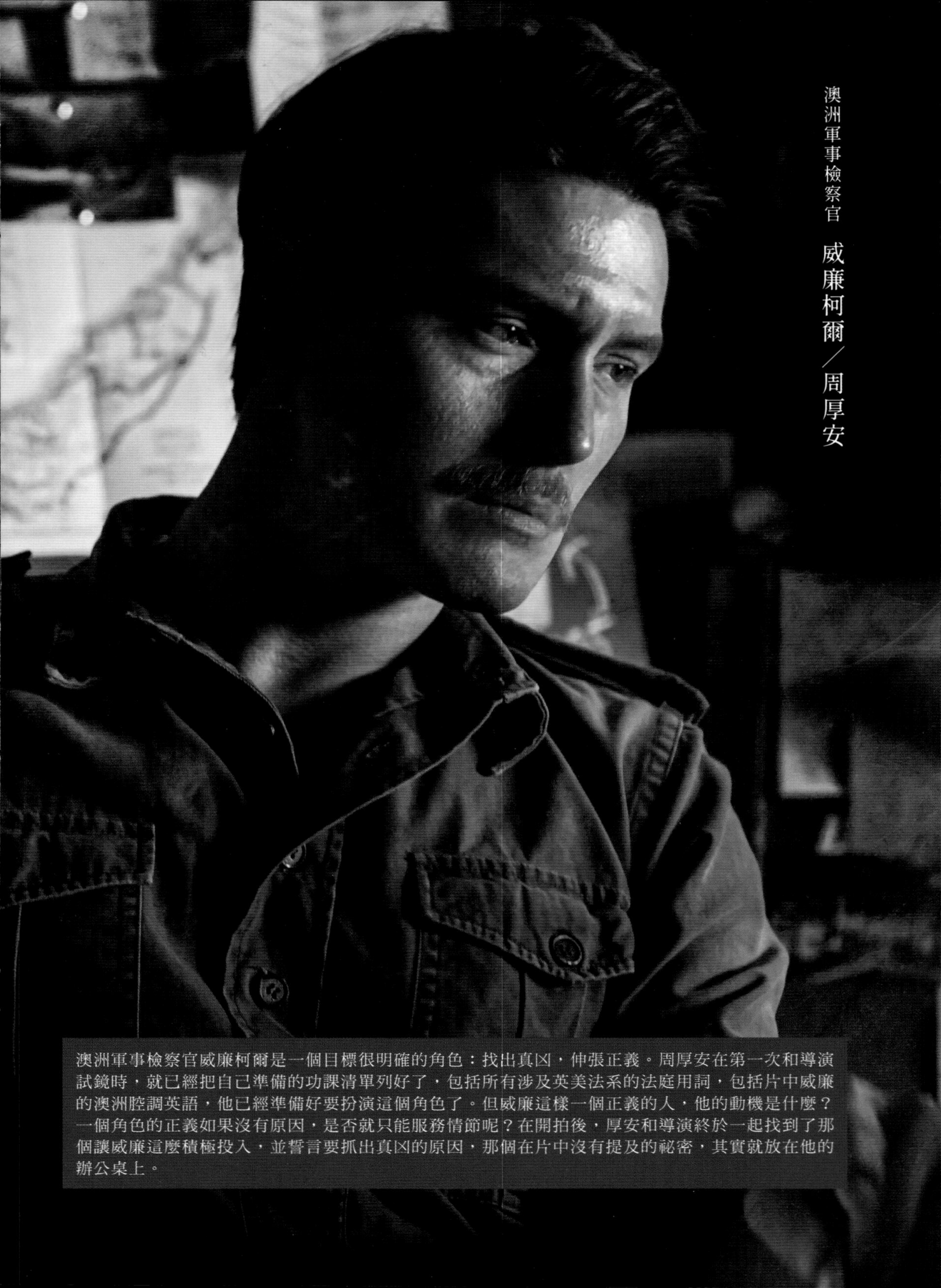

澳洲軍事檢察官

威廉柯爾／周厚安

澳洲軍事檢察官威廉柯爾是一個目標很明確的角色：找出真凶，伸張正義。周厚安在第一次和導演試鏡時，就已經把自己準備的功課清單列好了，包括所有涉及英美法系的法庭用詞，包括片中威廉的澳洲腔調英語，他已經準備好要扮演這個角色了。但威廉這樣一個正義的人，他的動機是什麼？一個角色的正義如果沒有原因，是否就只能服務情節呢？在開拍後，厚安和導演終於一起找到了那個讓威廉這麼積極投入，並誓言要抓出真凶的原因，那個在片中沒有提及的祕密，其實就放在他的辦公桌上。

日本辯護律師團律師

渡邊直人／松大航也

日本律師團裡最資淺的律師渡邊直人，一心想要來到戰後的戰犯法庭，追尋他在學校和書本裡讀到的正義，然而來到北婆羅洲，才發現現實的複雜遠超過他的想像。松大航也來自東京，隻身一人來到高雄拍片，但是他非常積極融入劇組，學了很多中文和臺語，逢人就親切打招呼，讓大家都印象深刻。同時他也拿出在日本影視與劇場表演的專業，總是能夠非常精準達到導演的要求，不曾忘詞也不曾搶詞，還能適時流露出情感，讓劇組的大家見識到這位來自日本，很隨和的年輕演員，背後扎實的訓練與準備。

日本辯護律師團律師

小林清雄／岡本孝

日本律師團的小林清雄律師，是具有軍人背景的律師，在戰爭結束後卸下軍人身分，恢復成律師來到婆羅洲，在戰場上失去的，他都想要在法庭上討回來。岡本孝是一個總是保持創意的演員，在現場會跟導演討論各種可能的走位和情緒，由於小林在劇中是一個動機相對單純，且時常處於與其他角色爭執與衝突之中的角色，因此岡本孝總是希望在每一次衝突事件裡給導演和觀眾不同的層次，讓觀眾有更多的刺激和思考。

日本辯護律師團團長　高橋庄治郎／馬場克樹

日本律師團的團長高橋庄治郎，是一位老練持重的長輩，身負重責大任的他，心心念念要把戰後疲憊不堪的日本軍人們帶回家。馬場克樹不僅是飾演高橋律師的演員，同時也是《聽海湧》日文劇本的譯者，考量到高橋律師是一個經歷過明治維新的資深律師，用字遣詞會比年輕律師更為古典與講究，每當遇到同團的年輕律師意見不合，甚至開始爭吵時，馬場克樹所飾演的高橋律師，總能用溫柔平穩的聲調，講述著他的見地，緩和律師團內部的衝突。

從選角開始

為了更貼近八十年前的生活實感，重現當時的口語風格和人物特色，《聽海湧》劇組在選角方面做足了準備，開拍前三年就開始設定角色的條件和需求，花費半年時間完成選角，「冠智、翰林和宥丞三位主要演員讀了劇本後，都知道這齣戲不好拍，有很多挑戰，但因為他們都很年輕，很願意為了這個角色投入更多準備時間，且他們三人與劇中三兄弟設定十幾二十歲的年齡相符，不需降齡演出，他們臉上那種還不夠認識這個世界，就被推上戰場的神情，是再老練的演技也很難表現出來的。選角確定後，拜疫情所賜，有長達兩年的前製期，可以讓演員逐步地探索、深入角色的核心。」孫介珩說道。

除了劇中的主要演員，《聽海湧》在環境演員的訓練和表現上，也設定了相當嚴謹的標準，「我們的環境演員是網路上公開徵選而來的，在戰時，通常人們的身材是偏瘦的，尤其是戰俘，身材一定都要很瘦很瘦，而日本兵則是一定得剃光頭髮，這麼多條件的限制，更提高了找到適合的環境演員的難度。」

主演和環境演員接受軍事訓練，從走路、拿槍、擊發、換彈匣都要一步一步學習。

劇組對於選角的考量，除了要符合視覺上的效果，還有更多關鍵的細節需要研究和考察，其中包括了演員說話的口音，由於劇情背景設定為二戰期間，那時候說話的方式和發音，都有特殊的時代和文化背景，「例如，飾演戰俘的澳洲演員，萬一脫口而出的是美式英文，就會讓人聽起來覺得很怪，語言上我們是這樣講究的：日文發音必須要清楚流暢，臺語則必須是臺灣南部的發音與腔調；因為在臺灣很難去徵集到大量的日籍演員，除了主要角色是在臺灣、日本兩地選角，由日本演員出演外，環境演員則是臺灣人出演，聲音部分採用事後錄音去配音，再搭配切合時代特色的造型，來強化戲劇的真實度。」孫介珩表示，即使是環境演員（即我們常稱的「臨演」），在培訓期間，也和主角接受同樣的師資與課程，包括表演課、動作課、軍事課等等，「透過這些訓練，讓演員走起路說起話來就像是四〇年代的人，舉手投足之間，看上去就有十足的軍人氣息。」

由於拍攝現場必須同時處理各種國籍、各種語言的演員表現，更凸顯了文化上的差異之處，「日本演員將劇本視為聖經，即使想自己改動一個字詞都要提早跟導演約時間開會，確認是否能調整，歐美演員相對給予角色更多即興的空間，往往到了拍攝現場才抓著導演，興奮說自己找到一個更適合角色的臺詞；日本演員在現場等戲時很安靜，讓自己沉浸在角色狀態裡，歐美演員在現場很放鬆，越是沉重的戲越會透過唱歌、講笑話的方式排解角色帶給自己的壓力。而我很喜歡這樣的差異，甚至將這種因文化差異所產生的不同表演方式，保留到了劇中兩方對峙的角色裡。」導演說道。

為了增強戲劇的真實感，劇組延請了專業的顧問群，針對工作團隊和演員表現進行切身的指導。歷史顧問由政大歷史系的藍適齊老師擔任，藍老師的專業領域是二戰研究、臺灣史，也包括了戰後審判與戰爭法庭，借重顧問專業，建構起劇中法庭場面的歷史正確性和具體流程。此外，還有語言顧問和軍事顧問，前者主要協助劇組將腳本內不同角色的臺詞翻譯成符合各角色身分的日語、臺語與英語，以建立臺詞的年代感與正確度，後者則填補了臺灣關於二戰時澳軍、日軍資料的不足，同時也透過課程向全劇演員教授二戰時各陣營正確的用槍、戰鬥與行禮等專業動作。

上／新海三兄弟每日清晨的自主體能訓練。
下右／導演與編劇跟歷史顧問藍適齊老師討論情節。
下左／動作指導楊志龍對環境演員教授摔倒技巧。

八十年前的人們怎麼說話？

以臺詞、對白占了重要比例的劇集而言，演員怎麼說話、說出口的話究竟正不正確，對於劇情的真實性有著莫大的影響，倘若掌握得當、說得正確，可以快速地建立起劇情的真實感，因此，《聽海湧》的主要演員在表演訓練的課程上，接受了完整而嚴謹的培訓，「語言是戲劇表演最基本的訓練，八十年前的人們怎麼講臺語？怎麼講日語？雖然說比較簡單的臺詞可以用硬背的方法，但這樣子做畢竟沒有辦法涵蓋五集的長度，我自己設定的標準是：演員可以有口音，但發聲要清楚流暢，八十年前，人們回到家中之後才會講臺語，在公眾場合都是講日語，基本上，那時候的人在日常生活、求學、工作場所都是講日語的，也是現代日語沒錯，但與現今的用語畢竟存在差距。」

二〇二二年十月，劇組安排演員們上第一堂日文課，從零開始學習日文這個陌生的語言，課程進行了一段時間之後，劇組也進入前製期，縱使預算有限，孫介珩仍認為應該要送演員們去日本接受集訓，在日本受訓期間，演員們要做的，不僅

僅是背誦臺詞而已，更重要的是感受日本的文化，和他們一起生活，建立起內在的認同感，並想像成為其中一分子。

製作人林佳儒表示，為了拍戲而把演員送出國，《聽海湧》恐怕是首先這樣做的劇組，「把演員送去日本學習一個月，其實是經過在創意、預算、執行之間拉扯的決定。資金可以用在很多地方，比方搭景，比方道具，比方特效，有些場景搭起來就是千萬起跳，為了下一場雨也得砸錢請特效團隊做，而花這些錢拍一兩個鏡頭，觀眾很可能一眨眼就瞥過去了，但我和導演討論過後，決定將資源投注在三位主角身上，讓他們真正進入故事、成為角色。」

孫介珩認為，「演員們去日本之前，已經上過表演指導黃河的課程，他們做了不少功課，主要內容是挖掘自身的角色動機，正好在日本進行總體的驗收。」換言之，在日本行之前，演員已經花了很長的時間練習進入角色情境，並閱讀了大量的參考資料，在角色的理解層面可說沒有太大的問題，需要演練的部分，大抵是在拍攝現場如何表現動人而準確的情緒反應，「我們透過一次次的討論，一步一步地把每個角色的立體感建構起來，增深、強化演員對角色的理解，飾演德仔的朱宥丞是團隊裡最年輕的演員，他將德仔這個角色認知為一名為了重要的家人可以吃苦、充滿勇氣的少年，雖然在劇情裡，德仔的年幼與膽怯使得他常常在軍隊裡被欺負、被嘲弄，甚至連俘虜都想騎到他頭上，但我認為宥丞在某個程度上是真的相信了德仔這個角色所渴望的強壯與勇敢，這樣解釋又有什麼不可以？」

新海三兄弟在臺灣、日本兩地學習語言，學習表演，建立自己對角色的理解，也培養彼此的默契。

何景儀的服裝與做舊細節。

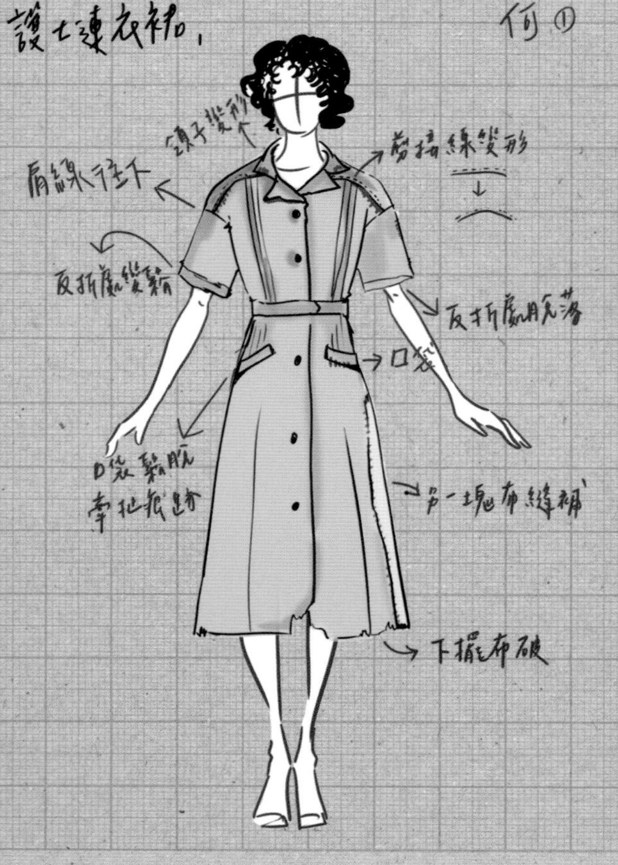

/護士連衣裙(澳軍)

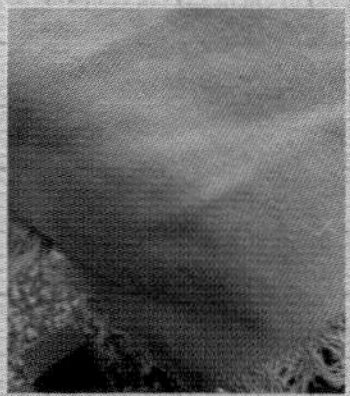

布料參考 厚斜紋棉
澳軍卡其 做退色暗米白為主

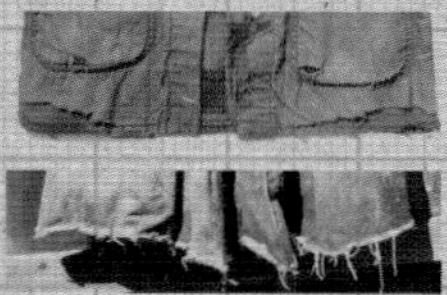

下擺鬚邊、扯破痕跡

↓示意圖：腰帶用綁繩

縫補痕跡

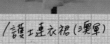

從細節建立時代感

拍攝一部歷史劇，有如寫一篇學位論文般，需要田野、細節上大量且深入的考究，同時佐以充沛的想像能量，才能掌握精準的論述語言。然而，最難掌握也無法控制的部分，是觀眾的想像力和接受度，即便考究得再詳盡、再細緻，也未必能與觀眾建立起有效的雙向溝通，這讓劇組的工作人員絞盡腦汁：一隻碗、一雙筷子、一件囚服，到底得要做得多破多舊，才是所謂的恰到好處？才能說服觀眾相信劇情的真實性？

為了博得觀眾的認同感，造型指導周建良與藝術指導廖惠麗在角色造型和建築道具物件下足了工夫，大致可以分為兩部分，一是時代感，二是差異感，時代感需要相當程度的考究工作，以及資金的妥善配置，才能成功打造一齣歷史劇專屬的風格樣貌，以近來引起熱烈討論、性質也有些類似的劇集《茶金》為例，該劇雖也類屬歷史劇，但相較於《聽海湧》，《茶金》更傾向生活劇，在道具上並不特別要求破舊，而是在場景畫面、光感、服裝上協調出一種整體的氛圍，而《聽海

ボルネオ俘虜収容所第五分遣所

湧》則經過複雜頻繁的討論，由導演與主創團隊獲取共識後，決定盡可能還原故事裡因為炙熱、潮濕以及戰爭所造成建築物、各種服裝和道具的表面髒汙、損傷、摩擦的痕跡，以更貼近史實的質感面向觀眾。

至於差異感，則是要表現劇中不同陣營、不同時期的狀態，以各種史料和照片作為有力的依據，幫助說故事。周建良表示，劇中各個國家的軍服有自己的色調與細節，光就特別難處理的日軍來說，從一九四二年到一九四五年，日本的陸軍制服就有八套以上，其中更依據駐紮地區的不同，而產生顏色、布料、設計上的差別，但我們有要讓這個軍營的日軍穿統一的制服嗎？故事背景在二戰末期，日軍已兵荒馬亂，物資缺乏，如果能夠利用史料裡日軍「多款式」這個特色做出混搭，一定更能表現出當時日軍資源匱乏、補給不足的狀態，幫助強化整個故事背景的氛圍。

為了想要更進一步找到各種細節的參考，在整個製作期間，劇組的主創們透過世界各地的博物館實體常設展、數位典藏，蒐集派得上用場的資料，包括澳洲戰爭紀念館、檳城戰爭博物館、高雄歷史博物館、東京的軍事博物館（遊就館）、婆羅洲文化博物館等。而最大規模的一次田野調查，還是導演、編劇、攝影指導、

造型組花很多時間將各種服裝與配件透過刮、磨、洗、染等各種方式讓其質感舊化。

美術組到高雄歷史博物館考證二戰期間各種書信、布料等材質

美術指導和製片等五位主創的婆羅洲行，婆羅洲是世界第三大島，他們抵達當地後，分頭進行調查，包括植被、氣候、地景等等，看察日軍占領時遺留下來戰俘營遺跡、馬來人社群、華人村莊、原住民聚落，除了拍攝部分場景畫面外，也收錄了婆羅洲雨林中的各種聲音。回來臺灣後，將這些蒐集到的影像與聲音資料整理歸檔，建立了一個資料庫，裡面除了婆羅洲帶回來的各式資料，還包括了從臺灣、澳洲、日本各大博物館所搜集而來的影音、文字資料，提供給劇組各部門，讓所有人在進行前製設計、施作階段時，可以在一個具體且共同的基礎上發揮創意，盡情創作。

資料庫建置完成後，劇組各部門開始以史料為基礎，田調資料為輔助，慎重取捨素材的使用，定調各個場景與鏡頭色調的和諧與平衡感。因此，劇中澳軍陣營主要設定的顏色為綠色系與灰色系，日軍則因為從各地派遣軍隊、到戰俘營集合與支援，故分為四種色系，主要視覺感是綠橄欖色與黃色等大地色調，從這樣的顏色設定出發，延伸至房舍、服裝、道具等。

但所有的設計最終都要面臨實際製作會碰到的狀況，譬如故事裡許多在疲憊與飢餓摧殘之下骨瘦如柴的盟軍俘虜，其實是在參考過去照片、圖畫，甚至口述歷史後，所做出符合史實的設定，但是在八十年後的臺灣，我們不可能找到那麼多瘦到皮包骨的外國人來飾演我們的戰犯，因此造型師周建良便建議，讓真正瘦到一定程度的演員裸上身，僅穿短褲，其他不夠瘦的演員們穿著破爛、寬大的服裝，以合理地掩飾身材，並體現戰俘營裡面物質上的拮据、貧困。最終，在《聽海湧》的每一個畫面裡，我們將看到許多八十年前其實就被創造出來的物件，也會看到主創們在田調過程，翻山越嶺才得到的珍貴畫面和聲音，但更多的是在限制之下，各部門間討論激盪，才被激發創造出來的細節。

1. 澳洲軍事檢察官威廉與他的家人合照。
2. 中華民國領事一家人在婆羅洲照相館的全家福。
3. 攝影師王淳宇在過檔時發現，將戰俘營裡拍攝的每一顆鏡頭縮圖排列再加以模糊，就可以看整齣戲整體的顏色設定，劇組都笑稱這個和諧的土星色很美。

1.

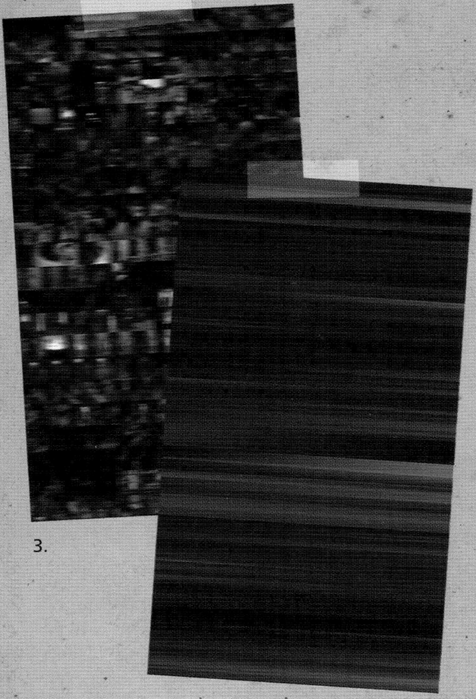

3.

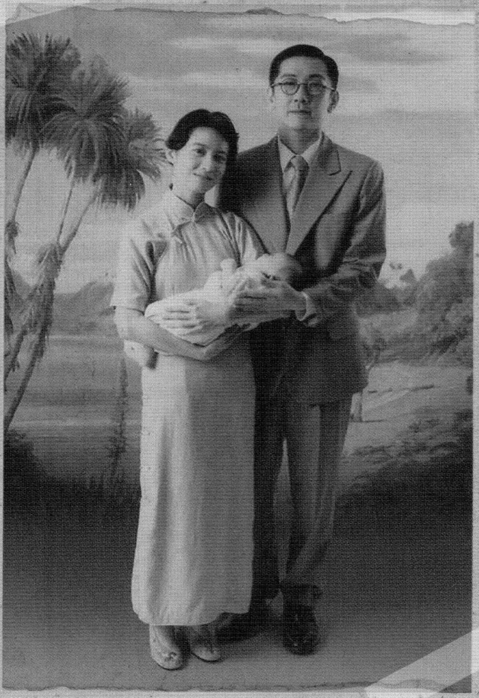

2.

在孤島上挖掘角色動機

劇中，阿輝與阿遠接獲田中指揮官命令，帶領戰俘群到深山挖掘隧道，反遭到羅進福與當地華僑連通洩密的一段戲，充滿十足的戲劇張力，陰密多雨的自然山林，更加深了艱險危難的故事氣氛，孫介珩表示，人物與場景一樣，是善是惡之間，有複雜而眾多的因素存在，「我希望觀眾不要在看劇情時輕易地定調某個人物是好是壞，即使在現實生活中，我們也很難輕易的指稱誰善誰惡，每個人各自有自己的立場，從羅進福的角度來說，從剛開始的抵禦頑抗、不願意被招降，到後來有了一個機會出營進山，有空間可以盤算某些計畫，甚至做出行動，如果這齣戲叫《羅進福傳》，我想同樣也會很好看，可以去鋪排他如何在逃獄的過程中，依然堅持自身的國族認同、遇見了哪些人、強烈地渴望自由等等，非常合理不是嗎？但那又會另一個觀點截然不同的故事了。我和編劇當然是從臺灣人的角度來描寫這個故事，但我們並沒有預設這個故事要替誰發聲，我們所做的反倒是充分地研究之後，透過戲劇創造每一個人物當下的情況，這樣子才能找到每個角色內在最大的動機與衝突，讓角色自動地膨脹、成長，最終呈現為處於極端壓力環境下每個人各自做出的選擇。在那樣的戰爭年代底下，光是看雙方各執己見、劍拔弩張就非常驚心動魄了，不用過度的渲染到底誰是英雄、誰是狗熊的定論。」

孤島上的人性角力，發生在劇中每一個角色身上。導演設定了每個角色的小傳，在開拍前就和演員一起建構起角色的生命史，一起討論角色的動機和目標，讓角色的每一個行動都是為了自己在意的事，而非服務他人。人性的刻畫也深深打動了製作人林佳儒，「有一場戲是阿輝和阿遠兩兄弟為了是否幫助領事太太而發生激烈爭執，拍這場戲的時候，天已經快黑了，包括演員在內，大家壓力都很大，但當一鏡到底拍完的那一刻，劇組許多人都流下眼淚，因為吳翰林和黃冠智的表現完全說服了我們，雖然是在吼對方，但卻充滿了愛，我們眼中看見的這對兄弟，是真真正正的親兄弟！經過這麼久因疫情停拍、等待的前製時間，飾演兄弟的兩人得以變成真正的家人。」

【第三章】打造一個八十年前的世界

CHAPTER 3

攝影：用分鏡想像赤道下的光與影

分鏡是正式拍攝前關鍵的籌備工序，分鏡表主要採圖格的方式，說明影像畫面的構圖邏輯，每一張圖格以一次運鏡為單位，同步標註攝影機運動的路線和角度、切入及帶出畫面的路徑、鏡頭攝影長度、後製特效、人物構圖、動作、對白，劇組也會依據分鏡表，討論、規劃後續的拍攝行程，而《聽海湧》全劇分鏡階段共規劃了一一四七顆鏡頭，對於攝影師來說頗具挑戰性。

攝影指導王淳宇表示，分鏡在好萊塢是行之有年的作法，也是標準作業不可或缺的一環，然而就臺灣的環境風氣，分鏡卻被擱置於「有時間再做」的序位上，「幸運的是，我與孫介珩導演從七、八年前就展開合作關係，導演滿喜歡畫分鏡的，讓我也有很多機會練習分鏡的結構。攝影師和分鏡師畫分鏡的時候，需要非常充足的事前準備，特別是需要先消化、理解整齣劇本，而攝影工作放寬一點來說，操作方式是類似的，差別在於規模與方法的不同。我自己習慣使用積木去拍攝模擬場景，或者用手寫，再與分鏡師進行討論，這次分鏡師鄭嘉的功力是漫畫家等級，筆下總能精準快速地呈現我和導演想像的角色位置、畫面構圖和場面調度。」

導演和攝影師表示，很多人說分鏡會阻礙、僵化創作，其實不然。分鏡表底定之後，等於奠定一份拍攝的基本藍圖，導演和攝影指導到了拍攝現場，一定會先依照現場狀況、天候、演員狀態，在既有的基礎上調整分鏡，在鏡頭數和執行條件已經被提早規劃好的情況下，導演和攝影師更能在短時間內創造出符合實際狀況且可執行的創意，而不是天馬行空導致現場整個劇組空轉。

分鏡表上，美術組要製作的道具，造型組要準備的妝髮，甚至是特效組、演員組、特殊化妝等，都能透過分鏡更精準地準備拍攝所需，並精算出每一天、每一場戲和每一顆鏡頭的成本，有助於落實執行。《聽海湧》表定拍攝六十三天，兩百零三場戲，最後準時在第六十三天殺青，沒有漏掉任何一場戲，甚至多拍了超過一百顆鏡頭，讓後期剪接的運用更靈活。這當然要歸功於所有工作人員專業的表現，而有一份詳盡而完整的分鏡，也讓「精準創作」成為可能。

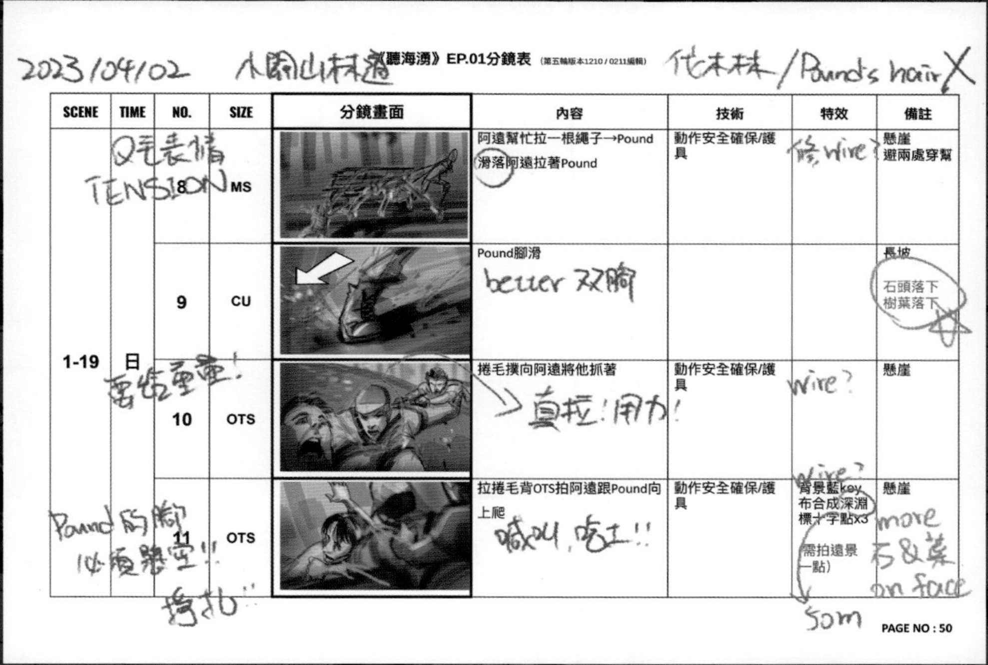

《聽海湧》EP.01分鏡表 (第五輪版本1210 / 0211編輯)

SCENE	TIME	NO.	SIZE	分鏡畫面	內容	技術	特效	備註
1-19	日	8	MS		阿遠幫忙拉一根繩子→Pound滑落阿遠拉著Pound	動作安全確保/護具		懸崖 避兩處穿幫
		9	CU		Pound腳滑			長坡 石頭落下 樹葉落下
		10	OTS		捲毛撲向阿遠將他抓著	動作安全確保/護具		懸崖
		11	OTS		拉捲毛背OTS拍阿遠跟Pound向上爬	動作安全確保/護具	背景藍key布合成深淵 標十字點x3 (需拍遠景一點)	懸崖

PAGE NO : 50

分鏡圖在經過整理後會成為分鏡表，清楚標示所有執行時的技術細節，
但最終往往也會被塗滿各種筆記，凌亂不堪。

搭景：建築工程、植栽、質感——

為了還原八十年前的戰俘營與戰場，造景屋舍等建築空間的搭建亦是艱鉅挑戰。最早的規劃階段，藝術指導廖惠麗在熟讀了劇本後，便開始與她的工作團隊著手進行仔細的檢視，盡力使營區裡所有的光源、建材、色調、環境背景微妙地呈現有理有據的整體感，譬如戰爭結束後、用來囚禁戰犯的監所，是由原本戰俘的醫護站改裝而成的，囚房的隔板木料稍

微比較新一些，美術組再將竹子加蓋上去，新舊混搭之下，建材的反光光感和燭光搖曳的光色，呈現一個空間裡經歷兩種不同時代、不同功能的視覺感受；此外，當劇情推進到澳洲接管日本戰俘營之後，考慮到重新搭建場景，將耗費大量的時間，因此利用現有房舍進行調整，省去大興土木的工程成本，比如日本律師團的辦公室，便是在半破半傾的房舍內增加幾座行軍帳篷，在空間之中再分割出更多的空間來，讓各種建物在不同的劇情時間裡，都得到妥善的使用。

依據田調與資料以統計建造工法、

日軍戰俘營的所長室，除了置中的所長辦公桌外，兩側有勤務兵辦公桌、電報機，以及邊間地圖室及所長休息室。

澳軍國際軍事法庭，將原所長室的隔間拆除，中間是法官與書記官座位，兩旁分別是律師與檢察官席，其後是旁聽席。

材質、顏色等細節，擇定最適合故事的選項，掌握取與捨之間的分寸，讓演員能在還原度極高的場景裡專注地演出，這些幕後的鑽研和付出，未必非得讓每位觀眾都知情不可，更重要的是，一齣戲劇的創作需要穩固的田野基礎與考究工作，光靠想像力徒手建造華麗的空中樓閣，將會缺乏感動人心的深刻力道。

由於本劇的前製期長達三年多，劇組對環境樣貌已有了基本的共識，劇中的劇情背景是八十年前的北婆羅洲，出於務實的成本考量，實際拍攝場地皆以臺灣的自然地景為主，包括主要場景的戰俘營、戰爭法庭，以及婆羅洲風情濃厚的熱帶雨林、海岸線等等，美術組和場景組的任務，是利用現有的自然地貌來搭景、改造，「戰俘營是從無到有生出來的，我們找遍了整個臺灣，想找到最接近婆羅洲環境的地點，問題是，誰知道八十年前婆羅洲戰俘營長什麼樣子？我們只能盡量去考據那時候婆羅洲的熱帶環境，符合劇情需要去設定條件。」藝術指導廖惠麗說明，戰俘營的狀況，應該是日軍到一處完全沒有人跡的荒地開闢了據點，因此，戰俘營中所有的房舍建築，都是依照日本規格來建造，「日本建造房子是以『間』為單位，每一間約一米八左右，建造基礎是日本思維、當地建材，而日本指揮官下達命令的順序，是一層一層往下傳達下去，最後實際執行的是監視員和俘虜，這些人也只能就地取材蓋房子，他們能掌握的材料包括椰子葉、檳榔樹、竹子等等，為了講求戲劇效果，實際施工時，我跟片場的工頭表示，劇組想要找懂得蓋竹屋的人，所以我們的施工夥伴也包括一群臺東原住民的工班，只有他們才懂得建造竹屋的方法。」

美術指導李薇補充道，因為搭景時間有限，處理竹材的方式採用鐵絲纏繞加以螺絲固定，為了增強熱帶風情，再包裹上藤條與草繩，但這類工法多半已然失傳，僅有原住民工班知曉如何處理木頭、竹子、檳榔木、茅草等自然素材，其中也有妥協的地方，譬如主要材料之一的茅草，原本是打算採用南洋當地的植物水椰，水椰葉曬乾後可以串成長條狀，用以鋪設在屋頂上，有很好的防水遮熱的功效，而臺灣的椰子葉曬乾之後便萎縮得不成形狀，「我們找尋澳洲戰爭紀念館的史料時，看到一些澳洲戰俘留下的資料，調查之下發現當時他們大量使用水椰來鋪蓋屋頂，但我們不可能把水椰運送回臺灣，最後才決定用茅草代替。」

再以戰俘營為例，首先，劇中設定的戰俘營屬於邊退邊守的小規模防守型營區，並非大規模進攻型的營區。再者，前述提及以日本思維去建構戰俘營的建築空間，「按照邏輯，應該是用日本尺規在南洋當地打造房門、屋寬，南洋氣候潮濕又悶熱，房屋的損耗程度需要刻意做舊，建材也是南洋的檳榔木、茅草、椰子樹、

棕櫚葉這類，屋舍空間的分配包括俘虜區、壕溝、糧倉、軍營本體等等，應該是由當時的規劃者交棒給執行者，真正的實踐者是這些臺灣的戰俘監視員和戰俘，但這些資料沒有任何一本書可以告訴你全貌，需要一個一個細節去探討正確性，再因應劇情需求拼組起來，建立起完整的世界觀。」

此外，戰俘營中舉足輕重的糧倉和指揮所，同樣也沒人知道八十年前的軍用糧倉該長成什麼樣，「劇情裡沒有交代細節，我們只能依據劇

場景組尋遍整個臺灣南部，終於在東部找到像北婆羅洲一樣的高聳椰子樹沙灘，以及盤根錯節且不見天日的熱帶密林。

本去想像這群軍人和俘虜需要哪些必備的生活條件。日據時期的原住民房屋通常都是架高建造的，架高的用處是可以防水、防蟲、防鼠患，所以將糧倉設定為架高離地的型態，至於指揮所，則是和導演討論之後，因為指揮所在戰後會變成軍事法庭，便去設想指揮所該具備的格局和功能，比如指揮官辦公室和寢室、軍官辦公區、收發電報區等等，這些空間都是為了符合劇情想像、時代氛圍而附加進去的，我們也會在各個空間裡陳設其他的細節，有時會要求導演可不可以帶一下鏡頭。」廖惠麗笑說，這些劇本以外的巧思，也真的成為一些情節的戲區被拍了下來，成為劇中的小驚喜。

至於如何在鏡頭前重現八十年前的北婆羅洲，依據劇組所建立的資料庫，場景組奔赴臺灣東部和南部的山林，往山上尋找適合的原始自然景觀，包括植物覆蓋率也考慮進去，盡力去接近原始的環境設定，「我們一行人為了拍戲去過婆羅洲做田調，帶回來大量的資料，但即使親眼看過真正的婆羅洲、戰俘營遺跡，前製作業時還是碰到問題，因為婆羅洲的赤道氣候和臺灣的亞熱帶氣候有差異，婆羅洲原生種的椰子樹、鐵樹、蒲葵，都比臺灣巨大三倍以上！但好險的是，我們的場景協調林柔旳真的很拚！雖然一開始有點小挫折，後來她和團隊依照劇本畫了地圖，將這座故事宇宙中所需要的場景具體羅列出來，包括戰俘營、海岸線、內陸叢林、原始山洞等等，用有限的人力在許多人跡罕至的地方找到劇本需要的自然環境場景。這些難得場景再加上我們在婆羅洲田調時所大量採集的動植物聲音與影像，在剪接時將這些畫面交錯使用，也替這些在臺灣找到的好場景增添了更多熱帶與婆羅洲的感官特色。」孫介珩說道。

廖惠麗也則表示，要拍好一齣戲，美術組的工作是要盡力符合劇情拍攝所需要的內容，以建立起完整的世界觀，「我們努力將南洋的氣候和濕度條件移換到臺灣，並呈現在場景裡，但還是要考量拍片的現實狀況，例如戰俘營裡的『土』，在我的想像中，南洋的土質應該比臺灣來得濕，但如果真的使用泥土，萬一下雨，拍攝就得停擺好幾天，於是我們採用黃沙土，營造塵土飛揚的感覺，恰好也符合了劇情的主觀感受。」創意總是在各種限制之下誕生。

新海志遠與淺田櫻子定情的場景，是在與故事背景吻合的高雄小自然海蝕洞拍攝。

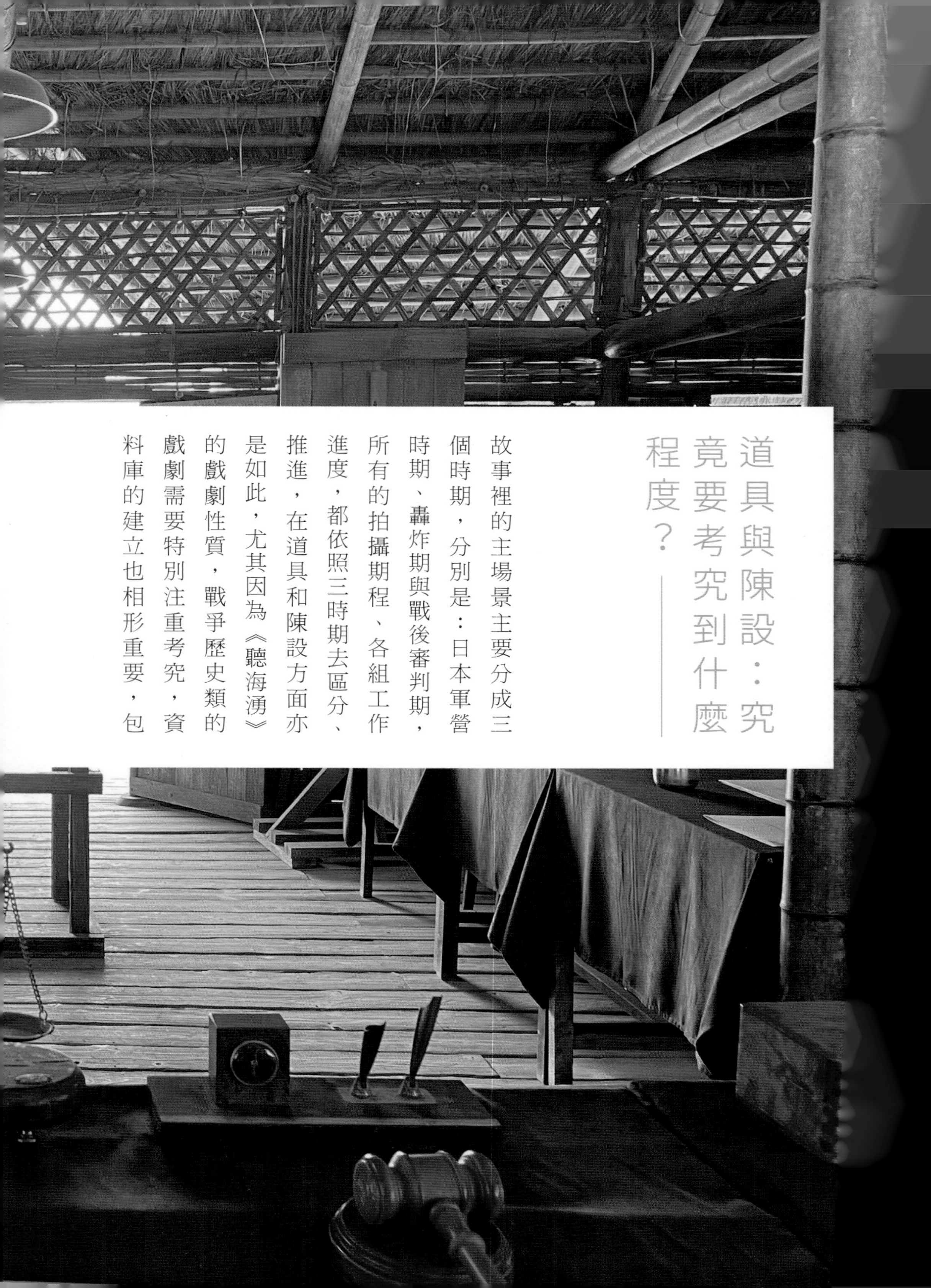

道具與陳設：究竟要考究到什麼程度？

故事裡的主場景主要分成三個時期，分別是：日本軍營時期、轟炸期與戰後審判期，所有的拍攝期程、各組工作進度，都依照三時期去區分、推進，在道具和陳設方面亦是如此，尤其因為《聽海湧》的戲劇性質，戰爭歷史類的戲劇需要特別注重考究，資料庫的建立也相形重要，包

括軍隊的官方資料、戰爭電影、二戰裝備工具書、戰時攝影集等等，都成為搭景、製作道具的重要參考。

身為藝術指導，廖惠麗坦言，越是考究越會發現，大部分我們早已習以為常的事情其實非當如此，「例如國旗正確的直式掛法，其實一般人不會知道的，劇中的軍事法庭掛的是英國國旗與澳洲國旗，我們參考當時法庭的歷史照片來懸掛，卻在拍攝現場被澳洲籍演員指出掛法似乎不正確，於是找出當時澳洲政府頒布的國旗懸掛相關

片中羅進福領事的外交護照。

從盟軍戰俘身上搜到的各種隨身物品，包括香菸、筆記本、水壺、鋼筆等。

規定，確認我們沒掛錯，大家才鬆了一口氣，還有羅進福領事持有的中國護照，一開始導演希望是藍色的，可是一九四〇到五〇年代的外交官護照就是紅色的，歷史類的戲劇注定要被群眾放大檢視，就算故事屬於半虛構，在戲劇張力跟考據取捨之間，存在一把移動的尺，在資料匱乏的情況下，這把尺可以移動，但若是有憑有據的東西，就必須符合史實。」

廖惠麗說道，考據最大的難題是紙材，包括紙張本身的透光度，以及不同軍種、身分、用途，使用的各是不一樣的紙，劇中用到紙張的鏡頭也非常之多，如軍籍資料卡、信紙、電報、以及飾演領事夫人的連俞涵隨身攜帶的記事本子，「坦白說，道具組快要被這些紙逼瘋了，就算鏡頭不一

軍營糧倉裡的庫存罐頭，包括各式部隊公發或民間採購的水果與肉類罐頭。

包括新海志遠、領事太太和俘虜都隨身攜帶親人照片，以慰思念之情。

定帶得到，但我還是堅持這些邊邊角角的細節，現在劇裡所有看得見的紙都是一張一張挑選過的，不過就算這麼認真了，還是有遺珠之憾，舊時老照片多半是使用銀鹽相紙，沖洗的條件和現在我們洗相片的條件很不一樣，你看以前的照片，某個角度會折射出溫潤的銀光，但現今真的找不到有這種技術的照相館了。」

廖惠麗認為，美術組的角色是輔助故事情節更順暢、合理地發展，劇中田中指揮官邀請羅進福共餐的一場戲，一方面宣示權力，一方面意圖招降，「我感覺這場戲應該要具備一定的儀式感，在兩人對坐的桌上應該要有一些東西，便要求陳設組做一塊鑲邊的桌布，不論招降的動機存不存在，這塊桌布出現在畫面裡，就暗喻了這頓飯

所長室內的地圖室，原劇本中並無特別規劃，藝術指導利用空間設計而成，在片中成為田中指揮官下決策的重要場景。

的用意。」

孫介珩表示，為了精進道具的質感，考究工作無可避免，大到飛機船艦的型號與所屬部隊番號，小到演員順手點起的那根香菸，花了很多時間反覆確認這些物件的細節和質感，不是因為這些物件本身要被觀眾看到，而是因為只要戲裡有任何一件道具讓觀眾察覺到不對勁，整個畫面甚至是整場戲就會讓觀眾分心了，所

新海木德等戰俘監視員用棍棒管理戰俘。

以，確認好細節和質感，是歷史劇最基本卻也最重要的工作，「細節的累積不可以輕忽，《聽海湧》是依據史實創造的戲劇，內容則屬於集體回憶錄，它不是一部挖掘真相的紀錄片，在美學、視覺上都有活動的空間，但必須有依據。」

單單是日本軍人手持的武器，就需要各方面的考究做為基礎，再往上建構更多細節，即使有分鏡腳本為基礎，美術組也在拍攝前期一一確認，拍攝現場依然存在不少變數，「因為時程滿緊湊的，今天的戲拍完之後，劇組會拿出劇本確認明天的戲，這個時候我常常會迸出一些新想法，美術組多半成了苦主，他們很常一大早收到我的訊息，用很有禮貌甚至卑微的語氣請問能不能生這個生那個出來，我印象滿深刻的是戰俘監視員打人的棍子，劇本中這些監視員本來都是拿槍，但第一次拍攝那場戲的早上，我突然覺得讓他們拿槍不太對勁，因為監視員的階級要比日軍低階，應該要區隔開來，或許用棍子是一個不錯的選擇，關於監視員在營區裡是拿槍還是拿其他東西工作這件事，在所有的田調資料中都沒提到，美術組聽了我的需求後，隨即設定這個棍子應該是要在營區裡隨手可取得的物件，搭設營房所需的竹子就成了最適合製作成棍子的材料，於是美術組砍了一段粗細適中的竹子，再纏上布料作為握柄，最後成為監視員在整齣戲裡面最有象徵性的配件之一，這是美術組在前製期就累積了很多相關的資訊，從知識背景結合創意所變

化出來的。」

每一件道具、每一個看似平凡無奇或理所當然的物件，背後都包含了工作團隊的巧思，「比如說關戰俘的小籠子，考據資料上完全找不到相關描述，小便斗也是如此，因此必須去發揮想像力，如何讓這些東西合理呈現在鏡頭前，我們在劇中看到的每一面床板、牆壁都是可以活動的，為的是讓機器順利移動、拍攝，前面說到的糧倉，也設定了幾個階段，第一階段儲糧顯現充足，第二階段食物剩下五成，最後只剩兩成，美術組提供陳設道具的合理環境，讓演員置身其中去感受，同時避免觀眾看見不合理的設定導致出戲。」

關於劇中最怵目驚心的道具——絞刑臺，是導演孫介珩堅持之下誕生的成果，美術指導李薇笑說，絞刑臺大概是成本數一數二高的道具，「首先它必須符合精細計算過的、切合演員走位的步伐數，加上陷落機關可以被觸發，等於是一座真實的刑具，所以本來滿猶豫要不要做得這麼逼真，但真的搭建起來之後，發現導演的堅持是對的，絞刑臺本身的戲劇張力非常強烈，光是看著就會讓人心生恐懼，這種張力強大到會直接穿透螢幕讓觀眾感到，也能讓演員在演出時更有真實感。」

從場景、陳設、服裝到道具，這麼龐大的數量一項項考究，不是會花上很多的時間、人力、資金成本？站在導演的立場，孫介珩的答案是這樣的：「從導演的角度出發，我習慣凡事先把扎實的基礎打好，包括厚實的田調、還原史實的純度、服裝的種類、房屋的建材，先把這些全都找出來，親眼看見資料、照片、文物，確立物件的質感，再去取捨和選擇。有趣的是，我是歷史背景出身，我相信人類的歷史不斷地重複，戲劇中所有張力十足的、迷人的事情，在歷史上都曾一一發生，當我們還原歷史、找尋事實，不用擔心刻板或無聊，而關於歷史場景、物件這些看得到、摸得到的真實性，就是故事要拍攝成影像時的重要基礎，我們站在基礎之上，發揮創意去改編、去取捨、去排列組合，變成好看的、有自信的東西，來服務我們最想講的那個故事，這種作法才會扎實，可供建立起一切的想像，而不是單純浮在空中、沒有地基。」

左：原本作為臺籍戰俘監視員宿舍的建築物，在戰爭中遭到轟炸波及，
在戰後簡單修復後成為日本律師的臨時辦公室。

北ホルネオ第一飛行場開場式

【第四章】CHAPTER 4

陸海空作戰

戰俘營夜戲拍攝現場。

在塵土飛揚的戰俘營裡創造四季

戰俘營中塵土飛揚，攪得人心惶惶不安，在戰場的肅殺氣氛之下，經由環境的設定和暗示，故事裡的自然氣候與季節變遷，也從側面推動劇情的發展、暗示事件的走向，《聽海湧》裡大量的自然特徵和極端的赤道氣候，需要工作團隊提供大量的設計和設想，就連一隻黑鳶、一陣風雨、一片熾陽，都有著各自的情緒和意涵，「對於婆羅洲、熱帶、赤道等等，在還未實地田調前，我們的想像主要取材自回憶錄和文學作品，建構起一座想像的婆羅洲：巨大、極端、氣候激烈，如果我是八十年前的臺灣人，這樣的環境特質一定會對我的身心產生莫大的刺激，我也希望觀眾感受並嘗試跟隨角色，一起進入這個極端的環境來看故事、經歷角色的遭遇，更能體會到故事的主旨，因此在設定腳本階段時，便放進去相當多自然特徵。」──孫介珩說道。

戰俘營的搭建地點是高雄小港南星計畫區，由於是填海造陸工程，表土之下埋有一些工程廢棄物和爐石，劇組只能載來一車車黃土，從覆土、培土開始，才能開

始種下熱帶植物，原本這些植物還稱得上茂盛，等到接近開拍時，卻發現部分植物都枯萎了，為了維持植栽的樣貌，劇組投入大量成本著手栽植、澆灌、照護，戰俘營內的所有植物，都是一株株種出來的，「如果可以在搭景完成之後，讓這些植物放個半年，效果會更完美、更符合故事需求的狀態，這是我自己的小遺憾啦，至少我們所有人都盡力了。」李薇說道。美術組甚至圍著戰俘營挖了一整圈的水溝，一方面是可以藏著各種水電管線，另一方面是可以快速排水，當劇組在大量替植栽澆水，或是遇上大雨時，積水可以流至水溝，不至於讓戰俘營泡在水裡，影響拍攝。但在二○二三年創下了三十年來降雨量新低紀錄的高雄，究竟哪來的大雨呢？

戰俘營現場特效組包括造風、走煙、點火、下雨等拍攝實況。

臺灣南部穩定的天候，常吸引眾多劇組來此拍戲，然而《聽海湧》偏偏就需要不穩定的極端氣候，劇組只能自行創造環境，陽光和雨水都是課題，攝影指導王淳宇表示，「劇中有許多下雨的場面，水車跟水管隨時在現場待命，陽光也要經過調整，拍陰天的戲時，我們搭起大塊白布去遮蔽日光，演員就待在布幕裡演戲，加上設定攝影機參數，讓畫面光色偏向陰鬱，並搭配特效鏡片調整色調，如果再加上現場灑水的效果就會很逼近真實下雨的狀況。六十天拍攝期高雄只下了一天雨，所有陰雨天的場景幾乎都在現場打造。」

「我經常坐在導演席的 monitor 前面看現場情況，大型雨水可以動用特效組，局部雨水則是製片組在做，而影片裡看到的風沙與揚塵，都是製片組同仁在全臉全身包覆下，手裡捧著沙

在戰俘營的每個傍晚，月亮還沒升起前，燈光組的巨型人造月光燈就會緩緩升空，在營區灑下一片柔和的光。

伸到電扇前，透過控制風扇的方向與出力大小創造不同的戲，所有沙的路徑跟分量都是計算過的，每個鏡頭都得來不易。」孫介珩說道。而極端的氣候也會影響到關於演員造型，「衣服濕了要再拍一次，演員就得換衣服，戲如果比較長，衣服很容易髒，又會導致不連戲，而操作比較複雜的戲，譬如在潮濕雨林中吊鋼絲，造型組得想辦法回復演員的妝容和服裝，這些工作非常繁瑣卻必要。」

關於光的設定，其實並不完全依照季節變化，畢竟赤道上的季節並不那麼分明，劇組反而是依照時刻和晴雨來區隔，拍攝大面積外景時，便看當日高雄的陽光條件如何，加上細節和補光，拍攝戰俘營時，則可以設定比較多樣的光感，「比如使用大燈照射、製造演員臉部陰影，若是陰天的話，則打光在白布上，採用布料反射出來的光源，效果比較柔和。」王淳宇表示，由於戰俘營內需拍攝許多夜景戲，故請來大型吊車，從高處懸吊六面型、包裹白色布罩的立方體，立方體內設有兩盞燈，營造月光灑落的效果、製造單一光源。「重點是盡量講求光源的合理性，在合理的地方布燈，一九四〇年代的環境條件，戰俘營裡不會有太多盞明亮的燈具，所以其實光的來源並不多，主要是依照自然光源的原貌進行加工、加強，善用一些小面積的燈光，比如室內小燈、立燈、燭光等等。」孫介珩笑說：「每天當拍攝現場升起那盞大型月光燈，戰俘營就有了夜晚的氛圍，等到收工之後，

再看見那座『月亮』慢慢降下來，感覺其實很奇妙。」

前製期時，美術組也會同步斟酌透過光源的設計去做出不同時間線的區隔性，「戰爭階段的日本軍營裡，大概只有指揮官有資格用電，其他地方都只有燭光，到了戰後澳洲所主持的法庭時，由於資源充足了，每個地方都有電了，因此要設定和戰俘營時期不同的光感，用來區隔時間，如果單一顆燈泡的亮度不足以供給，就會在燈具之上藏燈來加強光度。」廖惠麗說道，在選擇戰俘營的屋舍建材時，由於許多地方使用竹材，竹片與竹片之間存在可供透光的縫隙，「利用建材本身特性來營造光影變化，這樣的光度就很適合拍攝監所等不安氛圍特別重的橋段，譬如阿遠作為戰犯被監禁時，他身上、臉上、眼睛反射出來的光線，都是環境給的光。」

戰俘營的場景以戰時與戰後作為區隔線，日本軍營和戰後法庭在同一空間拍攝，除了成本考量，其實包含了導演的別有深意，「我認為臺灣人的認同夾在各方立場中間，不管在哪個時期，作主的都不是臺灣人，我們希望能藉由空間調度和鏡頭設計，凸顯出戰俘營在戰時和戰後的各種差異，包括空間功能、物件陳設，襯托出臺灣人處於劣勢的地位卻永遠無法擺脫的處境。」孫介珩說道。

廖惠麗表示，接收到導演的指示時，首先冒出的念頭還是關於預算：「原本導演的想像可能需要更多的房舍空間，而我的想像則是當澳洲軍人接管戰俘營後，最節省時間的方式是直接利用現有建築，將倒塌的房屋搭起帳篷，現存房屋隔上木板直接變成囚房。」王淳宇則從攝影專業角度來考量拍攝重點：「營區實搭的建築物其實只有七棟，要拍出超過十棟以上的視覺感受，就不能把營區拍得太清楚，比方可以利用醫護站的某個角落，鏡頭一轉、演員一站，就創造另一個新的空間。」

孫介珩有感而發的說，一座會說故事的戰俘營，除了考究的空間和光影以外，還有很多的細節是觀眾不一定能用眼睛看到，但卻至關重要的，例如每次在戰俘營拍攝動作戲前，都會看到製片組的夥伴們趴在地上，仔細地用篩麵粉的篩子一趟趟地篩著沙土，把細小尖銳的石頭都篩掉，變成細小均勻的沙。這是為了讓演員拍攝打戲、在地上磨蹭時，不至於受傷。從可見到不可見，從理性到感性，這座戰俘營盛載了許多劇組人員們的創意與善良。

走出營區，還有更大的世界。德仔在海灘上被槍擊倒下的最後一場戲，以及日本律師團乘船下岸的海岸，是在臺東太麻里的海邊取景，場景組跑遍整個北回歸線以南的海岸，只有那邊同時有開闊的沙灘和極度高聳的椰子樹；阿輝三兄弟回憶中，和櫻子度過快樂時光的海灘和海蝕洞，是在高雄西子灣小自然海灘取景，因為在設定裡，他們就是八十年前的高雄人，那裡就是他們日常踏浪遊玩的地方；阿輝、阿遠、羅領事和戰俘們在田中指揮官的命令之下，用簡陋的工具挖掘山洞的戲，在高雄大岡山戰備山洞裡取景拍攝，那裡的山洞群確實就是一九四〇年代二戰接近晚期時日本為了躲避盟軍空襲所開挖；劇中的伐木場，則是劇組從六龜取道小關山林道，每日大隊人馬車行跋涉至海拔一五百公尺，才能拍攝到的特殊林相；而片中的熱帶雨林，許多是在臺東麻荖漏拍攝，是整齣劇最困難也最辛苦

片中新海兄弟帶領俘虜挖的山洞，是八十年前日軍在高雄大岡山所挖掘。

的場景，無論是阿輝誤入當地原住民設的獵物陷阱被倒吊在大樹上的危機，還是阿遠在叢林中看到侏儒象漫步期間的奇幻經歷，都是攝影組、燈光組與全部劇組人員，扛著所有燈具、發電機和攝影器材徒步登山，冒著雨水攀石朔溪，單程花費一個小時，才能取得的畫面。

「全片的最後一顆鏡頭，就是在麻荖漏的森林中完成，當副導喊出殺青時，太陽也正好從太平洋中緩緩升起，下山的路上，我們看顧彼此橫渡的每一條激流野溪，每一聲『石頭滑喔』、『抓繩索喔』的互相提醒，就很像這六十三天的拍攝，再多困難與挑戰，有人一起走，總是會抵達的，很開心有這麼多夥伴跟著《聽海湧》一起走。」孫介珩導演說。

臺東麻荖漏是整齣戲的最後一個場景，也是拍攝難度最高、最具危險性的場景。

【第五章】

CHAPTER 5

清理戰場

剪接：再次創作的過程

以比喻而言，戲劇的剪接近似文學作品的翻譯，剪接師（翻譯者）除了必須熟悉對象的語言，其自身的理解和解釋更像是某種再創作，在《聽海湧》腳本、結構、分鏡與執行皆相對完整的情況下，剪接師做的事情彷彿施以魔法，將整個故事的敘事和呼吸節奏，重新梳理一番。

「雖然《聽海湧》的分鏡已經做得很精細了，但其實很多人都誤會了，誤以為分鏡表就像漫畫，要按照圖像順序來演繹整個故事，但分鏡表其實是拍攝的設計圖，與剪輯的設計圖大不相同，儘管拍攝上已經設計好要拍哪些鏡位、要怎麼拍法，剪接師還是有很大的自由度去安排每場戲、每個鏡頭所呈現的時間長度，譬如說要讓角色遇到變故時，得要幾秒鐘之內落淚，這過程中呈現的悲傷程度就有頗大的差異，而且實際拍片時通常會多拍一點點，四十八分鐘的戲會拍到五十五—六十五分鐘之間，有縮減的空間可以省略、加快、放慢，不影響到剪接的呈現。」剪接師阿晟說道。

維持彈性程度的剪輯空間，剪接師得以掌握故事情節的重點，阿晟表示，即使劇本結構再如何完整易讀，依然需要注入剪接的觀點和風格，「劇本結構不代表故事觀點，比方說這場戲中有三個人物同時說話，每一回切換觀點時是以一句話為單位，剪輯《聽海湧》的時候，我希望讓這齣劇呈現出不同於一般戲劇的風貌，更發揮歷史劇的特色，讓歷史元素盡量進來，相對於著重角色與對話，在取捨上更傾向選取較多篇幅、選擇較全景的鏡位，讓背後的布景、人物特殊的站姿露出。」阿晟表示，在IG等社群媒體盛行以前，大多數人拍照都是全身照或者團體照，留存下的二戰照片幾乎沒有個人的特寫照，「其他類型的戲劇剪輯重點通常放在演員的表情、眼神等臉部變化，而剪輯《聽海湧》時我們則將重點放在遠景上，拓印那時代的符號圖像，勾勒觀眾遙想往昔的情懷。」

孫介珩從導演的角度切入，分享與剪接師合作的工作型態，「阿晟是業界相當有經驗的剪接師，而我是一個喜歡討論的人，我會很希望大家可以丟東西給我、我們來互相刺激，阿晟剛好做到了這一點。」《聽海湧》的劇本本身具有許多結構設計，因此，剪輯時不見得能夠大幅度地調動順序和刪改，經過雙方不斷地討論、溝通，彼此都掌握到做事的節奏，同時保留劇本原有的設計，「和剪接師一起工作，其實花上很長的時間是兩個人並排坐著面對剪接螢幕聊故事，聊劇本的最

透過特寫、中景與遠景的搭配，呈現不同角色之間不同的性格與立場。

核心，聊角色最深層的悲歡喜樂，然後一格一格地仔細檢視畫面、從一秒二十四格裡面找出最對的那一格，身為導演，和剪接師工作時能置身在同一頻率下是很重要的。」

阿晟笑說，一開始剪輯時其實並不順利，「我和導演是第一次合作，初期還在摸索故事的走向，第一集的第一個版本接近我自己的剪輯習慣：節奏明快、直接切入重點，等到和導演和劇組討論過後才比較抓到他們要的方向，這齣戲比較像文學作品，有循序漸進的過程，第一集裡埋了太多重要伏筆，如果省略了，後面集數就很難爆發張力，經過幾次調整後來就滿順利的。」將情感投入故事，剪接工作得以更加細膩順暢，第四集的剪輯心路最讓阿晟印象深刻，「第四集裡，德仔掙脫法庭警衛的控制、奔向海邊的那場戲，我試著剪這場戲時呈現出和其他集數完全不同的風貌，觀眾在這集中第一次透過德仔的視角近距離感受大海，德仔本身則表現出瀕死前的瘋狂，因此大幅度地調整剪接方式，畫面更加流動狂亂，譬如德仔的肢體動作是很不連貫的，我刻意選了他在樹林中奔跑姿態最像猴子的畫面，德仔從頭到尾都在學習怎麼當一個人，但如果當人這麼困難、這麼辛苦、這麼變態，他是不是可以當一頭野獸？當野獸是不是更快樂？所以觀眾可以看見德仔奔跑時脖子往前伸、是駝著背跑的，可能地上有很多障礙物，他抬腳抬得特別高，因為雙手被綁住，上半身又特別緊繃，那姿態根本不像人，當他聽見海浪聲而彷彿想起哥哥們時，他恢復了平靜、變回了人類，但當他的心智類似冥想狀態、正是最平靜的時候，卻被槍殺了，這一段的情緒起伏非常大，在畫面和聲音的安排上我自己頗為滿意，滿意到甚至剪完就不太想剪第五集了，雖然後來剪下去才發現第五集更猛！」

身為資深剪接師，阿晟反而不願順應臺灣影視的主流取向，「臺灣的影視界一直以來都偏好寫實，可是影視一定比不上現實生活來得寫實，我認為戲劇最強大的力量並非寫實，寫實應該是一個時代人的生存觀點和生活模式、非常自然存在的，況且每個時代的人表達情緒的方式、用語、姿態都不一樣，《聽海湧》裡聚集了這麼多不同國籍、不同語言的演員，故事本身非常生動，當我看到導演拍攝的素材其實心裡滿慶幸的，每個角色都有安排各自的語氣、特色，甚至習慣動作，是剪接師能凸顯戲劇性的好材料。」

談起劇中日本律師渡邊去戰犯監所，向阿遠傳達櫻子已死消息的這場戲，阿晟認為剪接師除了依據劇本和分鏡，還應重視演員實際的演出表現，「戲裡渡邊的表演很像某類熱血日劇，而阿遠是臺灣培養出來的演員，他的表現反而很放鬆，照理說，阿遠是死刑犯，渡邊是辯護律師，兩人的表現應該反過來才對，但對剪接師而言，最好的素材是手上現有的材料，導演這樣的設計和呈現一定有其道理，於是我順應這兩人實際表演的姿態，重新理解了角色，這部分無法單純從劇本、分鏡表上看見，如果單單將眼前所見視作親眼所見，只會感覺這名死刑犯怎麼這麼豁達啊？但如果他已經不怕死了呢？那場戲裡，阿遠只是靠在牆上、手自然地扶在箱子上，渡邊則是跪坐姿勢，讓我覺得阿遠彷彿是皇帝或是幕府大將軍，渡邊卻像是來報告的朝臣，有種時代劇的感覺，實際劇情卻是一個自由之身的人來激勵快要死掉的人，我感到這兩者的碰撞會產生強烈的諷刺性，也能刺激觀眾去思索生死的問題。」

聲音：配樂與成音

除了視覺畫面，戲劇的聽覺效果同樣占據關鍵的位置，《聽海湧》的聲音設計一方面還原了北婆羅洲的自然環境、營造濃厚的異國感，一方面則透過配樂帶動故事的時代質感。混音師張喆泓善用從北婆羅洲錄製的素材，建立環境音的數據庫，「我覺得婆羅洲的環境音很有異國感，和臺灣很不相像，故事中許多地方位在深山，聲音設計方向偏向強化鳥鳴，有部分鳥鳴來自婆羅洲，其他部分是未知的鳥聲，強調環境的未知性和奇幻感，戲劇的聲音主要以主角的聽覺感受為主，因應人物的處境、情緒而調整，不是全然客觀的背景音。我也希望聲音可以推動演員情緒，所以使用風聲、草聲、蟲聲等等去帶戲，比如有一場戲是德仔站夜哨時聽到竹林傳來咿呀聲，為了增加戲劇張力，在這裡加入了婆羅洲特有種長臂猿的叫聲，長臂猿叫聲尾音往上揚，和竹子咿呀作響的聲音類似，聽起來像林中存在著不知名的奇怪生物，以強調人物內心的恐懼。」

張喆泓表示這時進行的階段像是著色，深淺的拿捏很重要，「導演會想要在加強

rit.
Thomas Foguenne

聲音設計張喆泓後配環境演員人聲（簡稱 ADR，Automated Dialogue Replacement）。

某些畫面的趣味，劇中比較詼諧的地方都會用上猴子的聲音，因為猴子叫聲有點像人的笑聲。」戲劇聲音所具的暗示效果，超乎尋常的想像，聲音的質地也有影響，「蟲鳴暗示了安全與夜晚，要讓觀眾感覺現在是安全的環境，或是一個寧靜的夜晚，會讓蟲鳴持續存在，如果有情況發生，蟲鳴立即消失；還有戰俘營周圍的風聲，風吹動茅草屋頂的聲音，在戰俘營場景中一直持續，隨著現場情境起伏急緩；至於海濤的聲音主要有三種區隔：德仔被槍擊的海灘、日本律師團上岸的海灘、三兄弟回憶中海蝕洞的海岸，海蝕洞的聲音比較特別，剪接師保留了許多空景，容納海浪撞擊蝕洞飛濺的轟鳴聲，目前錄製的都是臺灣的海濤音，現場拍攝時也錄了一些，我

現場錄音組，僅三人卻要負責全場有時十幾位演員的對白收錄。

聲音設計張喆泓在工作室庭院進行擬音（Foley）。

本身長期住在高雄，這齣劇主要在講高雄的海，海的聲音滿充足的，反倒是動物比較麻煩，臺灣錄到的動物音幾乎都不能使用，因為某些動物在北婆羅洲並不存在，就算存在也缺乏異國感，所以我盡量使用少見的聲音素材，有些部分我覺得可以自己錄的就自己錄，比如貓頭鷹的叫聲是用我自己的聲音去混合生成。」

音效後製工程繁多，凡是特殊和大型場景的聲音需求，都需要一一後製調整，張喆泓說，並非所有聲音皆發生在場景內部，有些場景的聲音重點發生在畫面之外，亦即常稱的「畫外音」，「譬如拍攝俘虜們一批批被送進軍營的戲，雖然鏡頭只拍到一輛車子開進來、俘虜下車，畫面外的邏輯其實是後面有好幾部車不斷陸續送來俘

《聽海湧》全劇配樂由比利時作曲家福多瑪作曲，交響樂曲目由楊智欽指揮率領高雄市立交響樂團演奏，錄音地點為高雄大東文化藝術中心。

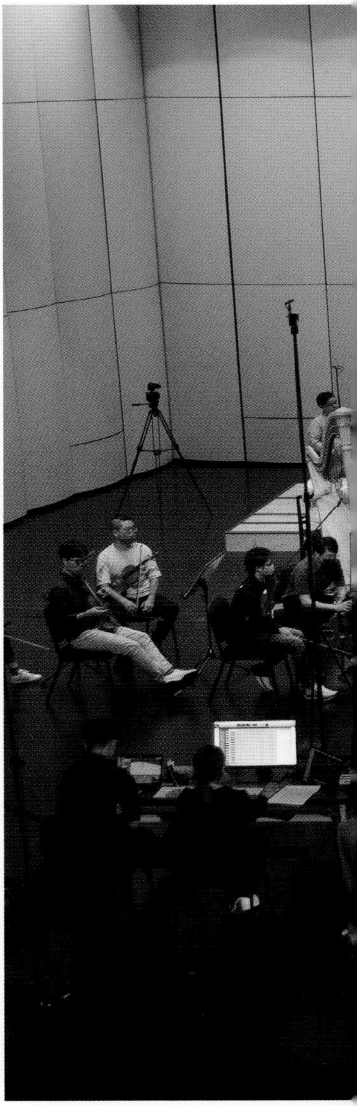

虜，加入畫外音可以豐富畫面感，以及第五集中軍營遭受轟炸，我們錄製了很多人的呼救聲、受傷呻吟聲、救火呼喊聲，讓畫面充斥各種人的聲音去凸顯、加強狀況的慘烈。」

但有時並不是加入很多效果聲音就是好，劇中具有強烈聲音張力的兩個場景，一是田中指揮官在眾人面前、自甩巴掌的戲，另一場則是一等兵竹崎滿懷恐懼走上絞刑臺的戲，「指揮官自打巴掌的那場戲是來真的！我還在思考要不要把現場原音保留下來，這場戲的效果很好，他每賞自己一個巴掌，喘氣聲越粗重，加深了觀看時的壓力和臨場感；絞刑臺的部分則要呈現人物走上去的腳步聲和粗麻繩拉絞聲，演員本來的表現就很精采了，畫面感也很殘酷，所以我沒有加入更多刻意的音效，只將現場收到的原音做大小聲凸顯和平衡，就夠飽滿了。」張喆泓說，留白也是聲音設計的重要成分，「刻意的留白是另一種有效的張力，劇中在壕溝邊、阿遠對領事夫人何景儀開槍的那場戲，現在的聲音設計是留白的，那一部分到最後只保留兩人內心獨白的聲音，其他什麼都沒有。」

本劇的事後配音也花了許多時間，之所以如此浩繁，孫介珩說，其中一個原因是大部分環境演員並非日本籍，「我們花了很多時間錄製 ADR（事後配音），因為環境演員在現場喊叫的聲音並非標準日文，雖然背景聲音模糊，但為求更好的觀影體驗，還是得在後製期重錄，兩周我們找來很多澳洲人和日本人，在高雄的錄音室配音，因為來的人不一定是專業的聲音表演者，因此需要花不少力氣依序引導，憑空要求一個聲音素人大喊『救命』是有困難的，需要引導他們，讓他們看見畫面、想像具體的處境，那些我們請來的外國壯漢都很賣力地喊，一個個錄得臉紅脖子粗。」

《聽海湧》全片總共有超過一百首配樂，其中三十首屬交響樂，配樂福多瑪（Thomas Foguenne）則從理解題材、讀完劇本，一路行進到看完拍攝畫面，最終決定採用交響樂作為聽覺主軸，「我看完劇之後的想像，首先是音域較低的弦樂，後來想到可以跟交響樂團合作，嘗試不一樣的做法。」福多瑪表示，交響樂團最適合運用在範圍較大的事件、情節，而《聽海湧》講述的正好是歷史上的重大事件，交響樂可說是唯一首選，「交響樂本身有著沉重巨大的歷史感，主要配用在最重要的幾齣戲，六十多個樂器一起演奏，配合畫面設定，創造史詩感和悲愴感，我寫譜時最主要的靈感來自於戰爭，滿多地方用上法國號、小號等有聲音厚度的樂器，雖然這齣劇不只包括戰爭元素，我覺得《聽海湧》比較像是事後的集體回顧，個人史與國族史相互交織的故事，在回憶的部分會使用豎琴這種最輕柔最古老的樂器。」

「福多瑪過去比較常做紀錄片類的配樂，他的編制簡潔舒服，渲染力不至於張牙舞爪，沒有太強烈的介入感，能讓觀眾自然而然地沉浸在劇情中。為了這齣劇，福多瑪全新創作了所有配樂，我是第一次有機會在自己的作品裡面以正式編制的交響樂作為配樂，而福多瑪也是第一次和交響樂團合作完成一部影集作品的配樂，在準備時我們都有點忐忑，誰也不知道結果會如何，直到首次在高雄市交響樂團的練團室聽到《聽海湧》主旋律的試奏，我們都有種鬆了一口氣的感覺，雖然當下我說不清楚，只覺得那是一種很難被其他選擇取代的震撼，在這個時代，尤其難得。」孫介珩說道。

【尾聲】END

聽到海湧的人們

《聽海湧》的所有場景，在在表述著戰爭的張力和壓迫感，以及臺灣複雜的認同結構，身處政局海湧之中的臺灣，「戰爭」似乎是一個眾人避不願談、卻時刻迫在眉睫的課題，從《聽海湧》的故事之中，我們發掘出許多思索的空間，回視臺灣在世界的立足點，反思歷史的進程和定位。

「從臺灣的角度來看，我們其實一直處在對峙與戰爭的陰影之下，我認為相較於軍火的侵略，意識形態的衝突可能更尖銳，臺灣面臨的威脅，遠不止於敵國軍隊的登陸或干擾，經濟、文化的侵略比起軍火武器，要來得更可怕而且無形，我傾向用冷靜、開放的態度來討論這件事情，透過說故事的方式，也許能化解彼此的誤解和衝突。臺灣有自己的發展脈絡，是複雜且多元的，不管是對岸的決策者和人民，或是在臺灣抱持不同國族立場的觀眾，我都很希望大家能從這個故事裡看到我們的相同與不同，進而去理解站在我們對立面的人在思考著什麼。八十年前的人們因為缺乏了理解而引發了戰爭，八十年後的我們，是否要重蹈覆轍呢？藉由說故事讓本來抱著嫌隙、隔閡的人們更了解彼此，是最美的事，這是文學和藝術之所以能超越政治操弄的價值。」孫介珩說道。

對於始終處於衝突帶的臺灣，戰爭的創傷始終不曾遠去，歷史的幽靈始終不曾離

2023 年 4 月 9 日，主場景戰俘營殺青。

場，一齣戲劇，一個故事，或許無法造就現實局面的扭轉，但故事的力量，讓我們得以跨越國界、跨越語言、跨越文化、超越政治，直面人性的良善和複雜，沉澱生命的意義和作為，看一部片、讀一本書、聽一首歌，都是價值的選擇和實踐，每一片黯淡無光的陰影，皆蘊藏著風雨歇止後的燦爛天光。

這座會說故事的戰俘營，在經歷了 63 天的拍攝後功成身退。

工作人員名單

出品：財團法人公共電視文化事業基金會
聯合出品：高雄人、三餘創投股份有限公司
出品人：胡元輝、徐秋華
監製：於蓓華
聯合監製：李淑屏、巫知諭
製作協調：雷品晶
製作人：林佳儒、湯昇榮、孫介珩

主創團隊
導演：孫介珩
編劇：蔡雨氛
製片：鍾佳霖
攝影指導：王淳宇
造型指導：周建良
藝術指導：廖惠麗
美術指導：李薇
剪輯指導：高鳴晟
聲音設計：張喆泓
配樂：福多瑪

製片組
執行製片：蘇裕翔
行政財務：林旻錡
現場執行：馬士婷
現場助理：朱牧宸、詹喬芬、范顗
現場製片組支援：彭晧益、賴柏丞、洪靖嵐、張伊琇、黃祥源
生活製片：劉捷欣
生活助理：黃靖茹、蔡沂瑾
場景協調：林柔昀
場景支援：李添進
場景組小幫手：蔡雅婷、黃添寶、蔡喬茵、蔡松樺、林群恩、蕭惠香、石敏辰、林裕哲、林偉婷、林書輝
後期製片：鍾佳霖

導演組
第一副導：吳學承
第二副導：吳佳臻
前期第二副導：陳虹儒
助導：石宛玉
場記：蕭羽涵
現場日語口譯：巫紹君
分鏡師：鄭嘉

選角組
選角指導：尤慧婷
選角執行：王堇陶、陳俊嘉
前期選角執行：許雅欣、紀彣潔
選角助理：林孟萱、李君儀

攝影組
B機攝影師：張維廷
Steadicam操機員：張維廷
雙機攝大助：張維廷、黃孝強、林哲佑、陳俊嘉
A機攝影助理：黃文威、林冠羽、黃智榮
B機攝影助理：孫聖凱、葉政宣、陳萬得、陳柏睿、周靖桓
檔案管理：蕭郁錡、黃勇豪
空拍師：張博鈞、彭晧益

燈光組
燈光師：楊青翰
燈光大助：許原毓
燈光助理：羅煒、陳柏成、李德諒、李信助
燈卡司機：曾名安
燈光支援：孫大鈞、蔣昱紳、黃政澔、利家瑜、楊凱淳、汪俊言

錄音組
錄音師：張喆泓
錄音大助：曹禹辰
錄音助理：郭家璇
錄音代班支援：鄭子璿、戴以婕

美術組
美術行政：呂玠珮
場景設計：翁于庭
陳設美術：林進源
陳設組：劉孝棋、何泳瑩、江欣儀、王珮蓉、楊政澔、江欣儀
現場美術：張洳
現場道具：李佳頻、吳雅茜
平面設計：謝佳蓉
氣氛圖繪師：徐立庭、呂奇駿
美術組點發支援：劉先齊、吳元修、林俐、張晏進、康庭維、蕭家棋、袁微鈞
美術組實習生：林靖雅
戰俘營模型製作：廖惠麗、張皓媛、吳明捷、楊馥瑜、蔡兒雅、許之卉

木工組
阿榮影業股份有限公司
木工總監：張簡聯弘
木工領班：張建瑋、許敏樂
師傅：李瑞龍、陳建彬、林俊和、陳清彥、謝景盛、謝沛龍、簡慶智、林清棋、李瑀紳、李瑀哲、林冠緯、陳柏羽、林旭東、李正烊、李昀臻、陳俊才、林玉美、杜金香、謝阿玉、許智慧、林俊南、林俊吉、蘇天益、黃文昌、姜伯勳、廖嘉威、王宜靖、許文和、陳毅軒、伍金財、湯維傑、阿順．荻布．斯妲娜、理外．達利夫

質感組
法蘭克質感創作有限公司
質感總監：陳新發
質感統籌：林佩蓁
質感師：陳欣慧
質感執行：吳妍樺
質感專員：王奕婷、王佩琦、蘇立亞智、郭佳妤、陳奕晴、陳沛瑱、鍾宜潔

水電組
富立工程行、新上海工程行
師傅：吳喜富、吳家仲、蕭凱圩、邱榮雄

土方組
喬銳工程有限公司
總監：賴昇輝
師傅：葉光哲

造型組
造型執行：莊雅婷
造型助理：陳玟妤、葉于慈、王度云、陳彥甄
服裝管理：莊千雅、許景婷
服裝支援：李宛璇
髮型師：張璨月
化妝師：林培莉
妝髮師：徐嘉君
梳化助理：吳亞恬
梳化支援：黃琳晏、盧靖雯、陳愷萱、張祐慈、林慧雯
梳化組實習生：實踐大學時尚設計學系
林家瑩、林育立、廖芝綺、曾微凱、高可昕、徐蘊婕、董沛妤、陳晰、許祐榮、周心如、楊雯婷、葉欣怡
服裝質感支援：戴浩宇、陳韋翰、饒瑾瑄、蔡孟勳、蔡承翰

特殊化妝組
百嘉堂特效化妝工作室
特化師：劉顯嘉、蕭百宸
特化助理：陳韋晴

場務組
場務領班：陳億昌
場務助理：何家賢
場務助理：黃偉誠
場務組支援：王從育、汪俊言
電工：葉聰安

重機具組
重機具組：豐禾企業行
重機具顧問：張志明
助理：陳信豪
TRUSS技師：吳家昌、鄭文斌

動作組
酋羽影像工作室
動作指導：楊志龍
動作組助理：江嘉駿、簡岳成、黃繹軒、邱郁涵、
陳冠銘

現場特效組
光圈映像有限公司
現場特效領班：陳茂榮、陳宗錦
現場特效助理：廖秦慶、李正豪、蔡青錡、黃永泰、
朱義楨、張維展、李明雄、李佳杰、
吳芳源、任奕嘉、林瑋鈞
特效水車：李柏彥

花絮組
花絮導演：陳宛靖
花絮側拍助理：石宛玉、黃櫛欣
花絮組實習生：林祐萱、陳琮霖

劇照重構：林旻錡
劇照後期調光：林旻錡、蕭郁錡
劇照師：王志偉、吳慧娟、陳又維
片頭設計：廖東騰
標準字設計：林東
前導海報設計師：林旻錡
主視覺海報設計師：莊少橙

顧問／指導
歷史顧問：藍適齊
編劇顧問：徐瑞良
表演指導：黃河
日語臺詞指導：蔭山征彥
日語老師：竹田博昭、畠山まり子
閩南語指導：林良儒
澳洲語言顧問：David Archdall
婆羅州伊班族顧問：Leomuamoko Oel
日軍軍事顧問：方郁仁
綑綁顧問：墨耳

製作協力
攝影燈光器材：阿榮影業股份有限公司
場務器材公司：永祥影視器材
車輛租賃：永笙汽車租賃有限公司
演員車司機：吳華強
服裝卡車司機：蔡武助、賴柏丞
美術道具車司機：宏明工業股份有限公司、邱火明
水車司機：偉特工程有限公司、蘇坤山、柯明傑
法務顧問：吳奕言
建築顧問：伍偉廷建築師事務所、伍偉廷
會計事務所：敦荃會計師事務所、何宗憲
記帳事務所：理想稅務記帳士事務所、李孟翰、廖
利秦
保險公司：富邦產物保險股份有限公司、三商美邦
人壽保險股份有限公司
隨組初級救護技術員：鍾佳霖、林旻錡
高雄山區緊急救護技術員：雄聯救護公司、許來義、
戴東浩
臺東山區緊急救護技術員：群眾救護車事業有限公
司、陳永峻、王澤祐、
陳思旭、崔北順
高雄山區野外戒護團隊：宋德威、陳佩琪、沈君州、
林柏翔
臺東山區野外戒護團隊：李龍明、黃提稚、陳俊諱、
林飛雄、林志光
臺東海上戒護救生員：臺東縣紅十字會、李樹昀、
曾進德、廖智揚、陳保羅、
莊永霖

剪輯
阿晟剪輯工作室
剪輯師：高鳴晟、杜素鈴

視覺特效製作
幻製研所股份有限公司
視效總監：劉惟熠
專案統籌：張凱筑
CG動畫指導：林翰平
CG藝術家：劉紀政、余瀚斌、陳廷維
FX特效：劉惟熠、余瀚斌
合成：蔡昕蓉

聲音後期
喃喃聲音工作室
對白混音：張喆泓
對白音效剪輯：張喆泓
ADR錄音室：喃喃聲音工作室、量子影創
ADR錄音師：張喆泓、張倫嘉
FOLEY擬音師／錄音剪輯：張喆泓

影像後期
大鐵人影製所
後期統籌：錢星如
調光師：周佳聖
調光助理：黃靖博、黃佳儀
旁白字幕：曾斯含、周孝軒
套片：黃靖博、黃佳儀

音樂製作
配樂：福多瑪
樂手：
交響樂團：高雄市交響樂團
豎琴：解瑄
錄音室：ff studio
錄音師：左興
剪接／混音：左興
錄音助理：林采萩

高雄市交響樂團
執行長：朱宏昌
指揮：楊智欽
第一小提琴：葉翹任、張恆碩、李純欣、郭洹佐、
范翔硯、蔡宗言、陳冠甫、黃郁盛、陳人瑋、康介柔
第二小提琴：陳思圻、熊書宜、蕭曼林、張瓊紋、陳
麗薰、葉家銘、黃俊翰
中提琴：蕭寶羚、陳曉芸、王弈萱、尤媛、林楷訓、
陶泓憬
大提琴：林采霈、劉彥廷、陳怡靜、林威廷、莊名媛
低音提琴：阮晉志、趙紋孜、曾兆瑒、汪育萱

長笛：林文苑、葉瓊婷、吳建慧
雙簧管：王慧雯、鄭化欣
單簧管：莊維霖、韓健峰
低音管：劉君儀、施孟昕
法國號：陳冠豪、黃姿菁、傅宗琦、薛程元
小號：唐大衛、陳鏡元、蘇勤硯
長號：田智升、鄭詔駿、黃鈺棠
低音號：潘慈洞
定音鼓：陳又誠
打擊：洪瑞辰
豎琴：管伊文
樂團舞監：吳柏儒
譜務管理：孫思齊

片尾曲：望你早歸
原作曲：楊三郎
原作詞：那卡諾
演唱：巴奈
豎琴：解瑄
製作人／編曲：福多瑪
人聲錄音室：大小眼錄音室
人聲錄音師：陳以霖
器樂錄音室：ff studio
器樂錄音師：左興
剪接／混音：左興、福多瑪
原始著作權公司：喜瑪拉雅音樂事業股份有限公司
代理版權公司：可登音樂經紀有限公司

公視節目發行團隊
柯予恆、童雅琴、趙守揚、簡幸玲

公視行銷團隊
行銷總監：胡心平
公關宣傳：徐家敏、高美娟、陳慶昇
視覺宣傳：莊幼圭、蘇惠玲、陳俊峰
數位行銷：吳小瑾、李彣、張毓茹、楊景名、陳秋妙、彭立揚、謝沛芸、朱予安、陳珊珊、陳逸雯

公視行政管理組
行政管理：黃靜國、龔美靜

行銷團隊
用心娛樂
行銷總監：周品懸
公關經理：吳琬婷、徐桐炘、吳孟庭

社群經營：小凱
社群美編：小雞

語言翻譯
日語臺詞翻譯：馬場克樹
日語臺詞審稿：巫紹君
英文臺詞翻譯：陳正弘
英文字幕翻譯：蘇瑞琴
英文字幕審稿：章舒涵
閩南語字幕審稿：林良儒

演出
新海志遠：吳翰林
新海輝：黃冠智
新海木德：朱宥丞
羅進福：施名帥
何景儀：連俞涵
威廉柯爾：周厚安
田中徹：塚原大助
渡邊直人：松大航也
龜田源作：葛西健二
北川國夫：伊吹
高橋庄治郎：馬場克樹
小林清雄：岡本孝
竹崎正八：松野高志
濱田春治：与座徠
藤田茂：金澤捷安
廣田順：李國強
南鄉忠：李晏駒
川上濱：陳家寶
淺田櫻子：塗茂るな
櫻子父親：鄭有傑
羅在望（三個月）：王瑾嵐
羅在望（七個月）：邱子岑

LEE：BRANDON JOSEPH NEVINS
MORTON：RANDAL OLIVER COLWELL
KEN：BENJAMIN JAKOB HENRICH WALLENSTEIN
JAMES：MC CARTNEY MICAH BROOKS
BIRDY：ISAAC DANIEL ENELOW MYERS
PETER：JACOB ROBERT PUGMIRE
POUND：THOMAS WILLIAM O' MEARA
JUKE：NORMAN IAN CHAPLIN ROBERTS
RAYMOND：MEHDI ROSTAND JULES
捲毛：FRANK MICHAEL RYAN
皮包骨盟軍：HARIS HADZIMEJLIC

主審官：GARY EDWARD GITCHEL
書記官：BARRY LYNN HALL
澳軍通譯：JOSHUA DAVID HEMMING
船夫：黃智宏
村長：畢志綱
男司儀：張家禎
外交官：邢謦顯
英國軍醫：狄建世
平頭小男孩：楊易儒
伊班族獵人：LEOMUAMOKO OEL
伊班族小男孩：林諾立
受傷日本軍官：江原強尼
小提琴伴奏學生：詹秉諺
馬來母子：林玉雪、黃靖茗
日方翻譯：邱靖霖、方傑
日本女學生：吳亭儀、吳佳臻、張卉潔、黃美綺、竹前美希
船上民眾：丁肇琥、王彬宇、王瑞章、何宇翔、李育玲、李惠珍、陳忠育、葉素媛、鄭愛惠、賴奕廷

臺灣送別會民眾：尤若宣、王雅筑、王維國、何崑民、李雪美、林科秦、林聖欣、邱智群、高信義、高碧霞、張良才、郭丁和、陳西君、陳宥然、陳映良、陳傳坤、黃盈賓、黃敏容、楊子瑩、楊遠之、劉曉菁、鄭維頡、韓百業、顏如玉
婆羅洲華人村村民：王志騰、吳青蓉、吳姿儀、李慶祥、林文彬、林振群、施秉簾、凌高旭、陳妤潔、陳雨禾、陳宥然、陳傳坤、黃盈賓、萬文豪、蕭茗甫、陳泓佑
日軍：尤圓淨、石易璋、宋鴻斌、李祖樂、沈宥齊、周秉豪、周晴鋒、林柏辰、林家鉉、林逸新、邱德智、張銘賢、莊子恩、郭枳廷、陳誌賢、黃柏穎、黃琮徽、黃瀚德、黃瀚緯、劉勇辰、劉洺呈、劉軒宇、劉欽哲、潘德瑋、謝佾蒼、謝明璋、藍家平、王明君、王政瀚、王彬宇、王新揚、史宗龍、吳光明、吳江益、宋昱、李昱輝、周士傑、林宜鋒、林玠徽、林聖欣、林資閔、邱智群、侯秉緯、洪銘鴻、范哲銓、孫偉倫、許翊紘、郭博文、陳宥然、陳映良、陳煜承、陳瑞群、陳翰君、黃仲政、黃彥評、黃敏容、楊浚良、葉秉元、靳勝文、劉承昀、劉宣辰、潘建助、潘新富、蔡承佑、蔡清洋、蔡嘉和、鄭育昇、蕭智仁、蕭貴仲、賴星辰、謝仁翔、謝宗昀、謝閔傑、鍾孟辰、蘇睿哲

婆羅洲民眾：尤若宣、王明君、王映婷、王連任、王雅筑、王維國、古心慈、何崑民、吳俊毅、宋偉勝、李玄宗、李其鴻、李岳翰、李明瑞、李家妤、李雪美、周昌彥、林事坤、林奕志、林彥助、林科秦、柯彥辰、洪維聰、胡平凡、范昱禎、唐義昆、孫偉中、孫維均、徐震杰、高名賜、高信義、高碧霞、張良才、張琬菁、張璟騰、莊忠穎、郭丁和、陳文伶、陳西君、陳念紘、陳芳揚、陳信憲、陳昱承、陳柏升、陳振家、陳振聲、陳憲章、曾淑媛、曾煥祥、黃紀嘉、黃韋恩、黃愉惠、黃潔文、楊子瑩、楊遠之、葉聖文、葉螢瑗、董宗岳、詹川慶、詹毅勇、雷莛銨、廖麗雯、趙聖爵、劉于萍、劉東樺、劉俊霖、劉康宇、劉曉菁、歐弘隆、潘少維、潘羿瑋、蔡承祐、蔡閔如、鄭維頡、薛小芳、謝定、謝朝宗、謝閩傑、顏如玉、蘇敬勛、蘇榛和

男盟軍／俘虜

司書亞
毛一風
ALAN
ALI MOHAMED ALIAGH
ARMAND KOICHI FINANCE
ARTURS VANCANS
ARTHUS GERARD PIERRE
ARRANO LEIVA JORGE
BARANOWSKI DAMIAN SZYMON
BENJAMIN JOHANNES
BOB JOLING
BORBA CIRNE WALTER
BOITIER THOMAS
BOURGEOIS ADRIEN FRANCOIS
BRIAN KELLY CRAGUN
BRIAND MARC-ANTOINE THEO VALENTIN
BLACKWELL MATTHEW CHRISTOPHER
CAMERON LUKE
CABANAS VERA FAVIO
CHAMORRO CREEGAN ANDREWS PATRICIO
COLLINS JAMES ALEXANDER
COLTON
DANYLO FATIEIEV
DANIEL JOHN JESSOP
DANTE DIRK M SCOPONI
DAVIES DANIEL ROBER
DAVIES WESLEY ROBERT
DAVID HENRI DAUCE
DE BRUYN PIETER SAREL
ENRIQUE ALONSO CONCHA CORNEJO
FAVIO
GREGOR OTTE
GALLET JULIEN ANDRE HERVE
HERBERT LANEY MACK IV
HOFFMMANN PATRICK
HORODEZKY MAURICE DANIEL
ISMAIL IKKEN
JACOB ANTHONY VON PRISK
JONAH SHEPHARD GRACEY
JOSEG
JULIEN DIDIER JACKY CHAUSSE
JULIENG
KELLEN ALEXANDER
KEVIN KUEHNAPFEL
KLEYNHANS MARIO
KUNBERGER BRADLY ERIC
KYLE MARTIN OWENS
IONEL TATARU DAVID ADRIAN
LUKE
LOUW
MALONEY DARCY VINCENT
MARCEL
MARQUEZ CLEMENTE PASTOR
MAREK MATEJICEK
MAX
MICHAEL THOMAS DISPENZA
MOHAMMAD SHAHNAWAZ ALAM
MUHAMMAD UBAID KHAN
NICO
NICK
NOUREDDINE OUHAMZA
ONTENIENTE EDOUARD JOHN
OSORIO ESPINAL JOSE GABRIEL
PIERRE ADRIEN E. MOREAU
PRASANNA KUMAR GANTA
PRATIKKUMAR NAVINBHAI NAYI
PRETOURIUS JOHANNES LODEWIKUS
PROASAD ROHAN VIJAY
PROULX ALEXANDRE
RAFEL
ROUBAK NICOLAS
ROULLIN ANTOINE ALVIC JACQUES
ROBERTS PAUL WILLIAM
SABILLON DUBON HUGO
SANDER
SCHAEFER RAFAEL OLIVER
SAYERS TOM PERRY
SEAN RYAN CANNADY
SIMATIC MAXIMILIAN IVAN
SOBOLEV IGOR
STARCHER COLTON LEE
STIJN RAPHA L G. DESPLENTER
TOBY ROWLANDS
VAHI SANDER
VAN COPPERHAGEN JOSHUA
VAN HEYST NICHOLAS DAVID
WAMBST DYLAN PATRICK

女俘虜

GAELLE MARIE CONSTANCE BOSCALS DE REALS
KLEYNHANS MIA
MANDILI ZOHRA
MAYA JEAN DAVENPORT
SHALOM VALERIE MAYUMI SILLAVAN
VITER IULIIA
林旻錡
張又方

演員經紀團隊

巧克麗娛樂股份有限公司—廖儀婷
我們的演藝工作室—李榮珠
茂福傳播事業有限公司—曉慧姐
齊心娛樂事業有限公司—徐伊蓮
水晶共振股份有限公司—鄭麗甄
樂貓創映有限公司—陳融萱
星浪娛樂行銷有限公司—羽庭
麻生汶經紀公司—小丘
廣達多媒體有限公司—小尉
FRANK
ERIKU
PAT
艾妮爾 V&L
俋思國際有限公司
橋儒顧問股份有限公司

聽海湧

Three Tears in Borneo

編劇／蔡雨氛

啟航

全五集劇本

是故事找上我們

得遙想一下當年，稍微倒轉時光，稍微就好，那是新冠病毒來臨之前，iphone XS 即將問世，電影人帶著新鮮好奇眼光來試探 VR 科技的年代。我們幾個人來到臺北中山堂參與活動，成員裡有三十出頭，有二十尾巴，也有剛過十多歲不久的，總之，是這個社會認為還算年輕的傢伙，我們湊在一起，不為什麼，因為電影。

那時，我們已經拍過幾部短片，在臺灣鼓勵新秀的影展裡獲得一點肯定，長出些許自信，又積極渴望更多掌聲，對於以影像和聲音做為敘述故事的電影載體，似乎掌握到什麼，卻又尚未透徹，我們好像積極想吸收什麼，把這個什麼轉化成電影，再來獲得什麼，因此，當時只要看到電影相關的活動，有時間，相互揪一下，就會去了。

我們參與的活動叫做「VR 黑客松」，由臺北電影節主辦，與會的黑客們得連續三天聚集在中山堂的光復廳裡，共同想出一個適合 VR 裝置的企劃。從零到有總是得先迷茫的，我們幾個人圍坐在一起，好似互相看著朋友的臉就能生出故事一樣，這招當然失敗了，於是介珩[1]轉頭看看我們正身處的空間：「光復廳」，接著，我們低頭 Google，就這樣從維基百科挖到了故事。

中山堂在日本時代稱為「臺北公會堂」，作為都市活動展演用途。在二次世界大戰終結後，臺灣政權由日本轉交給中華民國，這個開啟臺灣歷史新頁章的受降典禮，正是在中山堂的光復廳舉行。大概是受過歷史系訓練的關係，我和介珩立刻被這重要的歷史轉捩點給吸引，但是活動只有三天，節奏得調得非常快速，第一天，我們圍坐在一起，丟想法、故事接龍，虛構出以臺灣本土青年杜聰明醫師[2]為主角的故事，講述他在參與受降典禮當天，驚覺有人埋伏炸彈，作為一位日、中語流利的知識分子，他挺身而出，於日、中雙方官員之間協助調查。

1　孫介珩，《聽海湧》導演。

2　杜聰明（1893 ～ 1986），日治時期以第一名成績考進臺灣總督府醫學院，為臺灣重要的醫師及醫學教授。

雖然活動只要求產出企劃，討論過後的我們，某種不明所以的靈魂上身了，小組成員有志一同決議拍攝一支影片，全片都以杜聰明的主觀視角呈現，模擬 VR 遊戲裡的感受。當時小組裡的成員黃元懋[3]聯繫上軍事迷朋友，殺到臺中去租借戰爭時期的日軍及國民黨軍服，Danny[4]則跑回桃園拿一年前結婚穿的西裝，那套衣著剛好像極了 1945 年的紳士服。現在劇本有了，戲服有了，場景有了，工作人員有了，團隊裡願意飾演日軍角色的人有了，飾演國民黨軍的有了，飾演杜聰明的有了，就差窮困又生病的間諜了。我們幾個較年長的，拿出哥哥姊姊的態勢，積極說服年紀最小的喆泓[5]露相，那時喆泓剛從學校畢業不久，聲腔還帶點青澀，他一臉不情願，卻緩緩點頭：「喔，可以是可以啊，但是，就算世界末日也不可以把影片外流。」

「Ok 啊！」我們齊聲回應。

於是套上戲服，拿起攝影機，穿梭在中山堂裡，我們恥度大開，自拍自演了這隻 Demo 影片。最終，這個提案獲得好幾項大獎，抱回好幾個作為獎品的 VR 頭盔。

活動結束後，我們回到各自居住的城市，持續為生活努力著。當時積極渴望找故事來說的我們，沒有忘記在中山堂發想的故事，也沒有忘記當時所扮演的時代，反倒帶著不知天高地厚的天真，朝著下一步走去。

我準備將故事發展成一部完整劇本，到圖書館去，朝著一九四五年臺灣面臨政權轉移的這段時間找資料，我讀了一本書後，又接著埋頭於另一本，從《終戰那一天》[6]、《走過兩個時代的人——台籍日本兵》[7]到《前進婆羅洲——臺籍戰俘監視員》[8]，這些都是臺灣研究歷史的前輩，拜訪實際參與戰爭的長者後，留下來的口述歷史和編整的史實故事，即便是歷史系的我，都不知道臺灣有這麼一段布滿缺口的過去。從帶著玩樂性質的 VR 企劃，到如此認真嚴肅的《聽海湧》，過程或許有些誤打誤撞，不過對於那些曾經發生過的真實，我讀得越多，知道得越多，態度就越無法隨便，從這個時候開始，我們就不只是想要找故事來說了。

---

3 當時活動由主辦單位編列組員名單。黃元懋現為獨立樂團「當代電影大師」主唱兼吉他手。

4 Danny，本名王淳宇，《聽海湧》攝影師。

5 張喆泓，《聽海湧》收音及混音師。

6 蘇碩斌策劃，《終戰那一天：臺灣戰爭世代的故事》，衛城出版，2017。

7 蔡慧玉、吳玲青整理，《走過兩個時代的人——台籍日本兵》，中央研究院臺灣史研究所，2018。

8 李展平著，《前進婆羅洲——臺籍戰俘監視員》，國史館臺灣文獻館，2005。

好久好久以後，在劇本完稿時，公共電視節目部的淑屏組長幫我們聯繫上鄭有傑導演，請他幫忙閱讀給予意見，記得有傑導演當時好奇問我們故事從哪裡來，我們將中山堂的經歷娓娓道來，當下有傑導演回應：「喔～是故事找上你們。」

我愣了愣，的確：「是故事找上我們。」

第一集　黑鳶

EP1_1_ 外景 / 綜合林　　　戰後 / 日

隱身在樹枝上的一隻黑鳥，外型近似鷹，牠俯視著一批人類踏入自己的視線範圍。
這批人皮膚白、鼻子挺、身著軍服，各個持槍警戒，謹慎踩著步伐，往另一端有光線照亮的出口前進。
走在最前方的威廉冷靜沉著，跟走在後的士兵們則顯得緊張，其中一名眼睛奇大的士兵繃緊神經、緊握步槍四處張望，深怕敵人從樹梢上發出攻擊的模樣。
此時威廉踩到一塊硬物，發出喀滋聲響，大夥停下腳步，大眼睛士兵嚇得低聲驚呼。

大眼睛士兵（英語）：
地雷？

士兵們看向自己的長官，屏息不敢輕舉妄動。
威廉低頭端看，慢慢抬起腳尖，接著以軍靴將硬物上的雜草撥開，那只是一塊木板，上頭以日文漢字寫著：「ボルネオ俘虜收容所第五分遣所」。

威廉（英語）：
是這座營區沒錯，繼續前進。

EP1_2_ 外景 / 戰俘營 中央廣場　　　戰後 / 日

部隊走過被荒草爬滿的大門口，來到一個廣場。
廣場四周被數棟以茅草、竹子搭建的房舍圍繞，有些已經半倒，並有燒過的痕跡。
在廣場那一頭，正對著入口的是一間規模明顯較高大且未被戰火波及的屋舍。
威廉拔起槍枝，提高警覺，一邊大喊。

威廉（英語）：
日本天皇已經無條件投降，戰爭結束了，
這裡由澳洲軍隊接管，
請放下你的武器投降。

沒有人回應威廉，這裡寧靜得詭異，只有悶著的海浪聲和士兵過度換氣的呼吸聲。
威廉拿著手槍，向後方下屬揮手，士兵開始分散成幾批小隊，慢慢往廣場四周的建築物散去。
兩名士兵跟著威廉的腳步往廣場對面那棟架高且上頭垂掛日本國旗的房舍前進，威廉踏上階梯，看見門口的柱子上掛著一塊小木牌寫著：所長室。

威廉先止步靠在門口旁，再度大喊。

威廉（英語）：
戰爭結束了，放下你的武器投降。

威廉和士兵準備好，互相掩護衝進房舍。

EP1_3_ 內景 / 戰俘營 所長室　　戰後 / 日

士兵破門而入，在確認屋內無人後，威廉走了進來。
散亂的桌子、椅子、切斷電線的電報設備和檔案櫃，櫃子的抽屜部分是打開的，裡頭空無一物。威廉隨手打開一個關閉的抽屜，也沒有東西，桌上散落著一些文具，牆上有貼過東西的痕跡，除此之外，這裡基本上就是一個空房間了。

此時，外頭傳來士兵咒罵髒話的聲響

士兵畫外音（英語）：
幹幹幹！

威廉趕緊走出。

EP1_4_ 外景 / 戰俘營 中央廣場　　戰後 / 日

威廉走出所長室，看到大眼睛士兵從房舍跑出來，一隻黑鳥糾纏著他，他快速揮動著雙手，大聲咆哮著，鳥快速飛往右後方的樹林裡，

大眼睛士兵（英語）：
幹，什麼鬼地方！連鳥都會吃人？！

其他士兵訕笑著。
威廉看著樹林，感到不對勁，踏下階梯往鳥飛去的方向走。

EP1_5_ 外景 / 戰俘營 壕溝　　戰後 / 日

威廉和身後的士兵走出營區，映入眼簾的是一個漆黑的坑，他定睛一看，是數不清的黑鳶擠在坑裡面，威廉趨近發現一些黑鳶咬著東西，於是他高舉手槍。

砰！

數百隻黑鳶振翅飛起。
那一刻，威廉和士兵都被眼前景象震驚得說不出話來，一個壕溝裡堆滿至少四、五十具腐爛惡臭穿著盟軍制服的屍體，其中，還有一具女人與一具嬰兒的屍體。

EP1_6_ 外景 / 戰俘營　　　戰後 / 日

黑鳶盤旋在上空，戰俘營隱匿在茂密的雨林之中，大海就在不遠處。

聽 海 湧

第一集 黑鳶

EP1_7_ 外景 / 戰俘營 中央廣場　　　戰後 / 日

所長室屋頂上破損的太陽旗被兩名澳洲士兵撤下，換上澳洲國旗。屋子前有另外兩名士兵將直式漢字寫成的「所長室」牌子拆下置換成橫式英文寫成的「審判庭」。整座營區正在改頭換面，有人以半傾倒的草屋作為支撐搭起了帳篷，有人從卡車上接力搬運著食物與其他補給品，另外有一臺卡車從營區外開了進來，停在大門邊上，幾名穿著日本士兵制服的戰犯坐在上頭，司機向澳洲守衛報備。

司機（英語）：
六名日籍戰犯，從 The last camp 移過來。

EP1_8_ 內景 / 戰俘營 監視員監所　　　戰後 / 日

澳洲士兵 A、B 帶著六名日軍俘虜，解開一棟茅草屋門上的鐵鍊，打開門，讓俘虜依序走進房舍。

EP1_9_ 內景 / 戰俘營 監視員監所　　　戰後 / 日

房舍裡以木板隔成一間又一間的小牢房，士兵 A 要六個俘虜自己走進左邊開著的六間小牢房。

士兵 A（英語）：
你們，進去。

A 快速的由外而內將左邊的小牢房鎖上，並將右邊的六間牢房門打開。

士兵 A（英語）：

右邊的，出來，到門外排隊。

右邊牢房裡的日本兵們陸續走出小牢房，有些一臉茫然聽不懂也不知道要做什麼。
士兵 A 已經打開所有右邊的小門，在房舍的最底端，舉起手往外指並加強語氣。

士兵 A（英語）：
到門外排好！

日本兵看懂士兵 A 的指示，依序到門外聽士兵 B 的指令。

士兵 B（英語）：
排成一列！

士兵 A 押在最後方準備往前走，但看到被關在最後一間的人還無動於衷，士兵 A 轉身進去小牢房，不耐煩地將人拽出。

士兵 A（英語）：
死日本鬼子！

那名日本兵趴倒在地，上半身露在門外，緩緩像蟲一般在地上蠕動起身。

EP1_10_ 外景 / 戰俘營 中央廣場　　　戰後 / 日

中央廣場上聚集了人群，擺了一張單人木桌，旁邊立著一個小黑板，上面貼滿了日軍戰後拿著編號的大頭照。
清一色平頭的日本兵們被盟軍和民眾團團包圍，身上的軍裝雖已褪色殘破，但各個還是紮緊衣褲讓自己看起來整齊。
天空萬里無雲，太陽高掛，現場的人胸口都被汗水浸濕一大塊。
圍觀的有人站著，有人坐著，有些人明顯瘦弱，彷彿曾經被虐待一樣，每個人都瞇著眼睛，認真盯著眼前這群日本人看，其中一名戴眼鏡的華裔男子坐在多是西方臉孔的人群之中，顯得突兀。
威廉坐在木桌前，不苟言笑看著這群日本人。

威廉（英語）：
好，還有嗎？
還有沒有人認得這些傢伙在戰爭期間幹的不人道行為？
任何凌虐、毆打、性侵的行為？
把他們揪出來。

一名瘦到皮包骨的盟軍緩緩走向前，帶點畏懼的再次確認其中一名日本兵（竹崎），

然後舉起手指向他

皮包骨盟軍（英語）：
長官，他，他殺了 Peter。

威廉（英語）：
他幹了什麼事？

皮包骨盟軍（英語）：
那時候，我們都餓得不行了，
Peter 就偷了點食物吃，結果……
被他逮到了，然後……

皮包骨盟軍講到這裡，呼吸急促起來。
威廉從筆記中抬起頭。

威廉（英語）：
然後？

皮包骨盟軍鼓起勇氣繼續說。

皮包骨盟軍（英語）：
然後，
他就把 Peter 的舌頭拉出來，
割下。

現場圍觀的盟軍臉上好像都蒙上一層陰影。
威廉大吐一口氣，抓起戳章用力往起訴書上蓋確認章。

威廉（英語）：
還有嗎？

大家靜默。

威廉（英語）：
下一批！

澳洲士兵將原本站在中間的日本兵帶走，士兵 A 帶新一批往前。
坐在人群中的華裔男子似乎認出其中的某個人，他盯著那批日本兵。
坐在威廉旁的助理 Lee 身子往威廉靠過去。

Lee（英語）：
這是最後一批未被指認的戰犯了。

威廉銳利看一眼日本兵，點頭表示知道了，耐住性子再次詢問。

威廉（英語）：
一樣的，
有沒有人看到這些人在戰爭期間幹的那些骯髒事？

這一回，靜悄悄的，沒有人出來指認。

威廉（英語）：
沒有嗎？
這是最後一批戰犯了，大家仔細看清楚。

戴眼鏡的華裔男子躁動不安挪動著身子。
威廉等不到人，站起身，舉起手指著壕溝的方向。

威廉（英語）：
我再提醒大家一次，指認戰犯，
讓他們接受公平的審判，付出應有的代價，
是國際法賦予我這個澳洲軍法檢察官神聖的任務。
在後面那個壕溝裡面，
有我們年輕的弟兄，有無辜被牽連的女人，
還有，
來不及長大、來不及看到這世界美麗一面的小嬰兒。
所以，我再問最後一次，請張大眼睛看清楚了，
凶手，是不是就在這群日本人當中？

經過威廉的一番說詞，有些盟軍眼神充滿悲傷、有些充滿憤怒，但依舊沒有人出列指認。
威廉無奈不解，又不甘心就此放棄。

威廉（英語）：
都沒有？

此時，華裔男子握緊拳頭站起身，走到那排日本兵面前，堅定地舉起手，伸出手指向其中一人。

華裔男子（英語）：
他，

人都是他殺的。

現場一片寧靜，大海傳來的低沉渾厚浪聲，籠罩著所有人。

EP1_11_ 外景 / 戰俘營 中央廣場　　　戰時 / 夜

一盞黃燈打在同樣的廣場上，三十名年輕的日本兵們穿著乾淨、新穎、挺拔的軍服，排排站立在中央廣場上，所長室的太陽旗被風吹起，在夜裡好似一顆紅色的月亮。沒有人說話，大家肅穆等待著。

阿輝（二十二歲）、阿遠（二十一歲）、德仔（十五歲，謊報十七歲），三人並肩站在第一排。
阿輝直視營區門口的眼神裡一副迫不及待的樣子；阿遠低頭檢查自己的服裝，並順手幫德仔翹起的衣領翻好，隨即轉頭直視營區大門；德仔漆黑圓滾的眼珠轉動著，還未脫稚氣，明明很緊張卻故作鎮定。
第一排還有另外三個人，他們共六人雖然都是專著軍服，但都沒有帶槍，左臂上有代表軍屬身分的五芒星臂章。

前方駛來一輛卡車，轟隆巨響劃破寧靜的夜。副指揮官龜田喊口令。

龜田（日語）：
向後轉！

卡車駛進營區停在廣場，幾名日本兵迅速上前，將卡車上矇著眼、雙手被綁的俘虜一個一個拉下來，拉下眼罩並粗魯的往營區廣場中間推。

（日語）：
下來，動作快！

整個廣場的日軍都動了起來，圍在俘虜的動線旁叫罵著。

（日語）：
過去那邊排隊！排好，快點！

被拉下來的俘虜多是穿著軍裝的西方男性，其中有幾名印度人，每個眼神都有些恐懼與茫然，被拉扯推擠著。

龜田（日語）：
軍屬監視員，準備搜身！

阿遠等六個軍屬往前一步開始動作，兩兩對站著，中間形成一個通道。阿遠和德仔站在最前面一組，看著個頭比自己高的俘虜被快速推往這邊，雖然手被綁著卻仍有一股巨大的壓迫感。德仔緊張大口呼吸著，隨機接過了第一個俘虜。

阿遠快速從頭到腳把俘虜摸過一遍，每一個口袋都不放過，他將搜到的物品丟到腳邊竹簍子裡，搜完後將人向後推，讓阿輝等其他監視員記名編號。
德仔也接過了一名俘虜，他從俘虜胸前的口袋開始仔細地檢查，但是動作緩慢，阿遠已經把搜完的三個俘虜往後送了，德仔後面那一列都還沒有人。

阿遠隨即拉來下一個俘虜，這個俘虜頭髮很捲（捲毛，男二十一歲），他從捲毛胸前口袋搜出一張看起來很古怪的照片，這張照片是一個人的肖像照，已經褪色到看不清楚人的影像，但是用筆勾勒出一個女人的輪廓。阿遠和捲毛互相對視，對方透露出一絲懇求的眼神，阿遠將照片塞回去給他，順手將捲毛往後推。

此時，德仔還在慢吞吞搜查同一個俘虜，後面等待的監視員阿忠探頭看是怎麼回事。這使得德仔更加慌張，手中搜到的筆掉在地上，該名被搜身的俘虜一臉困惑。
一旁盯場的副指揮官龜田（男，三十二歲）看到德仔的狀況，大步走過來直接往德仔頭上巴去。

龜田（日語）：
白癡！

德仔吃痛不敢動，看著龜田副指揮官。
阿遠速速將眼前的俘虜搜完，伸手將德仔的俘虜抓過來，很快地給俘虜摸過一遍就把人往後推。

阿遠（日語）：
動作要快！

德仔回過神來，拉下一個俘虜上來，這名俘虜（Ken）身子高了德仔將近兩個頭，他緊閉著嘴巴，眼神鄙視德仔。德仔害怕龜田再次責備他，摸兩下就讓 Ken 往後。阿遠抬頭想說德仔怎麼那麼快，正要確認狀況時，全程看在眼裡的阿輝已經離開自己的位置，即時拉住 Ken。

阿輝（日語）：
嘴巴張開。

Ken 緊閉著嘴巴，裝聽不懂。
阿輝拍拍 Ken 的臉頰，加強語氣。

阿輝（日語）：

嘴巴張開！

Ken 還是死命閉著嘴巴。
兩人僵持一陣子，阿遠放緩了手邊工作緊盯著阿輝，一旁的士兵也紛紛將目光聚集過來，小隊長北川（男，二十六歲）往阿輝這邊走。
阿輝感覺到所有人都在看著自己，而自己正在執行一個重要的任務，於是他大力抓著 Ken 的下巴搖晃。

阿輝（日語）：
張開！

Ken 怒瞪阿輝，嘴巴閉得更緊。阿輝握緊拳頭往 Ken 臉上狠揍一拳，Ken 站不穩坐倒在地，從嘴裡吐出一個沾有血水的小東西，阿輝彎下腰去撿，是一個小型的指南針。
小隊長北川還沒走到，但看到事情已解決，便向阿輝點頭給予肯定，阿輝挺起胸膛，把指南針丟進竹簍，回到搜身的隊伍裡。
阿遠替兄弟鬆一口氣，恢復速度轉頭拉下一人上來，是一名戴眼鏡的華裔男子。男子手上抱著小嬰兒，身旁一名女士貼著他，阿遠愣了一下，指著小孩。

阿遠（日語）：
小孩給女人。

男子聽不懂，下意識緊抱小孩往後退，被後方的日軍用力推回來，男子踉蹌，阿遠趁機把嬰兒搶過來塞給旁邊的女士，嬰兒開始啼哭，女士哄著嬰兒。

阿遠快速搜索男子，找到高級鋼筆、手帕、手錶等物品，還有一本紅色的小冊子，封面印有青天白日的圖案並蓋有鋼印，阿遠快速翻閱，得知男子是中華民國（重慶國民政府）駐北婆羅洲的外交領事（羅進福）。
阿遠高舉證件。

阿遠（日語）：
北川小隊長……

北川走過來接過文件，現場翻閱。
阿遠繼續低頭把羅進福褲子口袋與皮鞋搜完。
北川小跑步將文件遞給副指揮官龜田，龜田又小跑步到所長室，踏上階梯，恭敬鞠躬並將小冊子遞給站在門廊上身影模糊的男人（指揮官田中）。

阿遠將羅進福往後拉，準備伸手搜索女人（何景儀）時，羅進福看到回頭要阻止阿遠。

羅進福：
喂！

一旁的日軍持槍托敲打羅的背部，羅進福向前撲倒，痛得不禁呻吟。
何景儀緊抱嬰兒，深吸一口氣

何景儀（閩南語）：
我沒事，進福，你配合一點。

聽到閩南語的那一瞬間，所有正在搜身的監視員，包含阿遠、阿輝、德仔都停下動作看了過來。
副指揮官龜田發覺異狀，從所長室走下來，一邊大吼。

龜田（日語）：
看什麼看，就幾個戰俘是要搞多久！

大家繼續動作。
阿遠看了何景儀一眼，有點不好意思地低下頭避開她的眼神，伸手碰觸她的身體。
羅進福被日軍押著往前走，不停地轉頭回望。
阿遠摸過何景儀的手臂、胸、腰間、雙腿及腳。從何景儀身上找到一本軟布質小冊子和幾支畫筆，阿遠把物品統統丟進竹簍子裡，並點頭要何景儀通過。
當何景儀被帶走時，阿遠呆立著，那短暫觸摸的感覺還留在手心裡。

EP1_12_ 外景 / 戰俘營 日軍宿舍與糧倉間　　戰時 / 夜

竹簍子裡的物品被傾倒在地上，裡頭有香菸、打火機、照片、紙張、戰地甜心圖片等雜物，幾名日本兵蹲坐在地上挑選這些戰利品。阿輝、阿遠、德仔及一些士兵恭敬地站立在後方。
竹崎（男，二十四歲）拿起一把瑞士刀，拉出刀刃，在油燈下烤，看得目不轉睛。
藤田（男，二十二歲）隨手抓起紙張，拿著一支高級鋼筆試寫。

藤田（日語）：
這個也太厲害了吧！

藤田拿著高級鋼筆仔細端看上面的紋路。
小隊長北川抓起一包 Lucky Strike 香菸後起身。

北川（日語）：
果然是高材生藤田，真是識貨，
因為這批俘虜裡，有高級官員啊！

北川邊說邊抽出一根香菸點燃，低頭看到那個手上已經拿著四包香菸，卻仍在繼續翻找香菸的濱田（男，十七歲）。
北川輕輕踢了濱田屁股一腳。

北川（日語）：
喂，濱田，夠了，
留點東西給那些臺灣來的。

北川轉過身對著阿輝、阿遠和德仔叫

北川（日語）：
新海！

阿輝、阿遠、德仔三人齊聲回應

三兄弟（日語）：
是！

北川笑了一聲

北川（日語）：
對齁，有三個新海。
我叫最大的那個，新海……花？

阿輝（日語）：
阿輝，新海輝！

北川（日語）：
喔，阿輝。
不錯，今晚表現很有膽識！

阿輝（日語）：
謝謝北川小隊長，我會繼續努力！

阿輝難掩喜悅，挺起胸，雙手貼緊大腿兩側

北川（日語）：
其他監視員。

監視員們（日語）：
是！

北川（日語）：
你們要向新海輝看齊，
雖然你們都只是軍屬，但只要好好表現，我們都看得到，
該給的獎勵不會少。
新海。

北川喊了阿輝一聲，把手上那包香菸丟給他。
阿輝接下，阿遠、德仔也都感到與有榮焉，兩人對阿輝擠眉弄眼一翻。
北川笑。

北川（日語）：
過來把這裡收拾乾淨吧！

監視員們（日語）：
是！

日本兵慢慢起身，拿起他們的戰利品，阿輝等三人上前，把多數在挑選過程中被翻出來的雜物丟回竹簍子裡。阿輝對於俘虜的東西沒什麼興趣，只是把東西收好，德仔喜歡撿一些圖片、照片、郵票、明信片類的東西，阿遠在收拾的過程中，看到何景儀那本布質小冊子，塞進口袋裡。

EP1_13_ 內景 / 戰俘營 監視員宿舍　　　戰時 / 夜

三兄弟回到自己的宿舍，宿舍裡的床鋪分上下層，由竹子簡易搭建而成，共有六個床位。
三兄弟站在下鋪前卸裝備、擦澡，三人共用一盆水。
德仔脫掉上衣，裡頭是一件白色汗衫，一邊滔滔不絕講話

德仔（臺語）：
我還以為阿啄仔都很殘勒，
他們不是應該要像書上面那樣嗎？
拿槍、一隻腳這樣踩農民。

兩個哥哥都已經裸著上身，動作很快的拿濕毛巾擦臉、擦身體。

德仔（臺語、日語）：
結果……
龜田副指揮官
還比較凶殘。

阿遠不禁噴笑出來，伸手打了小弟的胸口，德仔縮了一下，阿遠再打一下德仔屁股，啪一聲，德仔彈了一下，阿遠把裡頭的戰地甜心圖卡抽起來給弟弟。

阿遠（臺語）：
用摸的就知道口袋有東西，
不用像你慢慢一個一個看啦！

阿輝清潔完畢，爬上床前也伸手捏一下德仔的屁股，德仔又縮了一下，阿輝跳到床上，盤坐面對兩個弟弟，把剛剛長官給的那盒香菸分三等份，遞給弟弟們。
阿遠收下，爬上床。
阿輝遞給德仔，一邊對他說話。

阿輝（臺語）：
德仔，我跟你說，這是一種扮勢，
碰到阿啄仔頭不要低低的，抬高，
胸挺起來，
這樣瞪下去就對了。

德仔收下香菸，照著大哥的方式做出狠樣，但實在一點也不可怕。
阿遠偷笑，從床腳的髒制服裡拿出何景儀的小冊子。

德仔也躺到床上，對著剛剛那張戰地甜心圖片練習「瞪人」。
圖片上的女人有一頭捲髮，擺出撫媚的姿態

德仔（臺語）：
這款的……卡有水啊？

阿輝聽到這句話，整個人從床上跳起來，跨過中間床的阿遠，抓著圖片往德仔的嘴巴印下去。

阿輝（臺語）：
來啦，親一下就喜歡了啦！

德仔掙扎，指著阿遠。

德仔（臺語）：
喔？阿遠哥也摸女人的東西！

阿遠正在翻看何景儀的小冊子，阿輝很快地把冊子抽走，翻了幾頁翻到何景儀一家三口的全家福照片，才知道冊子是何景儀的，阿輝毫無頭緒的看著阿遠。

阿輝（臺語）：
你看這個做什麼？

阿遠將冊子搶回，若無其事地說。

阿遠（臺語）：
好奇啊，你有聽到她說嗎？她說：「我沒事，你配合一點」。

德仔湊過來。

德仔（臺語）：
對啊，那個女人講臺灣話時我嚇一大跳捏！

阿輝（臺語）：
那不是臺灣話啦，那個……
她中國福建來的吧？啊？

阿輝一時也說不出那是什麼話，打了一下阿遠。

阿輝（臺語）：
你不是翻到她先生的證件？

阿遠（臺語）：
嘿啊，福建人，人家是領事捏！（重複一次「領事」日文）

阿輝（臺語）：
這樣那個女人是領事太太捏！

德仔也湊過來，跟屁蟲似的重複大哥的話

德仔（臺語）：
領事太太捏！

阿遠（臺語）：
麥吵啦！

德仔（臺語）：
而且，領事太太長得跟櫻子姊姊一模一樣捏！

一講到櫻子，阿輝看向阿遠，阿遠趕緊伸手壓緊枕頭，但來不及了，阿輝快了一步抽走枕頭底下櫻子的照片。阿輝把櫻子的照片和冊子裡何景儀一家人的照片比對，

兩人確實長得像。
阿輝抬頭嚴肅看著阿遠，氣氛緊張起來。

阿輝（臺語）：
吼，都是千金大小姐款，看起來就很難搞。

阿輝和德仔笑著，粗魯的把照片冊子塞給阿遠。

阿輝（臺語）：
不正猴。

阿遠從哥哥手上把照片搶回去，放回枕頭底下。

阿遠（臺語）：
我只有這張照片而已，給我弄壞就知道了。

阿遠躺下，翻開冊子第一頁，起先阿遠還看不出那畫的是什麼，上下左右挪動冊子，後來看到圖的下方寫著一行小字：「前往北婆羅洲　海的形狀」。
原來那是從船頭往下俯視海水打到船身的那一個剎那，捕捉到的海的形狀，這張圖的海，看起來像是一隻老鷹，也像一架戰機。

EP1_14_ 外景 / 海上　　　戰前 / 夜

一架美國偵察機在大海的上空來回找尋獵物，在它的底下，一艘日本運輸艦安靜地隱身在汪洋大海中。

EP1_15_ 內景 / 船艙內　　　戰前 / 夜

阿遠、阿輝、德仔和一幫新兵擠在船艙內，裡頭僅留一盞微弱紅燈，照出士兵們眼神裡的恐懼。新兵們屏氣凝神聽著外頭海浪撞擊船身時，透過鐵片傳導求變質的詭異聲響，阿遠感覺到附近有人的呼吸聲特別急促，有人手裡緊握著神社求來的御守，有人是媽祖廟裡求來的紅色護身符，阿遠握著的卻是櫻子的照片。
所有人都專注聽著外面的聲響，猜測動靜，突然那個詭異的聲響又變了調，這次聽起來，像是炸彈在海裡炸開的聲音。

瞬間，船隻劇烈搖晃。

船艙裡那個呼吸過度的人（竹崎）突然站起來發狂似的往門口跑。

竹崎（日語）：
媽的！我不要死在這種鬼地方！

其他日本兵（日語）：
竹崎，你瘋了喔，冷靜一點！
喂喂，抓住他！

大家試圖壓制竹崎，但竹崎死命衝到艙門口，阿遠和阿輝剛好在最靠門的位置，阿輝站起來用肉身擋在艙門上，阿遠速速將櫻子照片放入胸口，起身從後方環抱著竹崎，德仔不知如何是好，只能縮在一旁。

下一秒，警報解除，艙內的燈亮起來，艙門從外頭被打開。

北川（日語）：
出來集合！準備登陸！

大家都一臉驚恐又茫然。

北川（日語）：
快點！

阿輝伸手拍一下阿遠，阿遠往後拉起德仔，三人一起往外跑。

EP1_16_ 外景 / 船艙甲板　　戰前 / 夜

阿遠三兄弟和新兵們慌慌張張跑到甲板上，龜田長官站立在甲板上，抓住竹崎甩他兩巴掌。

龜田（日語）：
怕死！怕什麼怕！

龜田又巴兩下竹崎的頭。

龜田（日語）：
列隊！

新兵們驚慌失措地找尋自己的隊伍位置，龜田隨機打了幾名新兵。

龜田（日語）：
一群沒膽的懦夫！

龜田指著海上那架被炸下來，還在焚燒的美軍戰機。

龜田（日語）：
看到沒有？這就是大日本帝國的實力，
米軍來幾架，就炸幾架！

阿遠專注看著龜田，其實長官指向海的那隻手也在發抖，阿遠再順著長官的手向後望，瞬間整個人都發涼了，遠方有三架飛機正往船艦衝過來。

北川（日語）：
找～掩～護～

阿輝、阿遠和德仔三人拚命往船艙奔逃。
美軍機飛越上空，一陣槍林彈雨後，最後一架飛機投來一枚飛彈，直接擊中船隻的腰身，在爆炸前一刻，阿輝拉著阿遠、德仔跳入海水中。

EP1_17_ 外景 / 大海　　　戰前 / 夜

阿遠在大海裡不停找尋櫻子的照片，阿輝一把抓住猛吃水的德仔，四處轉頭尋找阿遠，他看到離他好幾公尺的阿遠時趕緊向他大喊。

阿輝（臺語）：
阿遠！你在幹嘛？不要再找了！

阿遠只是不斷在水中尋找著櫻子的照片，他看到照片在自己伸手可及的水面上漂著，正準備游過去時，一個砲彈在水面炸開，掀起了浪將阿遠捲沒入水中，但他不放棄，蹬出水面賣力朝照片游去，終於一把抓住了櫻子的照片。

EP1_18_ 外景 / 砍木頭雨林　　　戰時 / 日

茂密高聳的樹林之中，有一小片已經光禿，只留下已被鋸斷的樹幹緊緊抓著地面。
阿遠低頭看著戰俘捲毛及 Pound 將切成塊狀的木頭搬上拖拉車，待拖板車裝滿後阿遠帶領他們啟程，一行人走過阿輝身邊，阿輝對著五名俘虜喊口號，努力要將一棵高樹拉倒。

阿輝（日語）：
準備，一、二、拉！

整個工作場域裡，俘虜 C、D 砍樹、E 把砍下來的樹幹用斧頭分解、F、G 忙著把已

分解的木頭放上拖板車。這裡的每棵樹都高聳直立，仰頭望天還看不見樹梢盡頭，人類站在底下顯得渺小。

德仔看管領事羅進福鋸木頭，用昨天跟大哥學來的凶狠眼神看著羅，羅對於德仔不倫不類的表情感到不解。

高聳的樹轟隆轟隆倒下，俘虜們還來不及喘口氣，阿輝又中氣十足地大聲發號施令，指揮俘虜們砍下一棵樹。

阿輝（日語）：
這一棵，過來，綁上繩子。

EP1_19_ 外景 / 運木頭雨林　　戰時 / 日

樹冠終年遮蔽了大部分的陽光，潮濕的泥土路彷彿永遠乾不了，阿遠拿著砍刀走在前方除草、確認路況，捲毛和 Pound 拖著木頭。
前方有一道向上的長陡坡，阿遠停下，回頭看看兩名俘虜。
當捲毛看到前方那長長的陡坡時，他停下腳步，大口喘著氣。
阿遠撇過頭，命令他繼續往前。

阿遠（日語）：
繼續走。

捲毛在身上將拖繩纏了一個十字，他踏上斜坡用盡全力往前，Pound 在下方用全身力氣推板車。
阿遠看著捲毛紅著雙眼、額頭上爆出青筋，身上的繩索漸漸陷入皮膚裡，慢慢滲出血絲。
此時，拖板車車輪陷在凹凸不平的泥土路上，俘虜更加用力地往前拉，繩子底下的肌膚不停滲出血水，染紅他破爛不堪的衣物。
拖板車怎麼拉都拉不動，捲毛跪趴在地喘口氣。
阿遠看不下去了，走向前，伸出手幫忙，幫捲毛抓住了其中一根拖繩，與捲毛一起用力。眾人合力將輪子推出凹洞，繼續往上。

三人終於把拖板車拉到一小塊平緩地上，但最後登上的 Pound 沒注意步伐，左腳踩到小碎石，整個人滑落懸崖，就在 Pound 身旁的阿遠反射性地伸手拉住人，但瞬時沒有支撐點，反倒一同被 Pound 拉著直直往下墜，捲毛立即扯開胸上的繩索，撲向前抓住阿遠的衣襬，努力撐著。
Pound 這時才找到支撐點，加上捲毛的拉力，三人慢慢爬回到平緩地上。

三個人又驚又喘躺在地上，Pound 還沒從驚慌的情緒裡走出來。

Pound（英語）：
幹，差點沒命……

阿遠摸摸自己胸口，領口已被扯破，放在裡頭櫻子的照片不見了，他整個人跳起來。
捲毛撿起掉落在身旁的照片，拿起來看了一眼。

捲毛（英語）：
Wow，小美人！

捲毛將照片還給阿遠，阿遠收下照片，鬆了一口氣後又躺下。
捲毛笑著斜眼看阿遠。

捲毛（英語）：
看來也有人在等你回去。

捲毛從胸口拿出那張用筆重新描出輪廓的褪色照片親吻，自言自語。

捲毛（英語）：
也有人在等我回去。

阿遠沒聽懂但能意會，揚起嘴角，點點頭。

阿遠（日語）：
休息五分鐘。

三人躺在地上，透過濃密的樹葉看天空，有隻黑鳶在翱翔。
雨林的另一端傳來哨子聲響。

EP1_20_ 外景 / 砍木頭雨林　　戰時 / 日

俘虜 C、D 聽見哨子聲，放下手邊工作，有種終於可以鬆口氣的樣子。

中午放飯，俘虜們和日本兵分開領伙食。
俘虜 D 負責發放俘虜這一列的午餐，羅進福和其他俘虜一起排隊領食物，輪到他時，俘虜 D 把一個大約手掌大的地瓜交到他手中，他扒開地瓜，橘紅色的肉色還帶著絲，除此之外，沒有其他東西了。
羅看著戰俘 D，不敢相信這樣一個涼掉的地瓜就是他們的午餐。
戰俘 D 無奈地看著羅進福。

盛飯俘虜（英語）：
天皇招待。

德仔、阿輝坐在一起吃午餐，他們每個人都拿著一個腎狀的野戰餐盒，裡面有冒著熱氣的米飯、福神漬，一湯匙罐頭碎肉和肉汁，還有一顆帶殼的水煮雞蛋。德仔嘴裡含著飯一邊興奮分享。

德仔（臺語）：
阿輝哥，我剛剛這樣——

德仔又做出一點也不可怕的凶狠樣。

德仔（臺語）：
這樣看，
他們低著頭做，都不敢看我。

阿輝笑著看弟弟。

阿輝（臺語）：
凶喔！不錯嘛！

小隊長北川在新俘虜前方來回巡視，大聲叮嚀。

北川（日語）：
食物統統都要吃完，不能偷藏，
被抓到就關進「小籠子」(豪邸，ごうてい)

站在北川旁邊的俘虜 Birdy 將日語翻譯成英語，唯有「小籠子」用日語。

Birdy（英語）：
食物要現場吃完，不能偷藏，
抓到就關進「小籠子」。

舊俘虜們聽到「小籠子」，有的抬頭看了一眼、有的瑟縮一下。
羅進福清楚聽到 Birdy 的翻譯，抓起地瓜假裝咬一口，眼睛專注日本兵的動向，此時副指揮官龜田從遠方走過來，踢開擋路的監視員順仔，順仔、阿輝、德仔和其他日本兵趕緊起身向長官敬禮。
北川恭敬地跑到龜田旁，龜田不知向北川說了什麼，兩人往羅進福這邊看過來，羅進福趕緊低下頭，嘴巴假裝在咬食物。
北川去找阿輝，也在阿輝耳朵旁交代事情，阿輝邊聽邊點頭。羅進福趁沒有人看他，把地瓜放進口袋裡，阿輝聽完北川交代的任務後往羅進福這邊走過來。

阿輝（日語）：
請跟我走。

羅進福嚇了一跳，沒有動作。

阿輝（臺語）：
跟我走。

EP1_21_ 外景 / 戰俘營 所長室外　　戰時 / 日

阿輝押著羅進福，跟在龜田後方，三人往所長室前進，阿輝抬起頭看著這間高聳的房舍，營區雖然不大，但他從來沒有進入這神聖的所長室，不禁挺起了胸膛踏上階梯。

EP1_22_ 內景 / 戰俘營 所長室　　戰時 / 日

戰俘營指揮官田中坐在所長室中間的桌子前，阿輝帶著羅進福坐到田中對面的椅子上，自己很懂規矩地退到龜田身後，雙手緊貼大腿兩側等候。龜田頭低低的，跟剛才頤指氣使的姿態截然不同。
牆上正中間掛著天皇敕令，四周掛滿大東亞共榮圈、東南亞、北婆羅洲等各種比例的作戰地圖，阿輝感受到這裡的莊嚴與肅穆。

羅進福前方的桌子上擺著佳餚，黃燈下兩個白色的深底圓盤盛有冒著熱氣的白飯搭配紅蘿蔔燉牛肉，高腳杯裡裝著水，兩副銀製餐具及竹筷子擺放整齊，田中指揮官端坐著，手壓在從羅進福身上搜到的外交護照上。

田中（日語）：
請用。

羅進福望著這桌菜餚，怕對方別有意圖，不動碗筷。
田中轉向阿輝。

田中（日語）：
新海，你們能溝通嗎？

阿輝聽到指揮官居然直接跟自己說話，趕緊大聲回答。

阿輝（日語）：

是！

田中（日語）：
龜田，你先出去，新海你留著。

龜田心裡有點不是滋味，但依舊向長官敬禮後轉身離去。
阿輝大步跨上前，挺胸站立在田中與羅進福之間。
田中啜了一口水，望著羅進福。

田中（日語）：
我是這座營區的指揮官，田中徹。

指揮官田中停頓，向阿輝點個頭。

阿輝（臺語）：
這位是田中指揮官。

羅進福聽見閩南語，轉過頭來看著阿輝。

田中（日語）：
大東亞共榮圈已經成形，
往南有整個西太平洋地區，
往北有朝鮮、滿州，
至於往西……有中國。

田中不疾不徐，頭頂後方正是一塊標示日本現有領地的地圖，中國已經被涵蓋了一部分。

阿輝（臺語）：
現在大東亞共榮圈已經成形，
往南，有整個西太平洋地區，
往北，有朝鮮、滿州，往西有中國。

田中在阿輝翻譯的時候，拿起湯匙舀了一點飯，沾了肉汁。羅進福聽到「中國」，不免有股被侮辱的怒氣快要衝上來。

田中（日語）：
羅領事在本地已經深耕一段時間……

羅進福的眼光落在阿輝身上，突然打斷田中，和阿輝攀談起來。

羅進福（閩南語）：
你講閩南語，你臺灣來的？

阿輝眼珠轉過來看了羅進福一眼，沒有回話。

羅進福（閩南語）：
我福建來的。
我知道臺灣那邊很多福建過去的，你們家什麼時候去的？
你是第幾代了？

阿輝把眼神挪開。

田中（日語）：
他說什麼？

阿輝老實地向指揮官報告。

阿輝（日語）：
他問我從哪裡來。

田中（日語）：
不用回答，繼續翻譯就好。

田中繼續說他的。

田中（日語）：
現在天皇願意提供你一個機會，

阿輝（臺語）：
天皇要提供你……

羅進福直接打斷阿輝翻譯。

羅進福（閩南語）：
不能講喔？
是不是在日本人面前，你不能說自己是臺灣人？

阿輝被羅進福搞得有點不知所措。
田中繼續講他的。

田中（日語）：

加入我方，你就可以帶著夫人，
以及孩子離開這裡。

阿輝（臺語）
加入我方你就可以帶著妻子與小孩離開。

羅進福一聽到田中提及家人，止不住心中的怒氣。

田中（日語）：
我們聯手讓亞洲人民真正從歐美殖民主義的手中解放，實現大東亞共榮。

阿輝（臺語）
我們聯手讓亞洲人民真正從歐美殖民主義的手中解放，實現大東亞共榮。

羅進福此刻終於正眼看了指揮官田中徹。

羅進福（閩南語）：
解放？（華語）
這就要問你了（看阿輝），日本殖民臺灣是解放嗎？
日本人對你們怎麼樣？
臺灣人成為真正的天皇子民了嗎？
滿州、朝鮮、中國，日本軍隊見人就殺，見資源就搶，
你覺得這是解放嗎？

田中不理會，繼續說。
羅進福也不理會田中的問題，不斷問阿輝問題。
阿輝大聲翻譯，想蓋過羅進福的聲音。

田中（日語）：
我們會提供最優渥的待遇，

阿輝（臺語）：
我們會提供最優渥的薪資，

羅進福（閩南語）：
你看起來是個聰明人（對阿輝），
到底日本人有沒有公平對待臺灣人？
還是只是把你們當殖民地的奴隸？

田中（日語）：
何景儀與羅在望……

羅進福再次聽到妻子的姓名，壓抑不住的怒火終於爆發。

羅進福（閩南語）：
你沒有資格對我的家人指名道姓！

面對情緒激動的羅，田中依然不動聲色。

田中（日語）：
他們會被抓進來，是因為你，
他們能不能被放出去，也要看你的決定了。

阿輝（臺語）：
何景儀、羅在望被抓進來是因為你，
請你回答田中指揮官問題。

羅進福聽到田中的話，一下子反應不過來。

阿輝（臺語）：
請你回答田中指揮官！

羅進福（閩南語）：
田中指揮官、田中指揮官
我看日本人把你洗腦洗得很厲害，很甘願當一隻狗！
日本人叫你翻譯你就翻，日本人叫你殺人你殺嗎？

羅進福焦躁的情緒只能向阿輝發洩。

阿輝（臺語、日語）：
我吃日本米、讀日本書長大，
我就是日本人。
（最後一句用日語）

羅進福看著阿輝如此堅定，點點頭。

羅進福（閩南語）：
跟他說，不，
我死也不做日本走狗。

田中不用等翻譯也懂領事的意思了。

田中（日語）：

這樣，
就請你繼續為我們這小小的營區付出勞力了。

田中說完，向阿輝點個頭。
阿輝做出手勢請羅領事離開。

阿輝（閩南語）：
請跟我走。

田中不再看領事，把沾了肉汁的那一匙飯放進嘴裡，仔細咀嚼。
羅進福起身前，盯著桌上那豐盛的美食，有那麼一瞬間，他確實懷疑自己是否太意氣用事了，但很快的，他撇開頭，站起身離去。

EP1_23_ 外景 / 戰俘營 洗衣服區　　戰時 / 日

阿遠帶捲毛、Pound 拖木頭回到營區，途中經過一群正在洗衣服的女俘虜區。
何景儀背著小嬰兒用力搓洗日軍軍服，嬰兒不斷哭泣，何景儀停下工作抱起嬰兒安撫。
旁邊一起洗衣服的西方女人看到阿遠，感到畏懼。

西方女俘虜（英語）：
小孩這樣哭下去不是辦法，會惹怒他們的。

何景儀以簡單的閩南語和英語回覆。

何景儀（閩南語、英語）：
小孩肚子餓，我沒有奶水。

阿遠聽到也看到，停下腳步，卻又低著頭帶俘虜離開。

EP1_24_ 外景 / 戰俘營 放木頭區　　戰時 / 日

阿遠和捲毛走到營區邊緣一處堆放木頭的地方，捲毛和 Pound 合力將木頭甩到鐵絲網旁堆積，一塊鐵絲網底端已經鬆動成一個破洞。

EP1_25_ 外景 / 戰俘營 營區周圍　　戰時 / 夜

夜晚的營區沒有點燈，外面樹林裡傳來風與海夾雜的聲音。

德仔一臉緊繃地沿著營區周圍鐵絲網巡邏，樹林裡突然傳來一陣哭喊的聲音，德仔驚恐站在原地，不知道要向前還是後退。

他只覺得哭聲從前方慢慢靠近，甚至不知何時會突然從黑暗中衝出來。
突然，他被用力拉了一下。他叫出了聲，猛一回頭是阿遠笑嘻嘻的站在背後。

德仔（臺語）：
嚇一跳，要把我驚死喔。

阿遠（臺語）：
驚啥啦？

德仔（臺語）：
沒有啊，就……前面一直有怪聲。

阿遠聽了一下。

阿遠（臺語）：
這個是竹子磨擦的聲音啊，
不就像是我們家後邊的竹仔寮？

德仔愣了一下，突然傻笑起來。

德仔（臺語）：
對鉤，我們村子尾巴的竹仔寮那邊就有這種聲音鉤。

阿遠（臺語）：
走，我們去那邊。

德仔疑惑地跟著阿遠。

EP1_26_ 外景 / 戰俘營 聽家鄉海聲處　　戰時 / 夜

兩人來到有一棵高聳椰子樹的地方，此處海浪聲特別清楚，浪聲渾厚，帶有回聲。

阿遠（臺語）：
你聽，有聽到什麼聲音嗎？

德仔睜大眼睛，看向一片黑暗。

阿遠（臺語）：
用聽的啦！

德仔頭歪著趨向前，皺緊眉頭好用力聽，這時的海浪聲好像透過風的推播，進入到一個洞穴裡一樣，德仔聽著聽著露出笑容。

德仔（臺語）：
像海膽洞啊。

阿遠也笑，伸手擼小弟的頭。

阿遠（臺語）：
記得這棵椰子樹，最高的這棵，
你以後站哨就聽這個海湧聲，
想我們還在臺灣，還在海膽洞裡面挖海膽，
這樣就不會怕了。

德仔有點害羞，又有點彆扭。

德仔（臺語）：
我……我又沒有怕，我只是……

阿遠覺得弟弟樣子可愛，笑著說。

阿遠（臺語）：
沒怕就好，
我回我那邊看看。

阿遠走離幾步，還回頭看看小弟的樣子。小弟站在椰子樹下，看向海的方向。

EP1_27_ 外景 / 海灘　　　戰前 / 黃昏

海浪聲湧進海膽洞裡，聲音聽起來更加厚實。

阿遠和櫻子直挺挺站立在鏡頭框內，焦點時而對上時而對不上，阿輝在相機前指揮，往左一點、往右一點，喬半天喬不好，櫻子皺起了眉頭。

阿遠（日語）：
櫻子，再等一下下，
這是我們跟阿明師好不容易借來的相機，
只有一張底片，一定要喬好才能拍。

櫻子沒有回答，只是悶悶的嗯了一聲。

阿輝（閩南語）：
德仔，不要再挖了啦！趕快來幫忙啦！

德仔手拿了一串海膽走過來，阿遠也趕緊走出景框向前去幫忙。

阿遠（臺語）：
是行不行啦。

阿輝（臺語）：
這兩顆都要轉……對啊，我的步驟是照阿明師寫的啊！

阿遠（臺語）：
不對吧，你確定是轉這個？
不然怎麼都對不上焦？

德仔湊過來插嘴。

德仔（臺語）：
這樣啦，我有記得，
阿明師是說，這兩個要轉，這個卡進去，
然後按這個按鈕啊。

德仔一邊說一邊就把快門按下去了。
閃光一瞬，三兄弟傻眼，櫻子更傻眼。

櫻子（日語）：
拍下去了嗎？

德仔不敢說話，阿輝一時也說不出話，阿遠吞吞吐吐的。

阿遠（日語）：
我……我確認一下。

阿遠把頭塞進相機目鏡裡，櫻子急跳腳。

櫻子（日語）：
就是拍下去了啊，
結果只拍到我一個人，怎麼會只拍到我一個人？
是你們要去南洋，怎麼會是給我照相啊！

到底怎麼會只拍到我一個人啊！

櫻子邊喊邊衝向相機，德仔和阿輝往反方向跑走，阿遠還躲在目鏡裡不敢動。

EP1_28_ 外景 / 戰俘營 營區邊緣　　　戰時 / 夜

阿遠揹著槍，渾厚的海浪聲和櫻子不斷跳針的聲音還繚繞在腦海裡，阿遠笑著回憶。

EP1_29_ 外景 / 戰俘營 營區邊緣鐵絲網區　　　戰時 / 夜

德仔沿著鐵絲網走，走到一處停下來仔細聽。

德仔（臺語）：
海膽洞。

又往前走一點聽。

德仔（臺語）：
蛤蜊寮。

又再往前，這次除了海浪聲，還有一點不規則的擾動聲音，德仔仔細往前看，營區裡擺放木頭的鐵絲網似乎有一個黑影在蠕動著。

德仔呆立，不知怎麼處置，想了好久，不是向前抓人，反倒是往回跑。

EP1_30_ 外景 / 戰俘營 營區邊緣　　　戰時 / 夜

德仔倉皇跑到阿遠身邊，急急忙忙地話都說不清楚。

德仔（臺語）：
阿遠哥……要偷跑……阿啄仔

阿遠抓起槍。

阿遠（臺語）：
在哪？

德仔瞬間還想不起來，想了半刻才回答。

德仔（臺語）：
木頭……放木頭那裡。

阿遠（臺語）：
快點，你快去叫人來。

阿遠抓著步槍往前跑。

EP1_31_ 外景 / 戰俘營 放木頭區　　　戰時 / 夜

阿遠遠遠看一名俘虜整個身體已經鑽過鐵絲網。

阿遠（日語）：
站住！

阿遠對空鳴槍。

砰！

槍聲劃破寧靜，還在鐵絲網內的另一名俘虜放棄鑽洞，往房舍逃回，正在鑽的俘虜努力往外爬，但腳似乎被鐵絲勾住，拚命甩腳。
阿遠衝上前，將槍靶校正對準，準備要發射，但仔細一看，發現那個要逃跑的人正是捲毛，捲毛雙眼同時正對過來，阿遠想到他在懸崖邊抓著自己的眼神，扣不下板機。

捲毛趁機掙脫鐵絲，連滾帶爬的往營區外跑，此時，後方傳來槍響，捲毛應聲倒下。
阿遠目睹一切。

龜田站在圍牆內，手上的槍管還冒著白煙，身後的營區亮起燈火，小隊長、北川、阿輝都跑出來了。
部分俘虜，包括羅進福，也從房舍的窗戶探出頭來。
阿輝看見是弟弟闖禍，趕緊出營區跑到他身邊，推著阿遠。

阿輝（臺語）：
快點，去把人抓回來。

EP1_32_ 外景 / 戰俘營 中央廣場　　　戰時 / 夜

大燈打在營區廣場上，整個營區的日本兵們排排站在廣場上，大家頭低垂著，沒人敢出聲。阿輝、阿遠、德仔也站在隊伍裡。
指揮官田中慢慢從所長室走下階梯，身影高䠷纖瘦，走起路來有些一跛一跛，但絲毫不減損渾然天成的威嚴感。

田中（日語）：
今天，發生了一件事情，
令我非常驕傲。
軍屬，新海輝，出列。

阿輝有點驚訝，小跑步到部隊前方。

田中（日語）：
新海今天在敵人面前，展現了他的忠貞，
我認為，他已經具備擔任大日本帝國士兵的資格，
從今天開始，
新海輝從軍屬升為二等兵。

阿輝（日語）：
是，我會繼續為天皇效忠。

在高壓籠罩的氣氛下，阿輝並沒有展現出喜悅。
田中不疾不徐踏著步伐，用一樣平緩的語調繼續說：

田中（日語）：
在軍隊裡，一兵一卒都很重要，
即便我們不是在前線，
但是管理好俘虜，
運用人力開路、蓋機場、挖壕溝，
都是在幫助和守護前線的弟兄。
軍屬，新海志遠。

阿遠沉著臉。

阿遠（日語）：
是。

田中（日語）：
你在這裡的工作是什麼？

阿遠（日語）：
監視戰俘。

田中（日語）：
你今天有善盡你的職責嗎？

阿遠思索著，遲遲未回應。
龜田耐不住性子，瞪著阿遠。
阿遠雙眼直視指揮官田中。

阿遠（日語）：
長官，我不確定有包括對俘虜開槍？

田中皺起眉頭。
龜田衝過來甩阿遠一巴掌。

龜田（日語）：
混帳，戰俘監視員！給你槍是做什麼用的？
工作沒做到就是沒做到！
還不認錯，藉口一堆，
平平是兄弟，差那麼多！

龜田也往阿遠身旁的德仔甩一巴掌。

龜田（日語）：
你也是，跟白痴一樣！

阿遠（日語）：
當時新海木德人不在現場，這是我一個人的疏忽！

龜田不可置信地看著阿遠，又伸手要打人。

田中（日語）：
龜田！

田中從來不吼人，只是拉長音調。龜田即時停手。

田中（日語）：
在戰場上，一個士兵沒有守好自己的位置，把弱點暴露給敵人
就是整個連隊的人等著被突襲，
在這裡，一個俘虜跑了，整個營區的情資就被洩露，

而一個人的疏忽，就是全部人的責任。
所以⋯⋯

田中走到部隊前方面對下屬。

田中（日語）：
我是營區的指揮官，我也有責任。

田中說完，在下屬面前給自己呼巴掌，每一掌都結實清脆響亮，打到臉頰腫脹滲血。

田中（日語）：
新海輝，交給你。

田中轉身離去，阿輝面對下口令。

阿輝（日語）：
全體，兩人兩人面對面！

所有士兵轉動身體，兩人面對面。
只有龜田副指揮官沒有轉身。

田中（日語）：
全體。
龜田你沒聽見嗎？

田中停下腳步轉身回頭看著龜田。

龜田（日語）：
是！

龜田轉向北川，面露尷尬。

阿輝（日語）：
打！

士兵們，包括長官龜田開始互賞巴掌。阿遠和順仔互打，他繃著一張臉，忍受著巴掌帶來的疼痛，同時看到德仔一個巴掌都承受不了的樣子。

EP1_33_ 外景 / 戰俘營 營區周圍　　　戰時 / 夜

阿遠撫著紅腫發燙的臉頰沿著鐵絲網走，到女俘虜的住所前不遠處停下，扭動嘴巴，吐出一攤血，後方房舍裡傳來嬰兒哭鬧、兒童咳嗽的聲音，從窗戶隱約看得到何景儀靠在窗檯哄嬰兒。

此時，後面傳來窸窣聲，阿遠慢慢往前，警覺地往聲音來源看，有個人影晃過，像是在躲他。阿遠深吸一口氣，這個夜晚怎麼如此不平靜？他抓槍慢慢繞到屋子的另一邊，眼前一個人影蹲在地上往前張望，阿遠從後面接近，拿槍指著黑影。

阿遠（日語）
不要動！

黑影向前跑，阿遠沒想到他會跑，追上撲向他，兩人扭打在地，阿遠將人翻過來看，是羅進福。

阿遠（臺語）：
你要幹嘛？

羅進福不斷掙扎，阿遠把人壓著，掙扎中羅進福身上滾出中午藏著的地瓜，兩人衝去搶，阿遠先抓到手裡，用身體把人壓在地上。

阿遠（臺語）：
還想跑？！
是沒看到那個捲毛阿啄仔有多慘？

羅進福（閩南語）：
誰要跑……

羅進福突然意識到阿遠也說閩南語。

羅進福（閩南語）：
福建話……
又是一個日本走狗。

阿遠聽到羅進福這樣形容他，抓起羅進福站起來。

阿遠（臺語）：
走！

阿遠壓著人往男俘虜住所走，羅進福回頭看女俘虜的茅草屋。

何景儀抱著小孩站在窗檯邊望過來，羅進福心急起來。

羅進福（閩南語）：
誰要逃跑啊？沒有人要逃，
我只是要拿點食物給我太太，
你們給這麼一點吃的是要人怎麼活？

阿遠（臺語）：
每個人都吃一樣多，在這裡就是這樣。
走。

阿遠不敢看何景儀，推羅進福離開。

羅進福（閩南語）：
哪裡一樣多？你有吃地瓜嗎？田中指揮官有吃地瓜嗎？
一小顆地瓜，誰吃得飽？

阿遠聽到這席話頓時說不出話來，兩人持續往前走，前方就是男俘虜的茅草屋，羅進福語氣帶點懇求，甚至抓住阿遠不願前進。

羅進福（閩南語）：
媽媽吃不夠營養，不會有奶水的，
小孩才剛出生兩個月，會活不下去。

兩人在男俘虜房舍門口，羅領事不斷拉扯、懇求阿遠，阿遠知道羅領事說的狀況，但他感受到臉上熱辣辣的巴掌，也左右張望擔心領事再鬧下去大家又要挨揍了。他用力把領事推開，領事倒地，阿遠拿槍指著他，一字一句說。

阿遠（臺語）：
男女俘虜不能接觸，每餐的食物不能留，是這裡的規矩。
進去，再抓到，關小籠子。

羅進福緩緩起身，瞪著阿遠，但隨即被阿遠推入那黑暗的房舍內。
這一刻，遠處傳來一個大浪捲上岸邊的聲音。

EP1_34_ 外景 / 戰俘營 中央廣場　　　戰後 / 日

日本兵們並列站在廣場中央，羅進福舉著手指著一名日本兵。

羅進福（英語）：

他，是他殺的，
壕溝裡的人，都是他殺的！

這名日本兵，阿遠，緩緩抬起頭看著羅進福，眼神充滿無盡的哀傷，年輕俊俏的臉龐似乎歷經滄桑。

第一集 終

幸運又慌張的新手

我在高雄市總圖的閱覽桌上，讀著太平洋戰爭，讀著大東亞共榮圈，讀著臺籍日本兵，讀著沒有軍階的臺灣軍屬志願前往南洋的戰地工作，有的被分配到戰俘營裡從事管理俘虜的工作，戰爭結束後，部分戰俘監視員因違反戰爭人道罪而進入軍事法庭，有的人因此進入監獄服刑長達十年之久，有的人卻再也沒能回到臺灣這座島嶼。

記得當時的我，在腦袋裡將文字長成一個畫面：戰爭時，一位臺灣籍的俘虜監視員站在戰俘營裡，眼前是一群穿戴整齊的日本軍官，背後則是數量龐大的瘦弱盟軍俘虜，戰爭結束後，畫面劇烈旋轉，物換星移，這位臺籍戰俘監視員眼前的人置換成澳洲軍事法庭裁判官，身後則是戰敗的日本士兵們。無論戰前戰後，無論局勢怎麼轉換，臺灣人位置不變，永遠被夾在中間。

在《聽海湧》之前，我只有編寫短片的經驗，準備要將故事發展成劇本時，自然而然的，也從短片下手，我將上述在腦中形成的畫面發展出故事，寫著寫著，冒出好多新的故事段落，卻礙於二十五分鐘短篇幅，只能先擱置一旁。那時候的我，從來沒有長片的企圖，於是和導演介珩跟從多數臺灣拍攝短片的模式，將企劃送審短片輔導金，在第二階段面審時，評委們一致關切拍攝預算的問題。

評審擔憂，在美術執行上即便只搭建一座戰俘營，即便只建一棟茅草屋，可能就用掉整部短片的預算，再者，就算努力把角色數量降到最低，他們身上的軍服、裝備都需歷史考證，也得全部由劇組重製，畢竟這是有年代的歷史劇，沒有能跟朋友借到手的道具，這些林林種種都攸關於預算，如果製作費嚴重不足，最終將影響影片呈現出來的質感。我們走出面審會議時，一臉當機的模樣，前輩們的意見讓過於純粹的熱血和天真的我們，開始思考實際執行的難度。

既然要搭一座戰俘營，何不寫長一點，讓更多的故事發生在同一個場景，增加使用 CP 值？就在我們開始往這個方向前進時，公共電視釋出迷你劇集的徵案，我們用一種像是在大考前一個月不睡覺、瘋狂衝刺的方式把東西擠出來，我負責故事分集內容及劇本，介珩負責企劃、找尋合作夥伴。以我們當時的作

品和經歷，要拍攝歷史時代劇，心知肚明很難取得信任。在公共電視徵案的面審時，我緊張得要命，已經記不得具體細節，總之，介珩和製作人Inch[1]將整場的問答給扛下來了，也忘記過了多久時間，一個再日常不過的早晨，我們接到得標通知的電話，當時我和介珩直接從睡夢中清醒，跳起來歡呼。後來的我很確定，是那些曾經用自己的生命撞擊戰爭時代的長者，讓我們獲得說故事的機會。

得到寫作機會後，挑戰來了。從二十五分鐘的短片，一下子拉到總共四集兩百五十分鐘的長篇幅，這感覺就像我原本有一間小套房，有適合我一人生活的空間和家具，但是後來東西買多了，空間顯得擁擠，於是決定換個地方，但我一下子得到可住四人的公寓，而且一次來十套，空間大到有時會在公寓裡迷失，慌張該怎麼裝潢、怎麼擺飾、怎麼增加室友。

一方面是不熟悉怎麼擺設空間的編劇技巧，一方面是對於要裝載進入空間的戲劇內容，當時的我需要時間，偏偏那時候就是沒有時間。拿到標案的當下，交稿日期已經定死了，焦慮開始找上門，每天都得寫，實際卻是每天在那十間套房裡慌來慌去，我想焦慮的由來有很大一部分是因為我太菜了。

公視看出我的惶恐，找了編劇徐瑞良[2]協助我們釐清自己的想法。在第一次的編劇會議上，瑞良問我，你的主角是誰？你的劇本究竟想說什麼？我吞吞吐吐，連自己想說的故事都說不清楚：我的主角……有阿遠、阿輝和弟弟德仔，我的劇本說的是：一群臺彎人去到南洋管理戰俘，戰爭結束後他們回不來，因為俘虜營裡有很多不當對待……越說越心虛，知道他問的不是故事情節，而是編劇的觀點。

那段時間，我們每兩週從高雄上去臺北見編劇顧問，瑞良為我們帶來一套有系統的寫作方式，一個一個釐清人物的角色動機，一集一集列出人物推進故事的動能點。在南北往來的列車上，在將食物送進嘴裡的三餐裡，在每日進出淋浴間的時刻中，我常常問自己，我的故事想說什麼？

我回頭讀自己寫下的文字，這段時間來，劇本怎麼修改我始終都不會刪除的情節是什麼？原來是阿遠冒著風險傳遞雞蛋給何景儀的段落。這來自於我看到的一則新聞，標題大概是這麼下的：「中國領事卓還來的後代，六十年後來

1　本名林佳儒，《聽海湧》製作人。
2　徐瑞良，臺灣導演、編劇，代表作品有《誰是被害者》、《臺灣犯罪故事——黑潮篇》。

臺謝恩」。當時擔任戰俘監視員的柯景星，曾經拿雞蛋和牛奶救助淪為俘虜的中國領事夫人趙世平，以及趙世平身旁兩位年幼的孩童。

或許我想說的，就來自於這則真實故事背後的含義，當你看見無辜年幼的孩子，因成人世界莫名的侵略與貪慾而受苦時，所謂國族戰爭或敵對或勝負，還重要嗎？或許，唯有善良才能帶著阿遠走到最後。

我這麼告訴瑞良，他點點頭，這就是編劇的觀點。

那兩三個月的時間，我排掉所有的事情，每天起床就是打開電腦，進到一九四五年，穿上軍裝，背上步槍，進到戰俘營裡，我們一路帶著焦慮惶恐的心情，拉著給予正面堅定力量的瑞良前進，終於完成了第一版完整四集劇本。

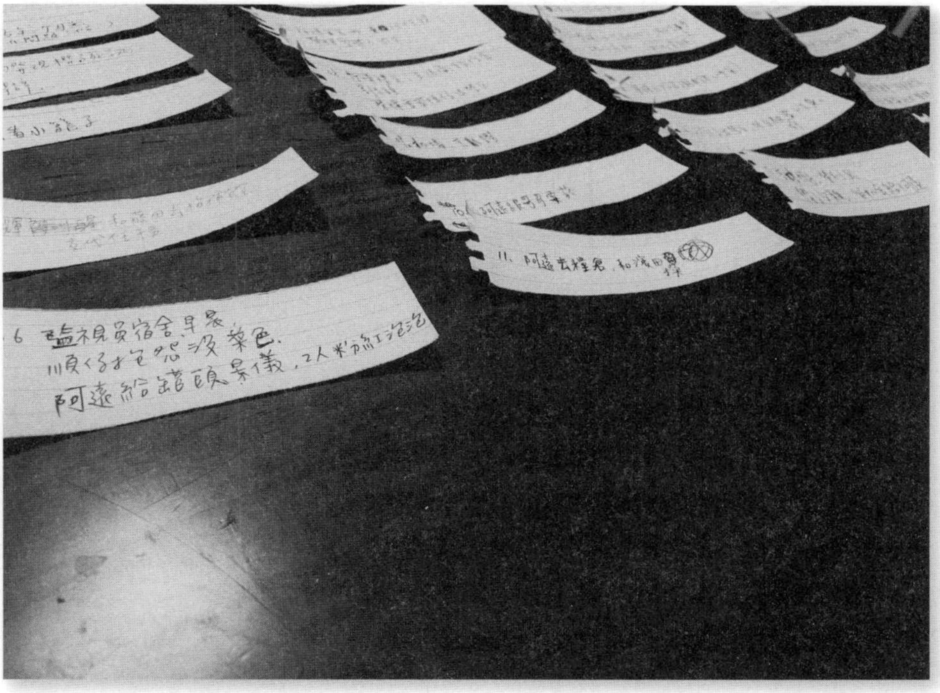

劇本場次小卡。

第二集　赤陽

EP2_1_ 外景 / 戰俘營 小籠子　　　戰時 / 夜

夜晚的營區幽幽暗暗，所長室外掛的那盞燈是唯一照明。
阿輝跟在竹崎後方，對於深夜突然被叫出來顯得無所適從。

阿輝（日語）：
請問……竹崎長官，是有什麼任務嗎？

竹崎側頭過來，從嘴巴吐出一團菸霧後，又別過頭往前走。
兩人行經中央廣場上的小籠子區，往營區黑暗深處走去，籠子那似乎傳來虛弱的呻吟聲。

阿遠拖著俘虜的腋下，德仔拉腳，兩人合力將已昏厥的捲毛抬到一座空的小籠子前。
阿遠打開籠子門，苦惱籠子這麼小究竟怎麼把人塞進去，他看看旁邊幾個籠子裡被塞得不成人形的俘虜，轉過頭來，看了呆立一旁的德仔後，蹲下身。

EP2_2_ 外景 / 戰俘營 漆黑區　　　戰時 / 夜

竹崎把香菸屁股丟到地上，回過頭來不懷好意地看著阿輝，前方黑暗處站了四名日本士兵，阿輝不安地看著這群人。
突然，竹崎伸手用力揍了阿輝一拳，阿輝踉蹌，還搞不清楚怎麼回事，其他日本兵也湊過來又踢又打，阿輝趕緊縮著身子舉起雙手保護頭部，承受一陣拳打腳踢。

EP2_3_ 外景 / 戰俘營 小籠子　　　戰時 / 夜

阿遠試著折彎捲毛的軀體、他的雙腿、他的脖子，想方設法將人塞入那小小空間裡，但不管怎麼塞那顆頭就是塞不進去。

德仔（臺語）：
阿遠哥……

阿遠聽到聲音回頭，卻不見德仔蹤影。手一用力，才發現自己在塞的不是捲毛，是被揍的鼻青臉腫的德仔。

德仔（臺語）：

下次如果俘虜跑出去，你要開槍。

EP2_4_ 內景 / 監視員宿舍　　　戰時 / 夜

阿遠從床上彈起，驚魂未定，他先轉向左方，看見小弟雖然臉頰紅腫，但至少安然睡在床上，於是鬆了一口氣，原來只是一場噩夢，接著他轉向右方，發現大哥阿輝的床是空的。

Vo. 竹崎（日語）：
新海輝。

EP2_5_ 外景 / 戰俘營 漆黑區　　　戰時 / 夜

日本兵們停手，阿輝雙手依舊緊抱頭部。

竹崎（日語）：
喂，「二等兵」新海輝！

阿輝透過手臂縫隙偷看，發現竹崎面露微笑。

竹崎（日語）：
以後不能打你了，大家平起平坐。

竹崎丟了一個東西過來，阿輝倉皇接住，是一枚二等兵勳章，阿輝這才揚起瘀青的嘴角，緩緩挺起身子，日本兵過來搭阿輝的肩膀，遞給他清酒，阿輝大口喝下。

EP2_6_ 內景 / 監視員宿舍　　　戰時 / 夜

阿遠拉出水盆洗臉，試圖讓自己從噩夢中清醒，他伸手抽下乾毛巾，將整個臉捂著，當他再度拉下毛巾時，看到阿輝鼻青臉腫的走到自己身旁。

阿遠（臺語）：
你是怎麼了？

阿輝揚起受傷的嘴角。

阿輝（臺語）：
沒事啦！

阿遠看著阿輝彎下腰提起行李後挺直脊背，順著視線看見領口上二等兵的勳章。

阿輝（臺語）：
他們要我搬過去。

兩兄弟對看，阿遠點頭表示知道了，阿輝拍拍阿遠的屁股，轉身走出門口。
阿遠目送大哥往對面的日軍宿舍走去，旭日從日軍宿舍的屋頂上升起。

聽海湧

第二集 赤陽

EP2_7_ 外景 / 海岸邊　　戰後 / 日

大海與天空交界之處停放一艘遠洋戰艦，一條小船緩緩從船艦那一方往岸邊划，天上一朵雲都沒有，無風無浪，一切寧靜得令人窒息。
三名著正裝的男子坐在小船上，衣物不知是被船槳濺上來的海水潤濕，還是被熱帶地區毒辣陽光逼出的汗水浸濕，三人油光滿面，樣態狼狽，看起來和這個世界格格不入。坐在船頭的男子年紀最長（高橋，五十歲），一臉正經嚴肅；中間的小林（三十二歲）年齡居次，身著日本陸軍軍服；最後方、看起來最年輕的渡邊（二十三歲）負責划槳，一臉稚嫩，看來剛從學校畢業不久。
小船慢慢漂，三人專注、屏息看著前方即將著陸的陌生世界。
岸上一整片皎潔白沙，白沙盡頭一排防風林，再往更後方望去是高聳壯闊的群山。
一輛軍用卡車停在沙灘和防風林交界，一名澳洲士兵靠在駕駛座外的車門抽菸。
小船靠岸，高橋踏上陸地，向那名澳洲士兵示意點頭，但士兵只轉過頭來看高橋一眼，又別過頭去繼續抽菸。
高橋面露尷尬，試圖拼湊出幾個英文單字。

高橋（英語）：
我們 日本 律師。

澳洲士兵沒有回應，把手上香菸丟到沙灘上踩熄，自顧自上車。
高橋錯愕，回頭吩咐兩名年輕人。

高橋（日語）：
行李搬上車。

EP2_8_ 外景 / 椰子林　　戰後 / 日

卡車小小的身影駛出茂密廣闊的雨林，往被挖出一塊禿的營區前進。

EP2_9_ 外景 / 營區大門口往日本律師帳篷　　戰後 / 日

卡車駛入營區，坐在後方露天座位區的渡邊和幾名正在行走的澳洲士兵對上眼，士兵們皆投以不歡迎的眼神，讓渡邊不自覺低下頭來。

卡車一路開至一座小房舍外停下，日本律師們抬起頭看看彼此。
高橋轉頭看後照鏡裡的司機，司機又在抽他的菸，什麼指示都沒給。

高橋（日語）：
下車吧。

高橋先行下車。
小林跳下車，轉身接渡邊搬運給他的箱子。
司機抽著他的菸，一邊從後照鏡觀望。
渡邊抓起最後一件行李，才剛要從車上跳下，司機立刻發動行駛，渡邊差點摔個狗吃屎，一臉錯愕望著車子離去。

EP2_10_ 內景 / 戰俘營 - 日本律師辦公室　　戰後 / 夜

日本律師團正在整理工作站，前方黑板上已經貼了幾位戰犯的照片。
澳洲士兵手上抱著一疊文件來到門口，距離最近的渡邊起身去接，那是另一疊厚厚的起訴書，渡邊將文件一併放置到已堆了好幾疊的桌上去，看到最上面那一份資料後皺起眉頭，因為上頭附了一張四、五十具腐爛屍體塞在壕溝裡的黑白照片。

渡邊（日語）：
前輩們，有個屠殺案……

小林、高橋停下手邊工作，看了過來。
渡邊將照片拿起來給其他兩位律師看，再順手貼到黑板上去。
小林走來，仔細閱讀起訴書。

小林（日語）：
被告，新海志遠。

渡邊馬上伸手拿出一本厚重的紅色資料夾翻閱。

渡邊（日語）：
新海志遠，臺灣籍，位階：軍屬，
出生地：臺灣高雄州，學歷：中等學校肄業。
昭和十六年通過大日本帝國在殖民地臺灣的特設勤勞團招募，

來南洋後負責監視、管理俘虜，
入伍時十九歲，現年二十一歲。

小林看著手上的起訴書。

小林（日語）：
他承認整件事是他一人所為，沒有共犯。

渡邊抬起頭，一臉疑惑。

渡邊（日語）：
一個人殺這麼多人？

EP2_11_ 內景 / 戰俘營 - 澳洲律師辦公室　　戰後 / 夜

澳洲助理 Lee 也正在看阿遠的起訴案件。

Lee（英語）：
新海志遠……這個人簡直病態。

Lee 抬起頭，不可置信的樣子裡又夾帶著恐懼。

Lee（英語）：
日本人……真的像傳說中那樣，
一瘋起來，一個人殺百個

聽到這裡，威廉從眼前的文件堆裡抬起頭，銳利的眼神盯著 Lee 看。
Lee 有些不知所措。

Lee（英語）：
我的意思是……這個人真的很怪……
從他白天的眼神就知道。

EP2_12_ 內景 / 戰俘營 - 日本律師辦公室　　戰後 / 夜

小林繼續讀起訴書內容。

小林（日語）：
屠殺對象包括傷病戰俘、女人、小孩……

小林轉頭看渡邊，聳聳肩。

小林（日語）：
如果對象都是這些無法抵抗的人，加上槍，
一次殺這麼多人，不無可能。

渡邊把資料裡凶手的照片拿出來，貼到黑板上，這個人和自己一樣，是個普通到不行的年輕人。

EP2_13_ 內景 / 戰俘營 - 澳洲律師辦公室　　戰後 / 夜

威廉不苟言笑看著 Lee。

威廉（英語）：
你真的相信這是他一人所為？

Lee 愣住不敢說話。
威廉把眼神轉向另一名助理莫頓。

威廉（英語）：
你相信嗎？

莫頓不知該搖頭還是點頭，最後選擇搖搖頭。
威廉又看向 Lee。

威廉（英語）：
告訴我他的位階是什麼？

Lee 低頭看資料，還來不及回答，莫頓就先搶走答案。

莫頓（英語）：
軍屬。

威廉（英語）：
軍屬，連兵都不是！

兩個助理戒慎恐懼看著威廉。

EP2_14_ 內景 / 戰俘營 - 日本律師辦公室　　　戰後 / 夜

渡邊看著阿遠的照片，搖搖頭。

渡邊（日語）：
他……看起來……
我無法相信，這中間一定有什麼誤會。

小林（日語）：
渡邊，你沒上過戰場吧？

渡邊聽到小林說他沒上過戰場，有些不服氣。

小林（日語）：
我親眼看過。

小林嚴肅起來，語氣凝重。

小林（日語）：
當時我們的部隊在戰壕裡，
長官發給大家清酒、比平常多兩倍的香菸、三倍的糧食，
你知道那是什麼意思？

渡邊看著小林沒有搭腔。

小林（日語）：
玉碎啊，天亮時要做最後的衝鋒。
那一晚根本沒人睡得著，大家抓著槍不發一語。
天還沒亮，
我聽到壕溝另一邊傳來喊叫的聲音，
還沒反應過來，就聽到爆炸聲和火光。

渡邊張大眼睛看著小林。

小林（日語）：
是隔壁連隊一個臺灣兵承受不住，
引手榴彈自爆，還炸死了同連好幾名弟兄。

渡邊（日語）：
我理解，但是，
那會不會只是個案？

小林受不了渡邊的天真，大聲地加重語氣。

小林（日語）：
不！
恐懼，會殺人。

始終沒說話的律師長高橋，此時才放下手上的筆。

高橋（日語）：
這個案子我會處理。
馬上就要開庭了，
把所有被告資料整理出來，我們沒有任何一點時間可以浪費。

小林、渡邊（日語）：
是！

EP2_15_ 內景 / 戰俘營 - 澳洲律師辦公室　　戰後 / 夜

兩個助理眼睛看著威廉不敢移開，威廉指著屋外壕溝的方向。

威廉（英語）：
那裡有四十二名弟兄葬身在日本人槍下，
但是我們到現在還無法通知他們的家人，
因為我們不知道他們是誰，
因為該死的日本人把名冊燒掉了，
現在，
拜託你們拿出皇家軍事學院 (Royal Military College, Duntroon) 的腦袋來，
把人通通抓出來定罪，可以嗎？

兩名助理挺起胸膛。

助理們（英語）：
是！

EP2_16_ 內景 / 戰俘營 - 日本律師辦公室　　戰後 / 夜

渡邊低頭整理起訴書和被告資料，發現還有其他兩個新海：「新海輝」和「新海木德」，都依傷害戰俘起訴。

EP2_17_ 內景 / 戰俘營 監視員監所　　　戰後 / 夜

窄而深長的走道上，只有正中間的天花板懸掛一盞鎢絲燈，整個空間幽幽暗暗。
門口傳來解開鏈條的聲音，大門被推開，一名澳洲士兵帶領高橋走進茅草房舍內。
兩人走到監所最底端，面向右手邊的牢房，士兵推開門閂，轉過身來告訴高橋。

士兵（英語）：
十五分鐘。

高橋走進小牢房，看見阿遠坐在地板角落，靠在竹子編排而成的牆面上，外頭光線從縫隙穿進來，影子照映在阿遠身上，一條一條的紋路禁錮著他。
小牢房空間窄小，裡頭擺飾簡陋，就一張木板床和一把小板凳。
高橋坐到板凳上。

高橋（日語）：
新海志遠，你好，
我是你的辯護律師，高橋。

阿遠勉強把身體撐起來，轉向高橋。

高橋（日語）：
會面時間有限，我就不多廢話。
坦白說，
你的情況……很不樂觀。

阿遠聽到後並沒有太大情緒，只是點頭，好像想說什麼又不知如何開口。
高橋看著阿遠等待他說話。

阿遠（日語）：
我的兄弟們狀況還好嗎？

高橋（日語）：
你是說新海輝和新海木德？

高橋似乎早有準備，很明確地說出兄弟名字。
阿遠點頭。

高橋（日語）：
他們很好，
兩個人被起訴的罪行和牽涉案件並不重，
我們律師團會盡全力協助他們，

我相信時間到了，他們都可以回家。

說到這，高橋停頓一下，好像準備說些什麼更重要的。

高橋（日語）：
不過，檢察官仍在追查壕溝案有沒有其他共犯，
所以……我認為，
如果壕溝案真的是你一人所為，
他們……應該可以更順利地回家。

阿遠聽到「回家」時，眼神似乎閃過一絲遺憾，盯著地板花一點時間接受自己的命運。

阿遠（日語）：
我明白。

兩人沒有對上眼神，高橋起身往外走，走出牢房前向阿遠鞠了一個躬，什麼也沒說，轉身準備離開。
阿遠看著高橋，挺起身子，將一直掛在心上的事問出口。

阿遠（日語）：
高橋律師。

高橋停步，回頭看阿遠。

阿遠（日語）：
能不能……
幫我打聽一位淺田櫻子的消息，
她應該在臺灣……
我很久沒收到她的信件……
至少在服刑前，
我要知道她過得好。

高橋看著阿遠的眼睛，知道櫻子在他心中占據很大一塊空間。

高橋（日語）：
好，
我一有消息，馬上告訴你。

EP2_18_ 內景 / 戰俘營 監視員監所　　戰後 / 夜

高橋走在窄小的走道上，威廉從門外走進來，翻譯助理 Lee 跟在其後。
高橋與威廉互看一眼，在走道中間擦身而過。
威廉走到最後一間牢房前等待士兵開門，回頭看高橋步出房舍的背影，威廉知道自己晚了高橋一步。
士兵將房門打開，立正站好。

士兵（英語）：
Sir。

威廉走入小房舍，坐到門邊的小板凳上。

威廉（英語）：
新海志遠，我是澳洲軍事法庭的檢察官，威廉柯爾。
兩天後你就要上法庭，
告訴我當時在壕溝發生什麼事，
我會讓你免於死刑。

Lee 站在牆角翻譯，小小房間塞了三個人，顯得擁擠壓迫。

Lee（日語）：
新海志遠，過兩天你就要上法庭，
告訴我們壕溝屠殺的實情，
你就可以免於死刑。

阿遠聽完翻譯後，抬頭看著威廉。

阿遠（日文）：
人是我殺的，我開槍殺人。

Lee（英語）：
人是我殺的，我開槍殺人。

威廉（英語）：
我知道你有殺人，我問的是，
還有誰跟你一起殺人？

Lee（日語）：
還有誰跟你一起殺人？

阿遠（日語）：
人是我殺的，我開槍殺人。

Lee 傻眼。

Lee（英語）：
他又重複說一樣的話……
人是我殺的，我開槍殺人。

威廉開始有點不耐煩。

威廉（英語）：
就憑你？
不可能。
到底還有誰跟你一起開槍？

Lee（日語）：
到底有誰跟你一起開槍？

阿遠（日語）：
人是我殺的，我開槍殺人。

Lee 看看威廉，威廉相當不耐煩。

威廉（英語）：
你現在是想逞英雄是嗎？
你他媽的就只是個沒官階的臺灣守衛，
你到底在幫誰頂罪？

Lee（日語）：
你只是個沒官階的臺灣守衛，
你在幫誰頂罪？

阿遠（日語）：
人是我殺的，我開槍殺人。

威廉盯著阿遠，這個人的固執令人惱怒。

威廉（英語）：
我告訴你，
我絕對會把你以外的其他凶手都揪出來，

然後呢，
然後把你，和其他人通通送上絞刑臺！

威廉說完憤而起身，大步跨出牢房，剛坐過的矮凳子在原地盤旋，阿遠就這麼盯著椅子轉啊轉。

EP2_19_ 外景 / 戰俘營 中央廣場　　　戰後 / 夜

威廉往自己的帳篷走去，在思索什麼的樣子，突然，停下腳步，轉往右方的帳篷去。Lee 趕緊跟上。

EP2_20_ 內景 / 戰俘營 日本律師辦公室　　　戰時 / 夜

威廉大力掀開門簾，踏進日本律師帳篷，與 Lee 站在門口。
日本律師們從堆積如山的文件裡抬起頭，有點錯愕地望向門口。

Lee（日語）：
我們以澳洲軍事法庭偵辦身分，
向貴單位徵調戰時日本駐北婆羅洲的兵籍資料。

渡邊聽到兵籍資料時，側頭往自己身後、小林面前的那本紅色硬殼厚資料夾看，小林使眼色要渡邊別看。

高橋（日語）：
很抱歉，我們沒有這樣的資料。

Lee 轉向威廉。

Lee（英語）：
他說沒有這種資料。

威廉完全不理會，大步跨進來，直直往前走。
小林眼看威廉往自己和渡邊走過來，趕緊伸手護住紅色硬殼資料夾，但威廉搶先一步把資料拿走，然後轉身離去。
高橋激動地站起身，大喊。

高橋（英語）：
這是日本軍事機密檔案，你不能帶走！

高橋口音帶有濃濃的日本腔。
威廉停下腳步，回頭告訴高橋。

威廉（英語）：
軍事機密檔案？請不要以為你還在打仗！
日本已經戰敗投降，盟軍早已接管日本軍事，
現在，只有犯罪證物，沒有軍事機密檔案，
搞清楚狀況。

語畢，威廉帶著那本紅色資料夾離開。
留下說不出話來的日本律師們，尤其渡邊，還愣在剛剛的震撼教育裡。

EP2_21_ 外景 / 機場　　戰時 / 日

在一條筆直、光禿禿的路上，太陽持續炙烤大地，高溫讓整個世界扭曲晃動。
俘虜們打赤膊努力把地上深埋的樹根挖起，羅進福與其他較瘦弱的俘虜忙著挖土填坑。
一頭大象置身在道路中間，兩條繩索綑綁在牠巨大的身軀上，身上有多處傷痕，但人類還是不停地拿鞭子往牠身上抽打，藤條每落到皮肉上一次，大象就發出低沉的哀吼聲，努力提起步伐，拖拉巨大的水泥輪往前走。
沉甸甸的水泥輪緩緩滾動，輾平凹凸不平的泥土路。
阿遠衣服全濕透，臉上汗水不斷滴落下來，站在大象前方，看著牠賣力卻怎麼樣也提不起步伐的樣子。
順仔更用力鞭打大象。

順仔（日語）：
走！走！

阿遠（臺語）：
順仔，等一下，
牠好像……

阿遠走向前想看看大象狀況。
此時，大象突然仰天長嘯，趴臥在地。
順仔即時把阿遠往後拉，兩人坐倒在地。
大象癱軟於地上，牠大大的眼珠底下積滿著快要滲出來的淚水。
阿遠望著牠的眼珠，可以看見自己的倒影。
大象已經奄奄一息。
阿遠伸出手撫摸大象的鼻頭。
大象緩緩閉上眼睛，同時擠下一行淚水。

俘虜們都停下手邊工作，往這邊看過來。
後方傳來哨音。
阿輝跟在龜田、北川後面走來。
龜田率先停下腳步，給阿輝點個頭，阿輝挺起胸膛走向前。

阿輝（日語）：
俘虜監視員，集合！

臺灣兵各個小跑步過來阿輝身邊。
龜田和北川走往大象那巡看。

阿輝（日語）：
下午開始，要調派一半人力去挖壕溝，
這邊機場進度，一樣要在規定期限內完成。
聽到了嗎？

臺灣兵們聽到都面有難色，阿遠是，德仔也是。
靠阿輝最近的順仔壓低聲音說話。

順仔（臺語）：
阿輝，這怎麼可能啦？

阿賓（臺語）：
嘿啊，你看那些人，進度根本快不起來。

阿遠看了正在吃午餐的俘虜們，各個瘦巴巴，坐在地上狼吞虎嚥著地瓜。

阿輝（臺語）：
上頭說美軍要派軍艦過來了，
機場、壕溝一定要趕快完成。

順仔（臺語）：
不是我們不想拚啊，
你看連大象都倒下去，
你去跟長官說，再弄一頭來，
不然不可能啦！

阿賓（臺語）：
對啊，去跟長官說一下，
期限放寬一點啦！

臺灣兵們絮絮叨叨，唯有阿遠、德仔一聲不吭。
阿輝能理解監視員的難處，畢竟自己不久前也是其中的一員，他猶豫著是否幫同鄉爭取。
看完大象的龜田轉過身來，看見阿輝猶豫的樣子，一臉不耐地走來。
臺灣兵瞧見長官走來的身影，立刻閉上嘴巴不敢吭聲。
龜田走來什麼話都沒說就給阿輝甩兩記耳光。

龜田（日語）：
跟下屬交代事情，這樣就夠了！

甩完巴掌，龜田站立原地，等著看阿輝的表現。
北川則是眼神嚴厲但又帶著鼓勵的看著阿輝。
阿輝忍著疼痛，挺起胸膛，態度轉硬，伸出手扎實地在順仔臉上賞一耳光。

阿輝（日語）：
照進度完成，不然連你們也關小籠子！

龜田此時才轉身離去，一路碎念。

龜田（日語）：
什麼指揮官選的人，還差得遠。

阿輝和阿遠對上眼神，卻馬上閃避掉，轉身跟在兩名長官後頭走。
哥哥兩邊不是人的樣子，阿遠全都看在眼裡。

阿遠（臺語）：
德仔！

德仔回過神，看向阿遠。

阿遠（臺語）：
下午我們再拚一點。

EP2_22_ 外景 / 機場　　　戰時 / 日

阿遠站在水泥輪旁大喊口號。

阿遠（日語）：
一、二推，一、二推。

沒了大象，只能用人力去拉動巨輪，俘虜四個人分別在巨輪的左右兩側，包含羅進福，每個都用盡全身氣力推，但巨輪就只往前滾一點點。
順仔急了起來，不斷大吼。

順仔（日語）：
用力啊！快點！

EP2_23_ 外景 / 戰俘營 壕溝　　　戰時 / 日

俘虜們努力挖土。
臺灣兵阿賓在旁巡視，不斷吼著。

阿賓（日語）：
快點快點！

德仔也挺起胸膛，跟著有樣學樣。

德仔（日語）：
快點快點！

阿賓走到前方，腳踩踏原地。

阿賓（日語）：
今天要挖到這邊！

俘虜 James 低聲碎念。

James（英語）：
瘋了。

阿賓走過聽到，停下腳步，把 James 踹倒。

EP2_24_ 外景 / 機場　　　戰時 / 日

阿遠（日語）
一、二推，一、二推。

順仔嘶吼。

順仔（日語）：
用力！
你，你根本就沒出力！

順仔抽起鞭子鞭打俘虜。

EP2_25_ 外景 / 戰俘營 壕溝　　　戰時 / 日

阿賓不分青紅皂白地踹打俘虜。
德仔也跟著踹人，踹到的是 Ken。
Ken 怒瞪回來，德仔驚愣了一下，撇過頭去大喊。

德仔（日語）：
快！

EP2_26_ 外景 / 機場　　　戰時 / 日

鞭子落在俘虜身上，俘虜痛得罵髒話，但仍咬緊牙奮力往前用力推，奏效了，輪子往前進一大步。
一名瘦弱的俘虜跟不上趴倒在地，撞到一旁的羅進福，羅也跌倒。
羅趴在地上，對阿遠大吼。

羅進福（閩南語）：
喂！你們這樣是在虐待！
你們已經嚴重違反日內瓦公約！

阿遠努力忽視羅進福，繼續喊口號。

阿遠（日語）：
一、二推！一、二推！

羅進福（閩南語）：
公約明文規定不可以凌虐俘虜！
喂！你有聽到無啊？！

阿遠像機器般不斷重複喊。

阿遠（日語）：
一、二推！一、二推！

羅進福（閩南語）：
我們是人，不是畜生！

阿遠彎下腰把羅抓起來推向前。

阿遠（閩南語）：
一、二推！一、二推！

然而，羅進福沒站穩步伐，整個人往輪子摔過去。

羅進福：
啊……

一聲慘叫打斷了阿遠的口號。
羅的右手被碾壓在輪子下方，輪子底下濺出鮮血。
此時，阿遠好像才終於醒了過來。

阿遠（日語）
醫……醫護站，去……
趕快！

EP2_27_ 內景 / 戰俘營 醫護站　　戰時 / 昏

阿遠走進醫護站，這也是一座木頭茅草搭建的簡易房舍，裡面擠滿傷的、病的、殘的、看起來快死的。
阿遠站在擁擠的走道尋找羅進福。
羅進福左手掌整個包紮起來，面色蒼白，依靠在床邊，羅看到阿遠走過來，努力轉動疲憊的身軀，他只想背對著阿遠。

英國軍醫帶著醫療物品走過來，但阿遠站在走道上擋住了去路，軍醫打量阿遠全身。

英國軍醫（英語）：
沒有病痛的請出去，這裡已經夠擠了。

阿遠沒有聽懂，看著軍醫。
羅進福躺在床上，仍然背對著沒有看阿遠。

羅進福（閩南語）：
他叫你出去啦！

軍醫伸出手做出請的動作。
阿遠低下頭，帶著愧疚轉身離去。

EP2_28_ 外景 / 戰俘營 日軍宿舍區　　　戰時 / 昏

暗紅色的太陽沉沉欲墜，將整個營染得通紅。

阿遠往自己的宿舍走去，聽見日軍宿舍那一方傳來嬰兒哭鬧的聲音，阿遠望眼看過去，何景儀後面背著小孩，前面抱著一個竹簍去到日軍宿舍收髒衣物。

某個日軍將制服從窗戶丟出來，一邊不爽地告誡何景儀。

丟褲子日軍（日語）：
喂，上次送錯褲子了，
看清楚，這件才是我的。

何景儀沒有說話，彎下腰去把褲子撿起來。
嬰兒不斷哭泣。

阿輝和一群日軍在宿舍外卸綁腿，其中一名士兵突然抓起步槍對準何景儀。

拿槍日軍（日語）：
喂，女人！

何景儀看到是槍，僵住不敢亂動。
拿槍的日軍做出瞄準的動作，並把槍枝上膛。
何景儀伸出手護住後面的孩子

拿槍日軍（日語）：
砰！

那名士兵吆喝一聲。
何景儀著實嚇了一跳。
旁邊幾名日軍笑出來，阿輝也跟著笑。

拿槍玩日軍（日語）：
新海，跟她說，
帶小孩過來這邊鬧，是要我們把他煮來吃了嗎？

日軍又笑成一團。

阿輝陪笑後，嚴肅地告訴何景儀。

阿輝（臺語）：
下次別再帶小孩來。

何景儀(閩南語)：
好。

何景儀點點頭，快步離去。
阿遠看到哥哥和那群日本兵，心中突然升起一股怒火，撇過頭，快步往監視員的宿舍走去。

EP2_29_ 內景 / 戰俘營 監視員宿舍　　戰時 / 昏

阿遠走到床鋪前，把整天揹在身上的步槍和中午的便當丟到桌上，便當盒的上蓋脫落，裡頭還有一顆完整的雞蛋。
阿遠抬起頭，透過窗戶看到何景儀往監視員宿舍走來。
阿遠動作很快的，把自己的上衣脫下來，抓起便當盒裡的雞蛋，放到制服口袋裡，把制服揉成一團。何景儀走到阿遠的窗戶外準備收衣物，阿遠把制服遞給她。
何景儀接過來摸到硬物，她翻開口袋清楚看到雞蛋，抬起頭，露出恐懼又驚訝的神情，不清楚阿遠究竟有何意圖。

阿遠（臺語）：
口袋洗乾淨一點。

何景儀不敢置信，不過還是點頭，把制服收進籃子裡。

EP2_30_ 內景 / 戰俘營 監視員宿舍　　戰時 / 夜

阿遠穿著內衣躺在床上，手上拿著何景儀的小冊子，翻過了一頁，紙上畫著海水打上岩石的瞬間，噴灑成一個圓弧狀，藍色的水花溫柔包覆著炙紅的夕陽，畫的右下角一樣寫著一行字：「海的形狀 山打根家屋外」

隔壁床的德仔趴在床上一手握筆寫信，另一手握著「軍隊手牒」計算自己的薪酬，算著算著，面露困惑，抬起頭看阿遠。

德仔（臺語）：
阿遠哥，
扣掉零用金、存貯金，家……應該可以拿八十五元，

怎麼只有七十五元？

阿遠抬起頭來看德仔的簿子。

阿遠（臺語）：
你是不是拿十元存成軍票？

德仔想到什麼似的，低頭翻自己的奉公袋，拿出簿子底下的軍票，一臉懊悔樣。

阿遠（臺語）：
安怎？

德仔（臺語）：
小妹說阿母最近又開始咳了，
想說多寄十塊回去給她買漢藥。

阿遠（臺語）：
我先給你。

德仔點點頭。
突然間，睡在上層的三個監視員紛紛跳下床向門口敬禮。
阿遠看到阿輝抱著一疊信件站在門口，
把小冊子塞進枕頭下，和德仔一同起身，向大哥敬禮。
阿輝點頭回應大家，拿起前面兩封信。

阿輝（臺語）：
順仔。

順仔走過來，恭敬地接下信件，阿輝繼續喊名字，大家跑到前方拿取。

阿輝（臺語）：
阿賓、德仔。

德仔往前，阿遠還站在原地，眼看阿輝將手中最後一封信發完，自己卻一封都沒拿到。
發完信了，德仔回到自己床位前站好。

阿輝（臺語）：
今天壕溝長度有到進度，
但是深度不夠一個人高。

阿輝嚴肅地看向順仔、阿忠。

阿輝（臺語）：
順仔，你之前不是挖過？
深度要可以讓步兵站在裡面，
頭不會凸出來被敵人的子彈打到！
不想要被賞巴掌，
就不要再讓我看到你們挖出這種東西！

說完，阿輝面向阿遠、德仔、阿賓。

阿輝（臺語）：
機場這邊，上面有接到消息，
前線轟炸機最近就會來駐紮了，
這禮拜前半段的地一定要整平，
做不到，你們就跟那些阿啄仔一樣，關小籠子！

監視員們嚴肅地聽阿輝說話。
阿遠看著大哥，感到大哥已截然不同。

阿輝（臺語）：
順仔、阿賓，你們兩個出去幫龜田副指揮官燒熱水。
以後這種事情要自己主動一點，不用我交代。

順仔、阿賓（臺語）：
好。

順仔、阿賓趕緊出去出任務，阿輝轉頭看向阿遠和德仔。

阿輝（臺語）：
阿遠、德仔，
你們兩個衣服穿上，跟我來。

阿遠、德仔兩人互看一眼，伸手拿起制服。

阿輝（臺語）：
快一點！

兩人趕緊套上制服。

EP2_31_ 外景 / 戰俘營 曬衣場　　　戰時 / 夜

阿輝將弟弟們帶到曬衣場，曬在竿子上的衣物隨風飄動。
此時有兩名日本兵走過，阿輝裝腔作勢。

阿輝（日語）：
你們自己看，今天做這什麼工作！

前方烏漆墨黑，阿遠、德仔看不出所以然來。
阿輝回頭確定那兩名日本兵已經走遠。

阿輝（臺語）：
沒事了啦。

兩個弟弟轉過身來，德仔鬆一口氣。

德仔（臺語）：
齁，阿輝哥，你要把我嚇死，
我以為你真的很生氣。

阿輝笑，拿出兩盒森永牛奶糖。

阿輝（臺語）：
吶，一人一盒

德仔感到驚喜。

德仔（臺式日語）：
kia la me ru ？！

阿遠沒有喜悅。

阿遠（臺語）：
你從哪裡弄到這東西的？

阿輝（臺語）：
反正我就是有辦法，拿去啦！

阿輝又把牛奶糖往前推，阿遠不想拿。

阿遠（臺語）：
你不用這樣。

阿輝（臺語）：
你中猴喔？

阿輝硬是要塞給阿遠，阿遠甩開，牛奶糖掉到地上。

阿遠（臺語）：
你顧好你自己就好，
不用為了這種東西巴結長官，
你下午那種樣子，我都有看到。

阿輝頓時說不出話來。
德仔看兩個哥哥尷尬，彎下腰去把牛奶糖一顆顆撿起來裝進盒子遞給阿遠。

德仔（臺語）：
以前去海膽洞，
撿一個貝殼可以和櫻子姊姊換一顆 kia la me ru，
我就一直撿，換好多回去給小妹吃。

阿遠、阿輝聽著小弟憶往事。

德仔（臺語）：
小妹還在信上跟我說這件事勒，
我覺得，我還是把這盒寄回臺灣給她吃好了。

聽到這，兩個哥哥都傻眼。

阿輝（臺語）：
這……很不簡單才弄到的東西，
你還寄回去？

德仔（臺語）：
喔。

阿遠（臺語）：
我多借你兩塊啦，讓小妹去買 kia la me ru。
這盒你留著吃。

阿遠把手上那盒牛奶糖倒幾顆出來給德仔，阿輝和阿遠兩人稍微化解了尷尬。

阿輝從胸口拿出一封皺巴巴的信，遞給阿遠。

阿輝（臺語）：
應該是櫻子寄來的，
但是運輸不知道發生什麼事，
這批信變這樣。

顯然信件泡過水，皺巴巴的，阿遠拆開信，裡頭字跡全都模糊，看不清楚在寫什麼。德仔邊咬著牛奶糖，湊過來看，突然說了一句日語。

德仔（日語）：
kai de?ka e?ma z de

阿遠看著一團糊的信紙，皺著眉抬起頭看德仔，想著德仔剛剛那句怪的日文句子，突然笑了出來。

阿遠（臺語、日語）：
不是 kai de，要用 u mi 啦。

阿輝突然理解德仔在表達什麼了。

阿輝（臺語）：
我會昏倒，你的國語真的是…

德仔（臺語、日語）：
我們不是叫做 shin kai，新海啊？

阿輝（臺語、日語）：
那是名啊，你要講海邊就是要用 u mi

德仔（臺語、日語）：
u mi ？
喔，這樣就是，
u mi?ga e?ma z de

阿輝（日語）：
海で帰ってくるのを待っているから

德仔（日語）：
u mi de ga e.. no ..o..

德仔無法完整說出這句日文。

德仔（臺語）：
鰇，反正鰇，
櫻子姊姊一定是要跟阿遠哥說，
「在海邊，等你回來。」

阿遠（臺語）：
那這句怎麼說？你再說一次。

德仔（日語）：
u ni de ka e de.. no ..o..ma⋯..

三人吃糖、聽浪聲，兩個哥哥持續糾正弟弟的日文句子。

EP2_32_ 外景 / 海蝕洞　　戰前 / 昏

海蝕洞裡，阿遠、櫻子並肩坐著，面向大海。
不遠的海上停放一排軍艦，天空中艦載機盤旋著，遠處似乎還播放著帝國海軍進行曲。此時德仔跑進洞穴裡，把手上貝殼遞給櫻子。
櫻子檢視貝殼。

櫻子（日語）：
嗯，這種的，兩顆。

德仔（臺語）：
這種勒？

德仔又遞給櫻子另一顆貝殼。
此時阿輝也走進洞穴。
阿遠回頭向阿輝打暗號。
阿輝也用暗號表示知道啦。

阿輝（臺語）：
德仔，我們去後面撿啦！

櫻子（日語）：
嗯，後面那邊的貝殼比較好看。

德仔（臺語）：

喔。

阿輝、德仔離開洞穴。
櫻子把頭靠到阿遠肩膀上。

櫻子（日語）：
你有話跟我說？

阿遠醞釀了一會才說出口。

阿遠（日語）：
我決定去從軍。

櫻子臉沉下來。

阿遠（日語）：
這是最好的方法了。

櫻子不開心，把頭抬起來，離開阿遠肩膀。

櫻子（日語）：
志遠君根本就不是當軍人的料，
你能夠殺人嗎？

阿遠（日語）：
不是這樣的，
我是去管理俘虜，不用殺人。
而且，
阿輝、德仔也一起去，
我們三個人可以互相照顧。

阿遠看著櫻子嘟起小嘴，櫻子不開心的樣子很外顯。艦載機從他們頭頂掠過。

櫻子（日語）：
我不喜歡。
你看，所有旗子都變成太陽旗，
所有的船都變成軍艦，
所有人都變成軍人。
我不喜歡這樣的世界，
不喜歡，討厭。

阿遠（日語）：
等戰爭結束，
軍人就會變回一般人，
我……也可以變成你父親認可的人。

櫻子看著阿遠，抿著嘴唇。

阿遠（日語）：
所以，
你會等我嗎？

櫻子（日語）：
你最好給我活著回來。

兩人額頭靠著額頭，親吻，夕陽照進洞裡，就像何景儀畫的那幅畫般，海浪打上洞外的那顆岩石，溫柔包覆著他們。

EP2_33_ 內景 / 戰俘營 監視員監所　　戰後 / 晨

阿遠躺在囚禁房裡，聽著輕柔的海浪聲，手上握著領事太太的小冊子。

EP2_34_ 外景 / 戰俘營 中央廣場　　戰後 / 晨

接近破曉時分，大地染著一層藍色，清晨厚重的霧氣籠罩在戰俘營裡。
渡邊往營區後方的壕溝走去。

EP2_35_ 外景 / 戰俘營 壕溝　　戰後 / 晨

渡邊走到壕溝後面小解，後方有兩名澳洲士兵走過來。
寬敞的空間，兩名士兵偏偏要一左一右，緊靠著渡邊尿尿。
渡邊感到壓迫感，突然一名士兵的手順著渡邊的背往下摸，渡邊趕快拉上褲頭往回走，但兩名士兵馬上又跟著過來，渡邊越走越快，差點就摔到曾經塞滿屍體的壕溝裡頭去。

EP2_36_ 外景 / 戰俘營 小籠子　　戰後 / 晨

渡邊低著頭快走，感到士兵要追上來，自己緊張跌倒在地，剛好跌落在一個沾染血

漬的小籠子上，渡邊看到血又彈起來。
兩名士兵斜眼看渡邊，其中一個還對他挑了眉，無聲笑著回頭走向壕溝。
渡邊坐在地上喘氣，望著他們消失在營房轉角，餘悸猶存，橘色太陽慢慢冒出來。

EP2_37_ 內景 / 戰俘營 - 澳洲律師辦公室　　　　戰後 / 晨

看起來徹夜未眠的威廉，翻看手上那本紅色資料來，發現裡面只有他完全看不懂的漢字，許多頁的兵籍照片有被撕掉的痕跡，威廉把書往桌上丟，帶點不耐地大吐氣，然後轉向貼得亂七八糟的牆，從牆上看得出來，威廉試圖釐清當時整個營區的日軍名單。

EP2_38_ 內景 / 戰俘營 監視員監所　　　　戰後 / 晨

阿遠小牢房的門打開了，高橋站在門口。
阿遠從床上坐起身來，等待高橋開口。

高橋（日語）：
新海，
我探聽到淺田櫻子的消息了。

高橋小心翼翼的，語氣盡量不帶情緒。

高橋（日語）：
淺田小姐在戰爭結束前已經回到日本東京老家，
而且已經完婚了，
現在過得很幸福。

阿遠聽到後一時還做不出反應，只是點個頭。

阿遠（日語）：
謝謝。

高橋向阿遠點頭。

高橋（日語）：
不客氣。

高橋離開，把門帶上。
阿遠獨自坐在床上，外頭旭日東升的光線透過竹牆縫隙穿透進來，那一個瞬間，腦

袋裡好像有千萬個美好回憶湧進，想著想著，笑著掉下眼淚來。

EP2_39_ 外景 / 戰俘營 法庭外　　　戰後 / 日

澳洲士兵壓著阿遠踏上階梯，走入法庭。

EP2_40_ 內景 / 戰俘營 法庭　　　戰後 / 日

昔日的所長室內部樣子已經全然不同，過往掛置天皇敕令與大東亞共榮圈的地圖已被拿下，指揮官的辦公桌已成為主審官的宣判桌，桌上擺放著天秤。
阿遠站立在日本律師與澳洲檢察官之間，面向前方的主審官，兩側坐滿了觀看的士兵及一般群眾。

書記官（英語）：
壕溝屠殺案，被告新海志遠已列席候審，
請檢方證人，羅進福先生到案說明。

羅進福站在主審官左手邊的證人席上。
威廉走到羅進福身旁，請領事以目擊證人的身分陳述壕溝屠殺案的經過。

威廉（英語）：
羅領事，請告訴我們當天事發的經過。

羅進福（英語）：
好的。

羅進福莊重地面對主審官。

羅進福（英語）：
事發當天，我被打昏了，
當然，是被日本人打的，我們常常沒來由就被打。
集合的時候，我完全失去知覺，
醒來時，只知道自己被關在小籠子裡，
我可以聽到整個營區很混亂，
從小籠子可以看到很多腳在奔跑，
我看到了很多俘虜被帶往壕溝，我的太太也在其中，
有一個人押著他們，他離籠子很近，
我奮力透過縫隙伸出手抓住這個人，
這個人低下頭看我，

就是他，新海志遠。

羅進福轉過身，用缺了兩根指頭的手指著阿遠，然後再秀給主審官看。

羅進福（英語）：
這個，也是他造成的。

主審官瞇著眼仔細看羅的手，點點頭。
阿遠看著羅進福，沒有太大情緒。
渡邊認真思考領事的說詞。

羅進福（英語）：
那時候我緊抓他的腳，
他用力把我甩開，
我扯掉他的綁腿，
我大吼，他不理我就走了。
過沒多久，
我看到他，壓著戰俘到壕溝那邊，
包括我的太太與小孩，
全部通通推到洞裡面去，
開槍掃射。

羅進福說到後來，難掩激動的情緒。

威廉（英語）：
謝謝你，羅領事。

羅進福點頭，走回位置上。
威廉走到阿遠面前。

威廉（英語）：
新海志遠，
你承認羅領事所說的，當天他在籠子裡抓住的就是你？

Lee 即時在阿遠耳邊翻譯，阿遠點頭。

翻譯官（日語）：
用說的。

阿遠（日語）：
是。

Lee（英語）：
Yes.

威廉（英語）：
你同意領事有抓住你，扯你的綁腿？

阿遠（日語）：
是。

Lee（英語）：
Yes.

威廉（英語）：
你就是這個沒有綁腿的人，壓著女人、小孩到壕溝邊？

阿遠（日語）：
是。

Lee（英語）：
Yes.

威廉（英語）：
你同意你對著這群手無寸鐵的人開槍射殺？

阿遠（日語）：
是。

Lee（英語）：
Yes.

威廉看著阿遠，很無奈，轉過頭看向主審官。

威廉（英語）：
很顯然，這個人有罪。

威廉說得有氣無力，走回位置上。
審問如此快速順暢也讓主審官感到詭異，皺著眉頭看向辯方律師。
渡邊坐在高橋旁邊，埋頭思索，根據領事的證詞畫出營區相對位置，腦袋一直思索著。

主審官（英語）：

辯方律師，請。

高橋站起來，相當卑微恭敬。
渡邊突然想起，自己前日清晨被澳洲士兵追的時候，跌在小籠子旁，也試圖看向壕溝卻怎麼也看不到。於是他抓起紙張倉促地寫字。

高橋（日語）
此案人證說詞完整，被告……

渡邊將紙條推到高橋面前，上頭寫著：「領事被關在小籠子，但是從小籠子看得到壕溝嗎？」
渡邊激動地看著高橋，高橋覺得莫名其妙。

高橋（日語）：
被告也全盤招認，辯方……放棄答辯。

Lee（英語）：
辯方放棄答辯。

高橋說完坐下，渡邊瞪大眼睛，高橋嚴肅地瞪回去。
主審官敲槌。

主審官（英語）：
現在休庭。

主審官轉身和旁邊兩名法官商討。
渡邊眼看高橋不理會他，慌慌張張站起身來。

渡邊（英語、日語）：
Sorry, Sorry, 那個……

渡邊突然站起來，全部的人都傻眼，尤其主審官。

渡邊（日語）：
我……認為要再次確認目擊證人的說詞……帶被告……
辯方建議要帶著被告重新走一次證人所描述的犯罪路線。

一直低著頭的阿遠，轉過頭來看這個奇怪的年輕人。

主審官（英語）：

他在說什麼？

翻譯官（英語）：
他要求帶被告走一次犯罪路線。

主審官露出不敢置信的表情，底下觀禮的士兵發出噓聲。

主審官（英語）：
我已經準備進入宣判了，
你在這個時候才跟我提出辯方要求？
你有在尊重審判程序嗎？

主審官帶著情緒講話。

主審官（英語）：
辯方律師意見駁回！

渡邊摸摸鼻子，低頭坐下，高橋努力壓制憤怒的情緒。
主審官還帶有一點情緒，身旁另一位法官向主審官點頭。

主審官（英語）：
現在我宣判，壕溝屠殺案，
被告新海志遠，絞首刑！

底下觀禮的群眾鼓掌歡呼，主審官敲槌子。

主審官（英語）：
下一位。

威廉一點也沒有喜悅，低聲自語。

威廉（英語）：
犯罪路線？

威廉看向渡邊，置身在歡呼聲中陷入思考。

阿遠被壓出法庭，一路被歡欣鼓舞的盟軍指指點點、左右包夾。

第二集 終

無法不聽海湧

劇本寫作的最終目的是拍出來，一談到實際執行製作，就得面臨執行難度和預算。第一版四集劇本誕生的過程中，我努力不去想預算限制，一直說服自己先把戲寫好再說，但是，要閉著眼睛不去管執行難度，對我來說也是一種執行難度，尤其在製作費無法變動的情況下。

最初投遞的公視徵案，是公開金額的標案，一集四百萬的預算早就植入我的腦中，即便對數字極度不敏感，還是知道書寫過程不能過度奔放。比方最後一集的轟炸場面，就讓我猶豫半天，真的要寫嗎？炸一棟好不容易蓋好的茅草屋，很心疼耶！有沒有替代方案呢？或者，對我來說具有象徵意義的絞刑臺，常常被明眼人點出來，這種只出現一場戲的道具可以考慮刪掉喔。整座戰俘營預設至少一千人，外國演員在臺灣並不容易找，還必須要有戰爭時的瘦弱身材才行，去哪找這樣的人呢，不然再把戰俘營規模改小一點，就一百人吧，不行不行，五十人比較可行……

劇本修改階段，劇組前期製作也同時開啟，Inch 每天臉上都掛著憂愁，但介珩總說，昏昏妳就盡量寫，到時候自然會找到辦法的。後來美術 Lily 找好搭建茅草屋的材料行，準備下訂時，遇上 Covid-19，臺灣疫情突然直線升溫，衛福部規定劇組一旦有人染疫就得停拍，當時沒有人知道未來長什麼樣子，不知道疫情會持續多久，我們和公視討論後，共同做出撤案的決定。

真是鬆了一口氣，卻又極度失落的矛盾感受。如果真的硬著頭皮以極低預算去執行，我在劇本中努力呈現的場面、氛圍、故事整體脈絡，一定會大打折扣。

我們還很菜，或許等我們變得成熟了再來拍會更好。我這麼告訴介珩，同時也在安慰自己。

戴口罩、噴酒精、關在家裡點外送的日子緊接而來。這段時間，我跑到花蓮念書，租了一間海邊小套房，住進去的第一晚發現，啊，只看得到海，聽不到海。我常常戴上口罩，步出房間，沿著海岸山脈晃，去看海，去聽浪聲，相較於臺灣西邊海水送上平緩的沙灘，東邊懸崖下的太平洋浪聲，凶猛多了。我

想，自己之所以來到花蓮，是因為童年一段和家人共度的快樂時光就在這裡，伴隨著異於臺南家鄉的海浪聲，我問自己，始終無法放棄《聽海湧》究竟是怎麼一回事？

我和長輩之間，有著國族認同的世代落差。我接受的是教改後強調臺灣意識的島嶼思維，父母親受的是從中國出發的大陸思維，而劇中所撰寫的臺灣阿公們，則是接受大日本帝國的思維。我聽著太平洋的吼叫聲，找到答案了，原來無法不聽海湧，是我試著從故事裡找答案。

我不知道是海湧聲有保庇，還是介珩的永不放棄，後續《聽海湧》走到金馬創投，在這個影人與投資人交會的場合，我們遇見製作人湯哥，也從其他影視界的前輩和投資人知道，這個故事有它自己獨特的魅力。最後，就在臺灣疫情和緩下來之際，老夥伴公視表示願意和我們一起，繼續聽海湧。

最不容易的是，預算增加了！

一直到拍攝完畢，我才知道，預算是公共電視節目部的夥伴們持續不斷爭取來的。我想，我們都是居住於這座島上，無法不聽海湧的臺灣人。

花蓮的海。

第三集　強風

EP3_1_ 外景 / 戰俘營 糧倉　　戰時 / 夜

深夜的糧倉底下傳來母雞咕咕叫的聲音。
糧倉是一棟架高的房舍，上方儲存糧食，下方圈養雞群。
阿遠和濱田站在陰影裡，兩人靠得老近。阿遠在兩人身體之間，展開手上十根香菸，濱田數完數量後一把抓入口袋，同時從衣服內袋拿出一個肉罐頭給阿遠。
阿遠遲疑了一會，低聲問。

阿遠（日語）：
十根加兩晚夜哨，不是可以換兩個？

濱田（日語）：
等明天補給來，再給你。

阿遠點點頭。
兩人完成交易，低調解散，阿遠自個兒往營區門口走。

EP3_2_ 外景 / 戰俘營　　戰時 / 夜

阿遠走到營區大門口，和阿忠換哨。

阿忠（臺語）：
嗯？阿遠，怎麼是你？

阿遠（臺語）：
喔，我來站濱田的哨。

阿忠（臺語）：
幹，你是站哨站上癮喔？

阿忠準備離去前又回頭。

阿忠（臺語）：
阿遠，今晚怪怪的，前面好像一直有人⋯⋯

阿遠轉頭往阿忠說的外面看，一陣風吹來，將附近的樹叢吹得沙沙作響。

阿忠（臺語）：
你要盯緊一點，聽說最近常有美國鬼上岸……

阿遠（臺語）：
靠呴喔，你趕快回去睡啦！

阿忠離去後，阿遠獨自一人被漆黑包圍，不免也感到有些毛骨悚然。
今夜的天空雲層厚重，遮蔽了月光。
營區又吹起一陣強風，天空中的雲層快速移動，月光透出雲縫。阿遠終於看得見前方那片草叢被吹拂的模樣，他仔細觀看，某處草叢舞動的方向紊亂不一致，阿遠趕緊將步槍擺在警戒位置，慢慢趨前查看，但那一瞬間，月光又被雲層遮擋住，前方再次陷入黑暗。阿遠隱隱約約聽見那處草叢傳來腳步聲，他慢慢趨近，慢慢趨近，強風推開天空的雲層，月亮陰柔的光再次讓大地顯現，阿遠趁機用槍頭猛地撥開樹叢，看見一隻長鼻猴眼睛瞪著自己，阿遠驚愣一下，不知道該做何反應，倒是長鼻猴雙手置地，凸出牠的下顎，對阿遠露出不和善的戽斗臉，然後轉身沒入黑暗中。
阿遠鬆一口氣，垂下手上的步槍，突然，一隻手從背後拍阿遠，阿遠提槍猛然轉身，那是一名頭上包紮的日本軍官，後面跟著從森林中一個個冒出來，服裝破損、彼此攙扶著的日本士兵。

頭包紮日本軍官（日語）：
快……快帶我們去找最高指揮官

聽海湧

第三集 強風

EP3_3_ 內景 / 俘虜營 法庭　　　戰後 / 日

法庭裡依舊擠滿旁聽的盟軍士兵。
主審官在臺前大聲宣讀。

主審官（英語）：
竹崎正八，凌虐、殺害多名俘虜，
手段凶殘，泯滅人性，
本庭裁定，絞首刑。

主審官敲槌。
竹崎面無表情的被帶出法庭，走道兩旁的士兵們刻意大聲對著竹崎歡呼鼓掌叫好。

檢察團隊在自己位置上，士氣正高昂。
威廉挺著胸膛整理桌上文件，把下一案文件拿出來，蓄勢待發。
日本律師團一臉嚴肅，看起來已經一連打了好幾場敗仗。

阿輝坐在觀眾席的最後一排，被歡欣鼓舞聲包覆著。
審判庭的書記官喊。

書記官（英語）：
下一案，新海輝虐待戰俘一案，
請被告出列。

阿輝走向前到被告席上。

書記官（英語）：
檢方證人（Prosecuting Witness）Juke Walker Junior 請出席。

Juke 走至證人席。
威廉站起身，走到證人面前。

威廉（英語）：
Juke，請告訴我們事發經過。

Juke（英語）：
我不是太清楚他幹嘛打我，
我們每天早上集合點名，
可能是我比大家晚出宿舍吧，
他就打我。

威廉（英語）：
他怎麼打？

Juke 站起身來，舉起手，用力的做出打巴掌的樣子。

Juke（英語）：
這樣，很用力

威廉（英語）：
他打了幾下？

Juke（英語）
連打好幾下，直到我倒在地上。

威廉挺著身子，展示性地從 Juke 右方走到左方。
阿輝、高橋、小林、渡邊嚴肅地看著威廉。

威廉（英語）：
請告訴我，這次傷害導致什麼後果？

Juke 呆呆望著威廉，沒有反應。

威廉（英語）：
Juke，你可以告訴我，傷害導致……

Juke（英語）：
抱歉，長官，您能不能到右方？
被打完後我左耳就聽不見。

威廉轉頭望向觀眾，望向主審官，一副「你們看吧」的模樣。
日本律師團紛紛將眼神挪開，無法直視威廉的表演。
威廉提高音量對著 Juke 說。

威廉（英語）：
謝謝你，Juke。

威廉走到阿輝面前。

威廉（英語）：
新海輝，你為什麼打人？

阿輝聽完翻譯，看看高橋。
高橋點頭，示意可以回答。

阿輝（日語）：
他遲到了，每天的集合都有明確規定時間，
他不只遲到一次，是好幾次，所以我才打他，
我只是想提醒他準時。

威廉轉過身去問 Juke。

威廉（英語）：
你可以說明你為什麼遲到嗎？

Juke（英語）：

我肚子痛，太虛弱了，
後來醫生說我是患了瘧疾。

威廉又問阿輝。

威廉（英語）：
當時他生病，你知道嗎？
為什麼對一個病人動手？

阿輝（日語）：
不是……這是秩序，
而且，很多人都生病，他不是特例。

威廉不敢置信地看著阿輝。

威廉（英語）：
你是說大家都生病了，但你們還是要逼迫他們繼續工作，
而且還賞人耳光？
提醒有很多方式，而你非得要打人的臉。

威廉轉過身去面對主審官。

威廉（英語）：
庭上，我認為這絕對不是提醒，是凌虐。

高橋起身。

高橋（日語）：
抗議。
日本軍隊重視集體紀律，
一個人遲到就會影響一整個群體的行動，
甩耳光在部隊裡是很常見的提醒，
長官對待下屬也是用甩耳光的方式，
這是在提醒對方要注意自己的言行舉止，
這不是凌虐，是維持紀律。
我認為，兩國不同的部隊管理文化，必須作為考量。

Lee 快速地在威廉耳邊翻譯。

威廉（英語）：
你們的部隊管理文化是你們的事，而這裡，是國際法庭，

新海輝打俘虜是事實，把人打到失聰是事實，凌虐俘虜是事實，
我認為……

威廉轉向主審官。

威廉（英語）：
新海輝有罪。

坐在中間的主審官點頭，並轉頭和旁邊兩位助理主審官交頭接耳。

高橋坐下來，藉由整理文件來轉移情緒。
渡邊氣餒地望向窗外。
窗外的椰子樹葉片被強風拉扯著。

主審官清清喉嚨。

主審官（英語）：
本庭，
一致認為，
士兵作為一個獨立個體的存在，即便是在群體的部隊文化裡，
也應自我判斷維持紀律的方式，
甩耳光屬於凌虐，是事實，
本庭裁決，新海輝，婆羅洲俘虜收容所第五分所擔任監視員，無視戰爭中應遵守之國際公法及習慣，任意體罰及毆打霸凌俘虜（ill treatment and cruelly beat）
判處有期徒刑十五年。

主審官敲槌的瞬間，法庭上的翻譯人員在阿輝耳邊以日語告知他的刑期，阿輝聽到自己被判十五年，無法置信。
威廉非常滿意主審官的判決，律師團灰頭土臉。

書記官（英語）：
今日案件審閱完畢，明天議程已公告在外。

威廉率領團隊站起身離去。
澳洲士兵準備將阿輝壓回牢房，阿輝請求對方。

阿輝（日語）：
等一下……等等……

阿輝跑到前方詢問日本律師。

阿輝（日語）：
高橋律師，這……怎麼會？十五年？
我真的只是想提醒他而已……

律師們不知怎麼回應。

阿輝（日語）：
其他人也都是這樣嗎？

澳洲士兵要阿輝趕快走，阿輝抓緊繼續追問。

阿輝（日語）：
那……
我弟弟他們還好嗎？
新海志遠和新海木德也被判這麼久嗎？

高橋（日語）：
整個狀況確實不如預期，
但是你的弟弟很好，
我們都在盡全力幫他們，
你不用擔心。

阿輝不知如何是好，只能點點頭。
渡邊聽到新海志遠的名字，聽到阿輝的詢問，聽到高橋的回答，知道新海志遠其實已經被判絞首刑的他，連頭都抬不起來，不知道怎麼面對阿輝。

阿輝（日語）：
拜託你們了。

澳洲士兵強迫把阿輝帶走。
渡邊看著阿輝走出審判庭。

EP3_4_ 內景 / 日本律師帳篷 戰俘營日本律師辦公室　　戰後 / 夜

小林將整日審理下來的文件，重重放到桌上，三人無語回到自己的位置上，低迷的情緒持續籠罩整個辦公室。

渡邊抬起頭，打破沉默。

渡邊（日語）：

不好意思，前輩們，
新海志遠的壕溝屠殺案……是不是可以再審視討論一次？

小林面露不耐。

小林（日語）：
你怎麼還在那個案子裡？

渡邊急著解釋。

渡邊（日語）：
證人羅領事的說詞很有問題……

渡邊話沒說完，小林直接打斷。

小林（日語）：
沒用的，你感受不到嗎？
他們分明是在報復啊，不管什麼案子都判重刑。

渡邊（日語）：
所以，更要想盡辦法為他們辯護啊，我……

高橋耐著性子聽渡邊說

渡邊（日語）：
新海輝剛剛在打聽他弟弟的消息時，我真的什麼話都說不出來，
我甚至不敢看他，我們……為什麼要騙他？

高橋（日語）：
渡邊，

高橋突然打岔。
渡邊看過來。

高橋（日語）：
我們來這裡，
是要盡可能帶更多的日本人回家。

渡邊（日語）：
當然，我知道，
但是，高橋前輩，

追求真相，為每一位被告盡全力的辯護，
才是我們真正的職責不是嗎？

高橋看著眼前這位眼睛散發著純真的年輕人，將自己的手放到一疊又一疊的起訴書上。

高橋（日語）：
這，這，還有這，
也都是一條又一條年輕的生命，
他們每一個都想回到家鄉，
和父母親、和愛人、和手足，
一起吃一碗白米飯、
喝碗味增湯、
品嚐秋刀魚的滋味。

高橋換口氣，語氣轉柔。

高橋（日語）：
我們必須將我們的時間和精力放在更有機會回家的人身上，
我很抱歉，有些人可能會因此被放棄，但是沒有辦法，
我們必須有所選擇。

渡邊沒有接話，看著高橋前輩的眼睛，在心裡咀嚼他所說的話。

EP3_5_ 外景 / 小籠子區　　　戰後 / 夜

風一陣一陣吹進營區，小籠子前方地上的落葉、枝條被捲成小龍捲風。
威廉走到籠子前，凝視著地板上那一堆大小應該是用來關押小動物的東西，上頭還有著罪惡的血漬。
在某一瞬間，威廉好像看見每一個籠子裡塞著自己國家的弟兄，他們各個伸出手來向他求救。

EP3_6_ 外景 / 戰俘營 營區各處　　　戰時 / 昏

炊事帳裡傳來竹崎的吼罵聲，濱田從裡頭匆忙爬下階梯。

Vo. 竹崎（日語）：
雞蛋三顆！是要拿多久？！

濱田趕忙走到糧倉下方，打開雞舍門，鑽進裡頭抓取雞蛋又匆匆爬上。

Vo. 竹崎（日語）：
叫你去採野菜也沒採！長官吃什麼？！

一陣陣強風吹來，將濱田來不及鎖上的雞舍門吹開，舍裡的母雞轉過頭來，發覺外面還有更廣大的世界，於是踏著雞爪子，搖搖擺擺晃出雞舍。

母雞走過小籠子區，被關押在裡頭的俘虜伸出一隻手向牠求救，母雞沒有停下繼續向前行；一名監視員帶著俘虜拖木頭走過，母雞閃過木條，繼續走；後方有兩名女俘虜抱著剛從曬衣場收回的衣服，母雞也從底下鑽過柔軟的布衣；廣場回來一批外出勞動的俘虜，母雞一路閃躲眾人的步伐，直到走到一名俘虜的腳下。
這名俘虜顯得特別年輕，可能十六歲都不到，他兩眼睜大望著母雞，看看營區裡的人都在忙自己的，於是拉起衣襬，一把將母雞攬入懷中。

EP3_7_ 內景 / 男俘虜宿舍　　　戰時 / 夜

深夜裡，男俘虜們聚集在一起，品嚐著烤雞的滋味。
Raymond 吃得滿手是油，Ken 已經將手上的雞腿肉都啃光了，還是捨不得丟棄骨頭。
有的俘虜吃到眼光泛淚水。

俘虜 A（英語）：
Oh fuck，我感覺到我正活著⋯⋯

俘虜 B（英語）
真的，Peter，我愛你！

那名十六歲的年輕俘虜 Peter 靦腆笑了笑，大夥都聚在一起，只有在門邊的 Birdy 背對他們在睡覺。

Peter（英語）：
不給他吃嗎？

Peter 指 Birdy。
Raymond 翻了個白眼。

Raymond（英語）：
他每天吃壽司就飽了，不屑吃烤雞。

大夥低聲笑。

營區外傳來一陣騷動聲音，一群穿著破爛的日本兵跟著阿遠走入營區，俘虜們趕緊止住笑聲，壓低身子。

背對躺在床上的 Birdy 並沒有睡，眼睛張著，一聲不吭。

EP3_8_ 內景 / 所長室　　　戰時 / 日

指揮官田中與頭上纏繃帶的日軍在桌子邊研擬地圖，龜田站在旁邊。
小隊長北川帶領阿輝、藤田進到所長室。

阿輝（日語）：
二等兵，新海輝。

藤田（日語）：
一等兵，藤田茂。

田中揮手叫兩人到桌前。

田中（日語）：
藤田、新海，你們兩個帶領一小隊，
到這裡，把這段山洞鑿通，確保可以讓人通行。

田中指著地圖上的山，以及山的另一面一個畫紅叉的位置。

阿輝、藤田（日語）：
是！

田中（日語）：
藤田，地質是你的專業，
這裡全是石灰岩，找到最適合的開口，務必要在最短的時間內完工。。

藤田（日語）：
是！

田中（日語）：
新海，我會給你們十個俘虜，一個監視員，
在外一切小心謹慎。

阿輝（日語）：
是！

田中（日語）：
任務要在兩個月內完成，兩天後出發。

阿輝、藤田（日語）：
是！

交代完，田中把地圖捲起，交給兩人。
兩人恭敬地、扛下這份重責大任。

EP3_9_ 外景 / 所長室外　　戰時 / 日

北川與阿輝、藤田步出指揮官室。

北川（日語）：
新海，名單明天就給我。

阿輝（日語）：
是。

阿輝遲疑了一下，還是決定問出口。

阿輝（日語）：
北川小隊長，監視員只能帶一位嗎？

北川（日語）：
對，營區人力，已經很不足了。

阿輝點點頭。

阿輝（日語）：
是！

EP3_10_ 內景 / 監視員宿舍　　戰時 / 日

阿遠坐在床上，打開飯盒，裡頭只有地瓜。
順仔湊過來看阿遠的菜色，確定和自己的一樣差時，把飯盒給阿遠看。

順仔（臺語）：

了憐喔。
我看我們馬上也要像阿啄仔那樣倒下去。

順仔抓起地瓜連皮咬。
阿遠透過窗戶看到何景儀背著竹簍子走來。

順仔（臺語）：
反正，等機場蓋好了，
長官坐飛機來慰問，
說不定會有好康的。

順仔邊說邊往裝備區走。

阿遠（臺語）：
有好康也輪不到你啦，
監視員！

順仔（臺語）：
幹。

阿遠趁順仔背對時，從床底下拿出僅剩的一個罐頭，放到另外一件制服口袋裡。

何景儀走到阿遠的窗臺外，將胸前的竹簍子放至地上，從裡頭拿出乾淨的制服遞給阿遠。

何景儀（閩南語）：
領子縫好了。

阿遠把放有罐頭的制服遞給何。

阿遠（臺語）：
這件口袋也破了，幫我補。

何景儀（閩南語）：
好。

何看見口袋裡的食物，以唇語道聲謝謝，低頭將制服放進竹簍子裡。
此時，竹簍子裡頭的衣物突然自己蠕動起來，小嬰兒從衣服縫鑽出，露一顆頭對阿遠傻笑。
何景儀趕緊用衣物將小嬰兒蓋起來。
阿遠和何兩人相視而笑。

EP3_11_ 外景 / 監視員、日軍宿舍之間　　戰時 / 日

阿輝和日本兵藤田從宿舍前方走過，瞧見阿遠和領事太太的互動。

藤田（日語）：
喔？漂亮女人，
你弟弟要小心囉！

藤田半開玩笑語氣說著。
阿輝咧嘴尷尬地笑了一聲，擔憂地看阿遠一眼。

EP3_12_ 外景 / 機場　　戰時 / 日

茂密的雨林中，開出一條寬大筆直的道路。
從俘虜、臺籍監視員、日籍正規兵到指揮官田中，幾乎整個營區的人都來到完工的機場上。
隊伍的正前方擺設一座簡易舞臺，舞臺前方掛著一張白布條，上頭寫「北婆羅洲第一機場啟用典禮」。
機場不時颳來陣風，吹揚塵土，大夥就站在灰土中。
阿遠和順仔並肩站在隊伍裡，跟著大家抬頭望向天空，好像在期待什麼。
遙遠的天空有一顆黑點，好似一架飛機，順仔低聲問。

順仔（臺語）：
來了喔？

阿遠瞇起眼睛仔細看，那只是一隻馬來犀鳥，鳥叫了兩聲，音色特別難聽。
後面又來了一隻犀鳥，緊跟著前面那一隻。
阿遠和順仔尷尬互看一眼。
此時，有士兵因塵土開始咳嗽。

龜田從營區方向跑來，走到指揮官田中旁邊，輕聲說些什麼。
田中聽完後，臉色一沉，撇頭往營區方向走。

龜田踏上舞臺。

龜田（日語）：
這個……
大日本帝國戰績輝煌，
前線不斷傳來擊敗美軍的消息，
這都是因為上下一條心，團結一致的結果。

講到這裡，龜田似乎有點詞窮，剛好又颳起一陣風，塵土吹進龜田嘴裡，龜田咳了好幾下。

龜田（日語）：
這個，
因為前線的勝利，所以戰略有所改變，這座機場，暫時用不到了，
所以我們要加強偽裝工作，不能讓敵人發現這座機場的存在，
我們必須更積極進取，永遠走在敵人前面，
大日本帝國絕對會贏得最終勝利！
北川！

北川（日語）：
是！

龜田在北川耳邊低聲交代任務，北川越聽表情越是尷尬。交代完，龜田甩頭走人。
北川轉身面對士兵、俘虜們，開始指揮現場。

北川（日語）：
全體聽命，去……

北川思索一下，才繼續接話。

北川（日語）：
正規兵領取工具，
監視員、俘虜去搜集石頭、樹幹，
我們要將機場破壞掉！
以上，動作！

Birdy（英語）：
What？

領事（英語）：
他說什麼？

Birdy（英語）：
他要我們把機場砸了……

所有人手上持鋤頭、榔頭、大石頭，臉上掛著困惑與猶豫，好不容易整平的機場路，竟然又要毀在自己手裡？
一名俘虜聳聳肩，率先將石頭往平順的地上砸，其他人也開始紛紛破壞，整個機場跑道瀰漫塵土。

阿遠看到旁邊高處有一顆石頭，爬上小坡去拿取。
此時風一陣一陣襲來，他抱著石頭轉身走回時，俯視這群人，包括小隊長北川、哥哥阿輝、小弟德仔、還有那些瘦巴巴的俘虜，都置身在混濁的黃土塵霾裡，在這座永遠也等不到飛機的機場裡。

EP3_13_ 外景 / 糧倉　　　戰時 / 日

竹崎從糧倉上方被踹出，從階梯上滾下。
龜田緊接著從糧倉上走出來。

龜田（日語）：
都不夠吃了還給我出這種包！我幹死你！

龜田氣頭上，不停踹縮成一團的竹崎。

EP3_14_ 外景 / 戰俘營　　　戰時 / 日

部隊陸續步行回到營區，阿遠走過中央廣場，看到何景儀正要去收髒衣物。
阿遠從胸口的口袋掏出菸盒，裡頭只剩下三根菸。

阿遠抬起頭，阿輝在前方不遠處，阿遠加快腳步走到哥哥身旁。
阿輝看到是阿遠，拍拍弟弟的屁股。

阿輝（臺語）：
安怎？

阿遠（臺語）：
你那邊，還有菸嗎？

阿輝（臺語）：
喔。

阿輝伸手要把菸盒拿出來，看著阿遠突然意識到什麼，又放下手。

阿輝（臺語）：
我也都抽完了，上面也沒再給。

阿遠（臺語）：
是喔。

阿輝（臺語）：
最近怎麼抽那麼凶？
以前在臺灣又不抽菸。

阿遠（臺語）：
沒有啦，站夜哨沒什麼事，就抽菸。

阿輝（臺語）：
再等等，補給船很快要進來了。

阿遠（臺語）：
嗯。
我去便所。

阿遠匆匆往糧倉去，阿輝知道弟弟要做什麼，本想要阻止阿遠，但北川喊了一聲阿輝。

北川（日語）：
新海。

阿輝跑到北川面前。

阿輝（日語）：
北川小隊長。

北川（日語）：
你開路的名單好了嗎？
時間改了，你們準備好，今晚就得出發。

阿輝有點震驚。

阿輝（日語）：
我……
是！我馬上好！

EP3_15_ 外景 / 男俘虜宿舍　　戰時 / 日

德仔與阿忠帶著剛下工的俘虜走入宿舍，Birdy 在一旁幫忙點名對名單。
阿輝走來，對著 Birdy 說。

阿輝（日語）：
你，名單帶著跟我來。

此時，竹崎鼻青臉腫，撞開德仔，氣憤的走來。

竹崎（日語）：
昨天下午誰巡哨的？

德仔鼓起勇氣走向前。

德仔（日語）：
長官，是我。

竹崎（日語）：
母雞不見了，
誰偷的？

德仔不知道，支支吾吾。

德仔（日語）：
……我……沒看到……

竹崎直接一巴掌打下去，德仔踉蹌，阿輝扶住德仔。
竹崎看向俘虜們。

竹崎（日語）：
是誰偷了會生雞蛋的母雞？

沒有俘虜吭聲。
竹崎走到俘虜的隊伍裡巡視，凝視每個人的眼睛。
Peter 低著頭不敢吭聲，卻突然打了個嗝，竹崎停下腳步，望向他。

竹崎（日語）：
就是你。

竹崎掐著 Peter 脖子，拉出他的舌頭，拿出小刀，割下。

現場所有人，Ken、James、Birdy、德仔、阿忠、阿輝都撇開頭，無法直視這殘暴的一幕。

竹崎轉身離去前，對著德仔說。

竹崎（日語）：
剩下的，你處理。

阿忠從後方推德仔，兩人趕緊去拖拉 Peter。
阿輝望著德仔恐懼慌張的模樣，走到弟弟身旁，小聲跟他說話。

阿輝（臺語）：
德仔，等一下回去東西收一收，明天帶你出營區工作。

EP3_16_ 外景 / 戰俘營 糧倉　　　戰時 / 日

阿遠走到糧倉底下，透過門縫呼喊。

阿遠（日語）：
濱田長官。

濱田把門打開一些看到阿遠。

濱田（日語）：
喔，新海，你來拿罐頭了。

阿遠（日語）：
是的。

濱田（日語）：
可是，補給沒進來，
上面剛剛交代所有罐頭都要管制了，我現在在盤點。

阿遠低頭將身上那僅存的三根香菸拿出，遞上去給濱田。

阿遠（日語）：
拜託。

濱田有些苦惱的樣子，但還是收下了香菸，然後遞一個肉罐頭出來給阿遠。

EP3_17_ 外景 / 監視員宿舍　　　戰時 / 日

竹崎看到阿遠從糧倉的方向離開。

阿遠快步走回宿舍，何景儀正要從對面的日軍宿舍走過來。

EP3_18_ 內景 / 男俘虜宿舍　　　　戰前 / 昏

阿輝帶著 Birdy 走入男俘虜宿舍，宿舍裡一片死寂，所有人，還未從割舌頭的陰影走出。
阿輝的視線在瘦巴巴的俘虜中來回巡視。

EP3_19_ 內景 / 戰俘營 糧倉　　　　戰時 / 昏

竹崎站在罐頭架子前算數量，發現與文件上的數字有落差，竹崎轉過頭瞪濱田。

竹崎（日語）：
新海志遠剛來過是吧？

EP3_20_ 外景 / 監視員宿舍　　　　戰時 / 昏

阿遠走進宿舍，脫下上衣，發現罐頭比較大，沒有辦法被放進髒衣服的口袋裡，原有的破洞也都已經被何補好，他只好試著用力把口袋的口扯裂，讓罐頭可以被放進去。他一扯「撕」的一聲，窗外傳來了低笑聲，他抬頭一看，原來何已經來到窗邊，看著他把衣服撕破，阿遠不知所措。

何景儀（臺語）：
我幫你補。

阿遠把罐頭塞進制服裡，遞給何景儀，何景儀摸到了罐頭。

何景儀（臺語）：
多謝。

這時門外傳來竹崎的吼叫聲，竹崎突然衝進來，踹倒阿遠。

竹崎（日語）：
罐頭交出來！

倒在地上的阿遠搖頭。

阿遠（日語）：

沒有。

何景儀站在窗外緊抓著制服。

竹崎（日語）：
好，就不要被我翻到。

竹崎瘋狂亂翻阿遠床位上的物品。
從外面進來的德仔見狀，趕緊再跑出去。

EP3_21_ 內景 / 男俘虜宿舍　　戰前 / 昏

俘虜們能避開眼神就避開。

阿輝（日語）：
這個，這個，和那個。

Birdy 在名單上寫下名字。

Birdy（英語）：
Leedham, King and McGrath。

被提到名字的三名俘虜一臉哀愁，好像直接聽到自己被宣告死亡一樣。
Birdy 也沒有直視三人的眼睛。
阿輝繼續用眼睛掃射。
此時，羅進福包著繃帶從宿舍另一個大門走入，感覺到宿舍裡的氣氛沉重詭異。
羅進福低聲問 Ken。

羅進福（英語）：
在做什麼？

Ken（英語）：
羅領事，別看，眼神別跟日本人對到。

Birdy（日語）：
再兩個，長官。

阿輝很努力搜尋了，但剩下的都弱不禁風，阿輝把眼神放到 Birdy 身上。
Birdy 緊張起來，低聲跟阿輝說。

Birdy（日語）：
長官，那個……最後一床的那位，
至今都沒有生過病……

阿輝眼神對到 Birdy 提及的俘虜。
Birdy 則是頭低低，不敢看向俘虜們。

阿輝（日語）：
好，就他，把名字填上去。

Birdy（英語）：
Raymond.

Raymond（英語）：
操你媽的，Birdy.

Raymond 不禁咒罵，Birdy 假裝沒聽見。

阿輝（日語）：
還要一個。

俘虜們都往床鋪裡躲，只有羅進福把受傷的手塞進口袋，站起身來。

羅進福（英語）：
我可以去。

Birdy（日語）：
Mr. 羅……

阿輝遲疑羅進福的身分是否適合離開俘虜營。

此時，德仔衝忙跑過來，站在門外喊大哥。

德仔（臺語）：
阿輝哥
阿遠哥他……

阿輝看到德仔的樣子知道出事了。

羅進福（臺語）：
就我吧！

阿輝（日語）：
好，就羅領事，寫上去，快點。

Birdy 匆匆填好名字，阿輝馬上抽走名單，跟德仔一起往監視員宿舍跑。當阿輝、德仔離去時，男俘虜的宿舍傳來罵聲。

Raymond（英語）：
操你媽的，Birdy，你剛剛講什麼？！

EP3_22_ 內景 / 監視員宿舍　　　戰前 / 昏

阿輝衝進宿舍，看到阿遠被踹倒在地，整個床位被竹崎翻得亂七八糟。
阿輝踩過領事太太的小冊子，透過窗戶，看到太太抱著衣物緊張地站在外頭。

阿輝（日語）：
竹崎，發生什麼事了？

竹崎沒有理會阿輝，眼神充滿怒火，不斷巡視著整個房間，就是找不到罐頭，有一刻竹崎眼神飄過何景儀手上的衣服。
阿輝趕緊對著何景儀吼。

阿輝（日語）：
看什麼看！
不關妳的事，走！

何景儀大概知道是在吼她，但聽不懂不敢走。
竹崎覺得不對勁，往窗檯走去。
倒在地上的阿遠努力站起身來擋住竹崎。
竹崎一拳又一拳往阿遠臉上揍，但阿遠死命站著。
阿輝示意何景儀走人。
何景儀低頭看了阿遠一眼後，抱著衣服離開。

阿輝（日語）：
竹崎，我那邊還有罐頭，
看缺了幾個，我補給你，好不好？
以後絕不會再犯了。

外頭傳來刺耳的哨聲，北川的聲音傳進來。

Vo. 北川（日語）：

中央集合！

竹崎這下才停手，準備離去前，還抬起腳把阿遠踹倒才滿意。
德仔趕緊過去看看阿遠的傷勢。

北川站在宿舍門口。

北川（日語）：
新海！
你還在這裡幹嘛？名單呢？

北川看到裡頭亂七八糟。

北川（日語）：
你們在搞什麼……

阿輝把戰俘名冊雙手遞給北川。
北川低頭仔細閱讀名單，監視員的名字那一欄先是寫了被劃掉的新海志遠，旁邊補寫了新海木德，但也是被劃掉。
北川抬頭問。

北川（日語）：
監視員到底是新海志遠還是新海木德？

阿輝猶豫，看著受傷的阿遠和旁邊的德仔。
德仔有點茫然的看著阿輝，阿遠則是試圖移動受傷的身軀，想拾起不遠處領事太太的小冊子。
北川嚴肅看著阿輝。
阿輝很掙扎，在兩個弟弟之間拿捏不定。

北川（日語）：
新海，時間緊迫！

阿輝（日語）：
新海志遠，
新海志遠會和我一起出去。

阿遠張大眼睛看著哥哥，德仔則是低下頭來。
北川在冊子上寫下名字。

北川（日語）：

你們兩個東西收一收，趕緊出發！

北川看著德仔。

北川（日語）：
新海木德，出來集合了啊！

德仔（日語）：
喔……
是！

德仔往外走，阿輝看著他不知要說些什麼，德仔回頭看向哥哥。

德仔（臺語）：
阿輝哥我可以的啦，別擔心。

德仔慌慌張張衝出去。
現在寢室只剩下阿輝和阿遠。

阿輝（臺語）：
東西收一收，跟我出去挖山洞。

阿遠站在那裡沒有動作，阿輝彎腰把阿遠的行軍包拿到床上。

阿輝（臺語）：
快點啦！

阿遠（臺語）：
德仔勒？
你要把他一個人丟在這裡喔？

阿輝（臺語）：
德仔……
他的狀況越來越好啊！

阿遠（臺語）：
哪裡好？
下午才被揍而已，你沒看到？

阿輝很無奈，抓起掉在地上的一堆雜物，拿起鋼杯丟進阿遠的行軍袋。

阿遠（臺語）：
你把德仔一個人留在這邊，早晚會出事。

阿輝開始有點情緒，吐了一口氣。

阿輝（臺語）：
你擔心德仔……
根本最要操心的人是你，
你以為我不知道你暗地裡在做什麼？
你知不知道被抓到會怎樣？！

阿輝看著阿遠。

阿輝（臺語）：
你是來當兵，不是來做善事的。

外面傳來北川交代事情的聲音。

Vo. 北川（日語）：
第一件事情，俘虜監視員，
壕溝進度太慢了，到現在陣型都還沒出來……

阿輝撿起領事太太的小冊子。

阿輝（臺語）：
而且，
櫻子是櫻子，領事夫人是領事夫人，
兩個不一樣，你不要分不清楚了。

阿遠心中燃起怒火，抬頭看著阿輝。

阿遠（臺語）：
你到底在說什麼？
因為她是領事夫人，是敵人，
所以就可以拿著槍威脅她？
就可以動不動就要斃掉她的小孩？
就可以把她和小孩活活餓死？

阿輝繼續撿東西，不答腔。
北川的聲音又傳過來。

Vo. 北川（日語）：
第二件事情，
營區西哨口要建設防禦陣地，
現在人手不足，正規兵也要幫忙……

阿遠（臺語）：
我不要去，你帶德仔去

阿輝（臺語）：
就是你！名單送出去了，東西收一收！

阿遠（臺語）：
你現在就是最厲害的長官了，
什麼都要管，連我的事都要管。

Vo. 北川（日語）：
現在，去把戰俘叫出來工作，
抓緊時間，把進度趕出來！

阿輝深吸一口氣，大聲回答阿遠。

阿輝（臺語）：
對！
說什麼我們要一起回去，說什麼回去之後要跟櫻子在一起，
你知道你現在在幹嘛？你在通敵！
你以為你還可以活著回去？
你以為櫻子會等你一輩子？

阿遠啞口無言。
阿輝改以命令口氣。

阿輝（日語）：
東西收好，十分鐘內到外面集合！

阿輝走出。
阿遠看著散亂一地的東西。

EP3_23_ 外景 / 臺灣 苦楝樹下　　　戰前 / 日

苦楝樹下聚集了人群，整個場所插滿了日本國旗與白色長旗幟，白旗上頭寫著準備

出征者的姓名與祝福語。
輕風吹拂，苦楝樹上落下幾片紫白色的花瓣。
阿遠、阿輝、德仔和其他村子裡的年輕男生，站立在前方接受眾人的祝福，幾名高校的女學生將手上的千人針遞給準備出征的男生手上。
櫻子負責遞給阿遠，花瓣落下時忍不住打了噴嚏，兩人偷笑，阿遠瞄了一名著西裝的中年男子一眼，這名男子一臉肅穆望著他，阿遠趕緊收起笑容。
現場響起掌聲。

司儀（日語）：
我們期許勇敢的戰士一路平安。
接下來，請高等學校的女學生為我們獻聲祝福。

阿遠等一行待出征的軍人走了下來，櫻子和其他女孩站上小舞臺，面對群眾唱起〈螢之光〉。
阿輝推了阿遠一把，把阿遠推到那名肅穆的男子面前，阿遠立正站好。

阿遠（日語）：
淺田先生，初次見面，您好。

阿遠恭敬地向櫻子父親鞠躬，櫻子的父親點點頭。

櫻子爸（日語）：
小女提過你幾次，終於見面了。

阿遠又恭敬的鞠躬。

阿遠（日語）：
是。

櫻子爸（日語）：
年輕人為天皇效忠，勇赴戰場，我向你致上最高敬意。

阿遠（日語）：
請別這樣說。

櫻子雖然和女孩們站著合唱，卻心不在焉的一直往阿遠和父親這裡看過來。

阿遠（日語）：
保護國家，是我等國民應盡的義務，而且……而且……

阿遠邊講邊瞄櫻子，櫻子輕輕皺眉，顯得著急。

阿遠（日語）：
而且……我也希望能夠保護國家，保護櫻子。

櫻子的父親沉吟了一下，和緩地吐了一口氣。

櫻子爸（日語）：
櫻子，是我唯一的孩子。
你現在可能還不能理解，但為人父的，一定會為自己的孩子安排最好的人生。
內地那邊有位和你一樣年輕有為的青年，即將從東京帝國大學法律系畢業，
他是日本人，和櫻子一樣，
所以，我會安排櫻子回到內地，與他結識。

阿遠沒有回應，看到遠方的櫻子又打了一個噴嚏。

阿遠（日語）：
我對櫻子是認真的。

阿遠鼓起勇氣看向櫻子父親。

阿遠（日語）：
我只是一個殖民地的臺灣人，我知道，
但是，那是因為我不能決定我的出生，
所以我會想辦法證明，
證明我可以從軍效忠天皇，
證明一個臺灣人也能跟日本人一樣，保護我們的國家。
如果我能回來，請給我一個機會。

聽完阿遠一席話，櫻子父親凝視著他，緩緩點了頭。

櫻子爸（日語）：
請你保重，光榮歸來。

阿遠和淺田先生望向櫻子，此時的阿遠，挺著胸膛，眼神散發自信。

EP3_24_ 內景 / 監所 - 阿遠囚禁房　　　戰後 / 夜

阿遠躺在囚禁房的地上，雙眼無神盯著前方的竹編牆。

房門外傳來腳步聲，門接著被打開來。
渡邊探頭進來。

Vo. 士兵（英語）：
十五分鐘。

渡邊（日語）
是。

渡邊走進去坐在板凳上。

渡邊（日語）：
你好，我是渡邊直人，你的辯護律師，
嗯……
其實只是助理辯護律師，
不過……我畢業於東京帝國大學法律系。

阿遠聽到東大法律系，轉頭過來看渡邊一眼，又轉回去看著竹編牆。
渡邊有點尷尬，但還是有禮貌地繼續說話。

渡邊（日語）：
我只是想說，也許可以跟你聊聊天，
我讀過你的資料，我們同年喔！

阿遠（日語）：
我什麼時候行刑？

渡邊（日語）：
我……不是
我來不是想說這個。
其實……
我覺得這整個案件很奇怪，
你根本就不是凶手吧。

渡邊停頓一下，等不到阿遠回應又繼續說。

渡邊（日語）：
你是為了你的兄弟嗎？

阿遠（日語）：
我是凶手。

阿遠不友善的態度，讓渡邊不知該怎麼說下去，他望著行屍走肉的阿遠。

渡邊（日語）：
你不想回家嗎？

這句話似乎戳中阿遠的內心，他轉過頭看渡邊。

阿遠（日語）：
你是特別來可憐我這個要死的臺灣人嗎？
謝謝。

阿遠略帶不悅，仰躺望著天花板。

渡邊（日語）：
你讓我想到我弟弟。

阿遠聽到這裡，皺起眉頭。
渡邊深吸一口氣才繼續說。

渡邊（日語）：
我們是雙胞胎。
戰爭剛爆發時，我們都還在上高等學校，
當時弟弟就說不讀書，要去參戰，
當然被爸爸擋下來了，
怎麼知道三年後，我們都上了東大法律，
國家卻要全部文科生都上戰場，
弟弟去了，
戰死了。

聽到這，阿遠的表情軟化了些。

渡邊（日語）：
而我呢？
因為這個……

渡邊將自己鼻梁上的眼鏡拿下。

渡邊（日語）：
逃過一劫。
但是，其實……

渡邊說著說著，突然自己苦笑出來。

渡邊（日語）：
我根本沒有近視，
只是因為爸爸不希望兩個兒子都上戰場，要我假裝，
我就這樣戴著這副假眼鏡一直到現在……

渡邊嘆了一大口氣，整理著情緒，眼睛泛著淚水。
阿遠依舊望著天花板，眼神多了溫柔與無奈之餘，好像也閃著淚光。

渡邊（日語）：
沒上戰場，大概是心虛吧，
戰爭一結束，我就自告奮勇來到這裡，但是，
我搞不懂，戰爭的時候大家比拳頭比武力，
現在戰爭結束了，大家進到法庭，想要透過法律解決爭端，
但是，卻沒有人想要理解真相，只將時間和精力放在有機會脫罪的人身上，
這樣仇恨真的能結束嗎？戰爭真的能結束嗎？

渡邊說得激動。

阿遠（日語）：
東京帝國大學是什麼樣子？
聽說有很多櫻花？

渡邊（日語）：
嗯？

渡邊有些錯愕，怎麼是這些無關緊要的問題。

渡邊（日語）：
嗯，對，
現在三月了，學校的櫻花應該都開了，
啊，不過不只學校裡，
整個東京都變成粉紅色的。

阿遠（日語）：
粉紅色……
在臺灣沒有太多櫻花，是苦楝花，
苦楝花是紫白色的，
在這個時節，櫻子常常打噴嚏。
不過她現在已經在東京了，和真正的日本人在一起。

阿遠說到這，內心感到一陣寂涼。

阿遠（日語）：
櫻花也會讓人打噴嚏嗎？

渡邊（日語）：
嗯……
應該會。

阿遠（日語）：
櫻子、櫻花、打噴嚏。

阿遠自己說著說著，笑了出來。
渡邊看著阿遠的樣子，心疼之餘，什麼話都說不出來。

阿遠（日語）：
現在櫻子很好，哥哥很好，弟弟很好，這樣最好。

阿遠望向渡邊。

阿遠（日語）：
渡邊，
戰爭就快結束了，等我上了絞刑臺，一切都會結束。

EP3_25_ 外景 / 戰俘營 小籠子　　　戰後 / 夜

籠子前的小龍捲風越捲越大，威廉端視了好一陣子後，蹲下身子，打開其中一個籠子門，費了好大功夫才把自己粗壯高大的身軀塞進籠子裡。
威廉躺在地上，往前看，什麼都看不到，視線完全被眼前的房舍擋住了。

EP3_26_ 內景 / 戰俘營澳洲律師辦公室　　　戰後 / 夜

羅進福走進檢察官辦公室，坐到威廉對面。
威廉抬起頭看著羅。
羅回望威廉，等待對方開口說話。

威廉（英語）：
我剛剛依據你的證詞，走了一趟犯罪路線。

羅進福看著威廉，等他把話說完。

威廉（英語）：
從小籠子看不到壕溝。
你沒有親眼看到新海志遠開槍吧？

羅進福頓時語塞，一臉不解的樣子。

羅進福（英語）：
你在幹嘛？你現在是在幹嘛？

羅進福帶有怒氣地看著威廉，激動起來。

羅進福（英語）：
你現在問我這個做什麼？
你……你到底是站在哪一邊？

威廉（英語）：
我當然是站在你這一邊。

羅進福（英語）：
那你為什麼要問？抓到凶手了不好嗎？
搞什麼？難道你現在要放掉他嗎？

威廉（英語）：
他是凶手，我不可能放過他，
我只是需要你說出真相。

羅進福看著威廉堅定的眼神，把頭撇開。

羅進福（英語）：
對，我沒看到。

威廉傻眼。

威廉（英語）：
所以，你當初就是隨便指認一個人？

威廉整個人洩氣地往後靠坐，兩人無語一陣，羅進福才轉頭過來看著威廉。

羅進福（英語）：

我沒看到又怎樣？
整個屠殺都沒有人看到，都沒有人要出來指認，
可是有那麼多人死在那裡，
我的太太，我十一個月大的孩子，
他們都死在那個壕溝裡面。

羅進福越說越激動，說到眼眶泛紅。
威廉不忍看著領事，眼神往下。

羅進福（英語）：
他自己也承認了不是嗎？
這樣還不能夠證明嗎？
不讓我太太和女兒吃東西的是他，
把我手指弄斷的是他，
把我太太帶去壕溝的也是他，
他們的工作就是成天盯著我們這些俘虜，
難道凶手還會有別人嗎？

威廉聽著羅的說詞，兩顆眼珠子轉啊轉，不斷思索著，突然站起身來，掀開黑板上的遮布。

威廉（英語）：
你說「他們」，是指誰？

羅進福（英語）：
就是那些臺灣守衛（Taiwanese Guard）啊！

威廉把黑板拉過來，上面貼了密密麻麻的照片和註記姓名，試圖透過軍階高低由上而下排列，阿遠、德仔等沒有階級的臺灣軍屬們被排在最下面。

威廉（英語）：
我試著從他們的兵籍資料列出身分關係，
但他們的資料也不完整……

威廉指著桌上那疊紅色資料夾：「大日本帝國兵籍資料」。

威廉（英語）：
這些臺灣守衛（Taiwanese Guard）都聽誰的指揮？

羅進福站起來，眼珠不斷在這塊黑板上尋找。

羅進福（英語）：
這個，
那些 Taiwanese Guard 都聽他的。

EP3_27_ 外景 / 戰俘營 廣場　　　戰後 / 夜

強風吹拂，樹木草葉與塵土都被翻攪起來。
Lee 抱著文件，低著頭抵抗強風努力往日本律師的帳篷走去。

EP3_28_ 內景 / 戰俘營日本律師辦公室　　　戰後 / 夜

渡邊發現有人正在努力掀開門簾，起身前去幫忙，大風跟著吹拂進來。
Lee 將文件遞給渡邊。

Lee（英語）：
新的起訴書。

渡邊看到文件上的案件和被告人後，抬起頭面向前輩們。

渡邊（日語）：
新海輝也被起訴為壕溝屠殺案的凶手。

此時，外頭的大風夾帶著大雨，一起吹入帳篷內。

第三集 終

未曾想像過的境地

案子重啟，湯哥帶著我們檢視原有的劇本，這一趟下來，讓我體會到「劇本是修出來的」。

我、介珩、佳儒、製片佳霖和湯哥，每週固定開一次線上會議，每次討論一集劇本，我會從頭到尾唸一遍自己寫出來的文字。在這之前，我以為四集劇本已經是盡善盡美的狀態了，應該沒什麼好挑剔的了吧，豈知每回開會，湯哥總是能挑出近乎大哉問的難題給我，像是「這集少了亮點喔，觀眾會疲乏」、「這整大塊都是用對話在堆疊，來，我們試點不一樣的」、「不能只是普通的好，是要無懈可擊的好」……

通常開完會那天，腦中會無限輪播著問題，我抱著頭，不停思索該怎麼辦，我的模樣大概就像《吶喊》這幅畫吧。

為了把原有的東西看得更透徹。我和介珩列出整體的戲劇節拍點，拉出主要人物的情節弧線，還有角色彼此之間產生火花的重要轉折點，發現原本四集的劇本節奏紊亂而且過度擁擠，決定擴寫成五集，我們又再一次重新整頓結構，布置整體的戲劇弧線和每一集的鉤子。

為期一週的絞盡腦汁，在下一次會議前找出解法，內心才獲得些許成就感，馬上又迎來新的會議，一週接著一週，我一集一集精修，慢慢感覺到什麼是好對白、好情節、好節奏、好情境，還有什麼叫做更具深度的人物。某次劇本會議，湯哥點出整個故事過度依賴戰俘營單一場景的問題，雖然是想傳遞封閉壓迫感，卻可惜了婆羅洲這個獨特的地點，湯哥建議我們可以把部分場景拉出營區，讓觀眾看看北婆洲當地的風土民情。

北婆羅洲是什麼樣呢？我們寫了強風，但婆羅洲的風吹起來是什麼感覺呢？我們寫了雨林，但真正在雨林裡是什麼感覺呢？網路上確實都找得到圖片，但是從沒到過，就好像永遠無法獲得應證，心裡就永遠不會踏實。我們想去北婆羅洲一趟，湯哥說，好啊，去看看很好！

我和製片佳霖出發前往北婆羅洲東邊的山打根，二戰期間那裡有座營區，就叫做「山打根戰俘營」。戰爭末期，日軍為躲避美軍轟炸帶著俘虜撤退，從

東邊的山打根走至西邊蘭瑙位於山裡的俘虜營。我和佳霖兩個開著車，吹著舒適的冷氣，行駛在柏油路上，探看兩座城市中間所留下來的戰俘營，我不敢想像當時撤退的步行距離這麼長。

今已非昔比，被保留下來的戰俘營不再當作營區使用，轉變為紀念過去在戰場上犧牲的士兵，由澳洲資助維護營運，好幾塊一層樓半高的石碑，刻滿英澳陣亡士兵的名字。我拿出手機，把名字一一拍下，雖然我很確定，這裡不會出現臺灣人。

在占地最大的山打根戰俘營紀念公園裡，有塊文字看板介紹，當時營區裡有一棵直聳巨大的樹木，俘虜們不曉得品種，稱它為 Big Tree。後來這棵樹成為戰爭記憶的代表，部分俘虜很願意記得它，因為當他們生病時，大夥會一起坐在粗大的樹根上談心，但也有人一輩子都不願想起它，因為 Big Tree 就等同於痛苦而且腐爛的戰爭歲月。我和佳霖在營區裡繞了兩圈，沒有找到俘虜們記憶中的大樹，我想它可能在戰爭末期，被美軍終結戰爭的連環砲彈轟炸，永遠消失於這個世界上。不過，我又再想想，或許是我未曾經歷過戰爭，記憶裡沒有 Big Tree，就找不到 Big Tree。

婆羅洲京那巴登岸河。

離開戰俘營後，我們歸還租借的汽車，搭船進到熱帶雨林裡，去找尋婆羅洲的風。

每天早上五點，跟著野生觀察隊伍，坐在行駛於京那巴登岸河（Kinabatangan River）的小船上，眼睛來回巡視河道兩旁的樹叢，找尋野生動物的蹤影。我得承認，從小生長於人類建造的城鎮空間裡，突然置身於自然的野外裡，心裡確實會恐懼河裡那條看起來靜止不動的鱷魚，是否會突然靠近。在滿是泥濘、分不清哪坨是大象分泌物的叢林中，因為耳邊不時縈繞著飛蚊聲音，而起了雞皮疙瘩。步行於架在雨林朝天直直生長的樹腰天篷上時（高度約有十公尺），我和佳霖得不停互相打氣，不要看下面，不要看下面！才能走完全程。在叢林裡巧遇一隻野生猿猴，試著取出相機拍攝難得的畫面，卻不敵恐懼，慌張躲到樹幹後面去，望著牠離去的背影，散發著勝利的驕傲。

我徹底感受到異地的陌生感，當時前往婆羅洲的臺籍日本兵，也有同樣感受嗎？

回到臺灣後，我為每一集劇本增添一種野生動物，甚至增添了動物凝視人類的視角，親自走一趟北婆羅洲後，我想這世界不只有人，還有動物，還有環境。或許我很難和俘虜們有一樣的 Big Tree，不過，我帶回屬於我自己看待戰爭的記憶。

後續，我繼續過著每週絞盡腦汁的日子，直到進行完五集五輪的劇本會議，當下沒有感覺自己到底走了多遠，現在回頭去看，才發現我已經走到自己未曾想像過的境地。

第四集　侏儒象

EP4_1_ 內外景 / 監視員宿舍　　　戰時 / 日

德仔坐在床上，整個寢室只剩下他一人，旁邊兩個哥哥的床鋪空著，他低頭纏繞綁腿，但怎麼纏都沒有辦法綁整齊，越急越綁不好。

外頭傳來腳步聲，順仔、阿賓停在門口談話。

順仔（臺語）：
喂，阿賓，
晚上你們要去海邊接補給，我跟你換啦！

阿賓（臺語）：
幹嘛？留在營區好好的幹嘛換？

順仔（臺語）：
不是，我很久沒出營區，
讓我去搧海風一下啦！

阿賓（臺語）：
晚上喔，你跟誰留守啊？

順仔（臺語）：
就……

順仔站在門口，身體背對德仔，阿賓側身往裡頭看到德仔。

阿賓（臺語）：
靠北喔，我不要啦！

順仔一臉無奈，低聲碎念

順仔（臺語）：
幹你三代。

德仔低著頭，這些對話清清楚楚傳進他耳裡。

順仔轉過身看德仔。

順仔（臺語）：
喂，快點啦！
副指揮官要我們去清小籠子。

德仔點點頭。

德仔（臺語）：
喔，好。

EP4_2_ 外景 / 中央廣場 小籠子　　戰時 / 日

天空中的烏雲厚重，雨又快要落下，泥濘的地面從來沒有乾過。
德仔、順仔到小籠子前。
德仔打開其中一個籠子門，少了小門的支撐，屍體整個傾倒而出，已開始腐敗的臉孔正面朝著德仔，是那個被竹崎擱下舌頭的 Peter，此時天空雷鳴，德仔不禁瑟縮了一下，接著才鼓起勇氣伸手將屍體拖出。
順仔輕踢籠子裡的人，好幾個都毫無反應。

順仔（臺語）：
德仔，你去叫兩個阿啄仔來幫忙搬。

德仔（臺語）：
好。

德仔轉身往廣場上看，Ken、James 正好抱著一桶剛蒸好的地瓜走過指揮所前。
龜田站在指揮所外抽菸。

德仔裝出阿輝教過他的狠表情，挺起胸膛往前走。

德仔（日語）：
你、你，過來。

Ken、James 兩人互看一眼，偷偷翻了白眼。
Ken 低聲說。

Ken（英語）：
白癡在叫我們？

James 點頭。
兩人不耐地走過去。

指揮所外的龜田看不下去，丟下香菸，也跟著走過去。

龜田跟著走到籠子區。
德仔、順仔趕緊向龜田敬禮。
龜田指著 Ken，問德仔。

龜田（日語）：
這個人剛剛有沒有跟你敬禮？

德仔搖頭。

龜田（日語）：
沒有敬禮，表示他不尊敬你，
任何不尊敬皇軍的，就是不尊敬天皇。
叫他跟你敬禮！

德仔看向 Ken。
Ken 個子高，低視德仔。
天空又打了一道雷。

德仔（日語）：
敬禮。

龜田（日語）：
敬！禮！
大聲說清楚！

德仔大聲說。

德仔（日語）：
敬禮！

Ken（英語）：
我聽不懂。

Ken 依舊低視德仔。

龜田（日語）：
打他。

天空開始下起雨。

德仔舉起手往 Ken 臉上打。

龜田（日語）：
用力！

德仔又舉起手，更加使力地往 Ken 臉上打，這一巴掌在 Ken 臉上留下清楚紅印。
Ken 回瞪德仔。
龜田看不慣 Ken 的傲慢，將人抓過來直接狠甩他一巴掌。
Ken 往後踉蹌，但始終撐住身子，不願倒下。

龜田（日語）：
要這樣！

龜田嚴厲瞪著德仔。

龜田（日語）：
打！

德仔再度舉起手，往 Ken 臉上甩下去。
雨隨著德仔的力道越下越大。

龜田（日語）：
打！
再打！
再打！

德仔聽著龜田的口號，不斷用力打，打到 Ken 支撐不住，跌落在屍體上，接著滾落一旁。
雨季的雨水每顆下得又急又大，打落在 Ken 的臉上，他看到眼前屍體的鞋子，盯著盯著，好像看到什麼。

龜田（日語）：
對了，就是要這樣！

龜田笑了出來。德仔還氣喘吁吁，舉起腳踹 Ken。

德仔（日語）：
起來！
工作！

龜田（日語）：

你看，這樣他就尊敬你了。

德仔露出了一絲微笑，這是他第一次被誇獎，他覺得自己長大了。

Ken 看到身旁屍體的鞋縫裡有東西，是一個指南針，他背對龜田、德仔，手撐地作勢要讓自己站起來，抓起指南針藏到了口袋裡。他用力站了起來，頭低低不再直視德仔。

聽海湧

第四集 侏儒象

EP4_3_ 內景 / 戰俘營日本律師辦公　　戰後 / 日

渡邊腋下夾著信件，左手拿了三份早餐，拉開門簾進到帳篷，右手揮舞著早報。

渡邊（日語）：
東京那邊的審判，
已經準備要開始……

渡邊話說到一半停止，帳篷裡空無一人。

渡邊（日語）：
欸……人呢？

EP4_4_ 內景 / 監所　　戰後 / 日

高橋、小林走進了阿輝的監所。
阿輝抬頭看到一次來兩個律師，感到不太對勁。
高橋坐下來。

高橋（日語）：
新海，
壕溝案，
檢方將你列為被告。

阿輝聽到後想說什麼，頓時又不知該怎麼說。

高橋（日語）：
你什麼都不用說，沒關係。

阿輝（日語）：
那……那，
壕溝案……還有……還有誰被起訴？
我弟弟他們還好嗎？
他們有被起訴嗎？被判刑了嗎？
新海志遠有嗎？

阿輝心急起來，問了一堆問題。

高橋（日語）：
坦白說，現在所有人的情況都不樂觀，
你的弟弟們，他們也各自有各自的狀況

阿輝（日語）：
什麼狀況？
他們為什麼被起訴？是壕溝案嗎？
還是別的？嚴不嚴重？

高橋舉起手，要阿輝先緩緩。
站在一旁的小林耐不住，站上前開口說話。

小林（日語）：：
再不嚴重的罪他們也會判得很重，
那天的狀況你也看到了，
澳方抓到一點把柄就起訴、就判重刑，
現在就是這樣，
一個不小心情況就會失控，
所以接下來，
你一定要照我們說的做。

阿輝（日語）：
怎麼做？

小林（日語）：
不管他們問什麼，都說不知道。
這是在保護你，也在保護你弟弟。

高橋（日語）：
請交給我們處理，
我們會盡力爭取。

阿輝看著高橋和小林，點頭。

阿輝（日語）：
好，我知道了。

高橋恭敬地鞠躬，起身走出監所。
小林準備跟著走出，到門口時停住腳步，待高橋走遠，他回頭看著阿輝。

小林（日語）：
什麼都不要說，這是命令。

EP4_5_ 內景 / 戰俘營日本律師辦公室　戰後 / 日

渡邊整理好文件資料，將其中一疊放置高橋桌上。
高橋桌上疊放各種正在進行的訴訟案件資料，渡邊看見其中一份文件是從東京速派過來的電報，他瞄到了熟悉的名字：淺田櫻子。
渡邊展開公文看：「經查，淺田櫻子於昭和二十年五月所搭乘自高雄返回內地之船班，航行中船班遭到盟軍攔截轟炸，所有人員皆已遇難，此致。」
閱讀完畢，渡邊拿著公文，手微微顫抖著。

高橋和小林走了進來。
渡邊看著高橋。

渡邊（日語）：
為什麼……
我不懂……高橋前輩，
你為什麼要騙新海志遠，櫻子已經成婚？幸福地活著？
只是為了讓他心甘情願赴死？
那壕溝屠殺案的真相呢？真相一點都不重要嗎？

小林（日語）：
渡邊！
無禮！

小林斥喝渡邊。

小林（日語）：
我們已經輸了一場戰爭，不能再輸掉這一場。

渡邊（日語）：

什麼意思？
審判是追求真相、追求正義的地方，
不該是充滿謊言，
不該只為了贏得勝利！

小林（日語）：
天真！
勝利的那一方，就能決定他人的性命，
現在就是這麼上演的，你還看不到啊？！

渡邊（日語）：
不是！
沒有好好面對戰爭時犯的錯誤，沒有好好釐清責任，揭露真相，
戰爭就永遠不會結束！

高橋（日語）：
揭露真相……

高橋緩緩開口，渡邊和小林看過來。

高橋（日語）：
會失去更多的性命。

高橋的眼神相當嚴肅。

高橋（日語）：
在這裡，我們只有三個人，要拯救的性命，卻有上百人，
戰爭已經讓我們失去成千上萬人，現在能夠阻止一個上絞刑臺，我就會拚命去阻止，
無論用什麼樣的方法，無論是不是要掩蓋真相，
我的目標只有一個，帶人回家，越多越好。
這樣你懂嗎？

渡邊不可置信地望著高橋，他不能懂。

EP4_6_ 內景 / 監所　　　戰後 / 日

監所的走道上，澳洲士兵已經把小門打開在門口等候渡邊。
渡邊卻走得非常緩慢。

士兵（英語）：

你到底有沒有要會面？

阿遠的聲音從監所裡傳出。

阿遠（日語）：
渡邊？

渡邊這才做好準備，加快腳步走進監所裡。

阿遠看著渡邊一臉憂愁地走進來。
渡邊將櫻子死訊的電報遞給阿遠。
阿遠低頭讀過一遍又一遍，抬起頭茫然看著渡邊。

阿遠（日語）：
什麼意思？
這是什麼？

渡邊無法正面回答阿遠。

阿遠（日語）：
櫻子不是嫁人了嗎？
不是很幸福嗎？

渡邊（日語）：
請節哀……

阿遠只感到一種不真實感，還在接受這突如其來的訊息，雙手緊捏著那封電報。
渡邊坐下來，陪伴阿遠一陣子後，才緩緩開口。

渡邊（日語）：
還有，另一件事……
你的哥哥，被牽涉進壕溝案了。

阿遠眼眶泛起淚水，不可置信的望著渡邊。

渡邊（日語）：
戰爭，還沒結束。

阿遠（日語）：
我……
我該怎麼做？

渡邊（日語）：
再上訴，
把真相說出來。

阿遠望著渡邊，兩顆眼珠不停轉動，掙扎著。

EP4_7_ 外景 / 石灰岩洞　　戰時 / 日

山壁上的洞轟隆一聲巨響，裡面噴出了煙、碎石和粉塵，洞口的日軍帶著俘虜拿著工具進洞。俘虜們拿著鐵鍬等各式工具在狹窄洞內的山壁上賣力鑿著，試圖把這個石灰岩洞挖得更深一點。

阿輝（日語）：
動作快一點！

阿輝往洞口方向走，走到一處較寬廣的地方。
洞外下著雨，藤田臉色蒼白，整個人縮捲成一團躺在行軍毯裡。
旁邊還有三名俘虜也病倒在地，抖動著身子。
阿輝走進。

阿輝（日語）：
藤田，你狀況怎麼樣？

藤田面色蒼白，只是不斷發抖

阿輝（日語）：
這樣不行，從這裡挖進度太慢，
我出去探路。

藤田說不出話，只能吃力點點頭。
阿輝從藤田身旁拿走地圖和地質與動植物圖鑑。
藤田從手邊抓起一顆被敲下的深色石灰岩碎石。

藤田（日語）：
這種……太硬……慢……

阿輝（日語）：
好。

阿輝把東西塞到防水包裡。

阿輝往正在鑿山的俘虜方向走。
很多俘虜已禁不起這樣的勞動，多數都在咳嗽、喘氣。
工具也都鈍了，一個俘虜拿著鐵鍬怎麼敲都只是敲起一些小碎屑，整個人坐倒在地上。
阿輝走過去拉起俘虜。

阿輝（日語）：
繼續，已經太慢了！

沒想到手一放開人又滑下去了，阿輝抓他的頭，卻感到他的額頭滾燙，原來是已經發燒了。

阿遠（臺語）：
他也病了啦！

阿輝無奈，站在一旁的阿遠也很無奈。
靠在一旁的羅進福，用虛弱的聲音說。

羅進福（閩南語）：
就算大家都有力氣，
用這種工具我們也開不了路，
我知道這附近有一個村子，都是福建廣東一帶來的，
我們去跟他們借工具，
說不定還可以找到人手來幫忙。

阿輝看著領事沒正面回答，指著俘虜說。

阿輝（臺語）：
帶這個人去前面。

阿輝起身繼續往前走，走到阿遠身旁。

阿輝（臺語）：
我要去找更近的路，晚一點就回，
現在藤田也倒下去，
只剩你了，進度要抓緊，
有聽到沒？

阿遠聽到哥哥命令語氣實在感到不耐煩。

阿遠（臺語）：

人一個個倒下去，是要怎麼趕進度？
而且還用這種東西敲？

阿輝嚴厲地看著弟弟，改用領事聽不懂的日語。

阿輝（日語）：
他的話我不信啦。

阿遠（臺語）：
這樣要修到什麼時候？
你忘記德仔還一個人在營區裡喔？

阿輝（日語）：
不管怎麼樣，
絕對不可以聽羅領事的。

阿遠不能理解哥哥的作法，一臉不悅。

阿輝（臺語）：
聽到沒有啦！

阿遠不想理阿輝，轉身過去看俘虜工作。
阿輝則是轉身走出洞口，往雨中走去。

EP4_8_ 內景 / 男俘虜宿舍營區周邊　　　戰時 / 夜

Ken 和 James 透過窗戶，觀察今天的營區，沒有什麼日本兵。只有德仔和順仔準備上哨。
Ken 低聲跟 James 說。

Ken（英語）：
只有兩個人而已，
一個是那個笨蛋。

Ken 鬆開手裡緊握的東西，那是他從屍體靴子裡拿到的一個指南針。
James 回看 Ken，深吸一口氣，從床底下拿出一支小玻璃瓶，走到寢室最靠門邊 Birdy 的床位，把玻璃瓶塞到枕頭下。意味深長。

EP4_9_ 外景 / 戰俘營 營區周邊　　戰時 / 夜

雨勢暫歇，德仔沿著營區的鐵絲網巡哨，手緊抓步槍，他走到了那棵營區外最高的椰子樹下，聽著海浪聲一邊喃喃自語，海膽洞、蛤蜊寮……突然營區方向傳來吵鬧聲。

EP4_10_ 外景 / 海邊　　戰時 / 夜

長長的隊伍安靜而整齊，穿過了崎嶇的山路、茂密的椰子林，來到海岸邊。
所有人面朝大海靜止不動，沒有人發出一點聲音。
田中指揮官來回踱步，他試著用望遠鏡搜尋海面上是否有補給船的動靜，卻一無所獲，看著手錶，他難掩失望的表情。

EP4_11_ 外景 / 營區哨口　　戰時 / 夜

男性戰俘房舍傳來吵鬧的聲音，德仔驚恐的往聲音來源看，趕緊快步往前去找順仔。
順仔也同時從前方跑來。

順仔（臺語）：
發生什麼事？

德仔搖搖頭。

德仔（臺語）：
不知道，剛剛突然就……

順仔（臺語）：
你娘勒，今天人都去接補給……

順仔先是碎念一陣。

順仔（臺語）：
你去哨口守著，
我來去看看怎麼回事。

德仔（臺語）：
好！

兩人分頭跑，順仔跑著跑著又回頭叮嚀德仔。

順仔（臺語）：
看好喔！

德仔（臺語）：
知道。

EP4_12_ 內景 / 男俘虜宿舍　　　　戰時 / 夜

順仔衝進去房舍，看到戰俘們在裡頭圍成一團起鬨叫囂，人群裡頭傳來暴打的聲音。James 高舉手上一支小玻璃瓶。

James（英語）：
盤尼西林！軍醫一直跟日本人要還要不到的藥品，你憑什麼有！

Ken（英語）：
你媽的日本走狗，又從中搞鬼！

Birdy 趴倒在地，被圍著拳打腳踢，試圖想辯解什麼聲音卻出不來。

Birdy（英語）：
不是⋯⋯我的⋯⋯

順仔想辦法擠進房舍裡面。James 看到順仔來了，趕緊向 Ken 使一個眼色，Ken 刻意將順仔往內擠，James 則是拍打木板牆持續鬧場。
順仔個子矮小，被擠得很痛苦，透過縫隙看到 Birdy 流著鼻血躺在地上，有人持續在踢打他，順仔試圖舉起步槍，但被擠得根本無法把槍舉起。

俘虜 A（英語）：
Raymond 也是被你陷害的！
他根本就不該被帶出去修路！
你到底都跟那些日本鬼子講什麼！

James（英語）：
去你媽的，以為我們都不知道！
都你在搞鬼

俘虜 B（英語）：
上次我被拉去蓋橋也是你搞的鬼！

俘虜 C（英語）：

日本走狗！操死你！

順仔（日語）：
喂！住手！

順仔在人群裡怒喊，但根本沒人理他。

EP4_13_ 內景 / 所長室　　　戰時 / 夜

龜田焦慮地站在接聽電報的通訊兵後方，通訊兵一邊壓著耳朵，一邊記下訊息。
外頭傳來一陣更大的喧鬧聲，龜田氣得走出指揮所。

EP4_14_ 外景 / 所長室外　　　戰時 / 夜

龜田衝出指揮所，看到德仔站在哨口。

龜田（日語）：
新海！

德仔轉過頭來，看到龜田手指著男俘虜宿舍方向。

龜田（日語）：
還站在那裡幹嘛！

德仔點點頭，跑離哨口。

EP4_15_ 外景 / 男俘虜宿舍　　　戰時 / 夜

James 看到德仔往這邊跑來，伸手拉 Ken。

Ken（英語）：
幹死他！

Ken 朝著人群喊完，兩人默默溜出鬧事的房舍，一路壓低身子，躲在房舍外牆的另一側，等待德仔跑進宿舍裡。
房舍裡傳來德仔吼聲。

Vo. 德仔（日語）：

安靜！

Ken、James 彼此互視，給對方信心，拔腿往哨口跑，頭也不回地跑出營區。

EP4_16_ 內景 / 所長室　　戰時 / 夜

龜田快步走回指揮所。
通訊兵解完電報，馬上站起身來向龜田稟報。

通訊兵（日語）：
龜田副指揮官，
本次補給船……三日前被美軍擊沉。

龜田聽到消息難掩失落與憤怒。

龜田（日語）：
馬上去海邊通報指揮官。

通訊兵（日語）：
是！

通訊兵跑出。
龜田手握拳站立原地，聽到男俘虜房舍還在鬧的聲音，抓起自己的手槍憤怒地往外走。

EP4_17_ 內景 / 男俘虜宿舍　　戰時 / 夜

龜田一邊大步往男俘虜房舍走，一邊瘋狂對空鳴槍，戰俘瞬間安靜下來。
龜田走入房舍，狠狠瞪著這群人，戰俘們自動退開。
Birdy 全身血肉模糊。
龜田環視這群人，這時才感覺到有異狀。

龜田（日語）：
點名。

EP4_18_ 外景 / 俘虜逃跑叢林　　　戰時 / 夜

Ken、James 在叢林裡狂奔，兩人跑到精疲力竭，撲倒在低矮闊葉林裡，大口喘著氣。
兩人喘著喘著，互看彼此一眼，相擁喜極而泣。

EP4_19_ 外景 / 阿輝探路叢林　　　戰時 / 夜

阿輝獨自一人在黑夜叢林中探路，他迷失了方向，也找不回到鑿洞處的路。
倉皇間，突然踩到一個突起物，一聲巨響，整個人被吊了起來。

EP4_20_ 外景 / 營區哨口　　　戰時 / 夜

指揮官田中面無表情，看著眼前的龜田、順仔和德仔。

田中（日語）：
敵人是怎麼大搖大擺從營區大門走出去的？

三人沒有講話，德仔低著頭，雙手緊緊抓著褲子。

田中（日語）：
你們很喜歡讓敵人出去玩？
很喜歡讓他們在外面到處說這裡有多少人？
這裡位置在哪裡？我們哪一天要去領補給？
你們很喜歡補給船被炸毀，
沒有彈藥可以打仗？我們都沒東西可以吃？！

沒有人敢看田中的眼睛。

田中（日語）：
新海木德，你說，
敵人怎麼從大門走出去的？

德仔緩緩抬起頭，遲疑到底要怎麼說。
德仔開口，努力把自己會的日語單字拼湊起來。

德仔（日語）：
敵人……在屋子亂叫，我在門口……
但是……龜田副指揮官……

龜田突然往德仔臉上用力打一巴掌，德仔跌倒在地。

龜田（日語）：
笨蛋！老是擅自離開崗位！
每次都是你，我叫你不要離開哨口，
你為什麼不聽！

龜田繼續對德仔拳打腳踢。
田中沒有阻止龜田的行為，反而轉身向北川交代事項。

田中（日語）：
北川，兩個俘虜務必抓回來！

北川（日語）
是！

田中離開，完全漠視龜田，龜田停止打人，喘著氣向田中敬禮。
德仔抱著頭部躺在地上，血和著淚，所有的委屈只能往肚裡吞。

EP4_21_ 外景 / 石灰岩洞　　戰時 / 夜

阿遠扛著一名俘虜，拍拍藤田要他睡過去一點。
但軍毯上已經睡滿了病倒的俘虜。
藤田迷迷糊糊往旁邊挪動。
阿遠讓俘虜躺下。
阿遠走出山洞，夜裡的雨林不時傳來各種奇異的聲音。
阿遠聽見草叢傳來踩踏的聲音，以為是阿輝。

阿遠（臺語）：
阿輝？

阿遠拿起火把往前走，想幫阿輝照路，但眼前看到的，是一隻婆羅洲侏儒象，帶著一隻小象走過，小象轉過頭來看著阿遠，調皮地甩著長鼻子。

EP4_22_ 外景 / 女戰俘宿舍　　戰時 / 夜

何景儀抱著孩子靠在床邊。

孩子臉上長滿皰疹，嘴角乾裂。
何景儀望向對面那座小小的建築物糧倉。
遠方，濱田走出糧倉，將門上鎖後離去。

EP4_23_ 外景 / 叢林　　　戰時 / 夜

阿輝倒懸在空中，黑暗中出現了一支火把，和一個巨大的人影，火把越近影子就越小，樹幹後面一個原住民小孩拿著火把探出頭來，深邃清澈的大眼好奇注視著阿輝。

阿輝（日語、臺語）：
幫幫我……好嗎？

男孩把阿輝放下。
阿輝終於回到地面上。

阿輝（臺語）：
謝謝。

男孩靦腆地笑了笑，轉頭往前走，走一小段又回頭向阿輝招手要他跟著走。
小男孩把火把滅掉，兩人映著月光走在熱帶雨林中。

阿輝（日語、臺語）：
我們去哪裡？
我得回去山洞修路，你可以帶我回去嗎？

男孩（婆羅洲地方族語）：
這裡，我家，RUMAH。

眼前出現火光，他們來到了營地，一個魁梧的獵人坐在火前盯著獸肉沉思，男孩興奮跑上前去。

男孩（婆羅洲地方族語）：
我沒抓到獵物，
抓到一個人。

阿輝完全聽不懂，傻愣站在那。

獵人（婆羅洲地方族語）：
啊，一個迷失的人。

獵人把食物分享給阿輝。

EP4_24_ 外景 / 糧倉　　　戰時 / 晨

何景儀抱著洗衣籃走出女戰俘宿舍，順仔背著槍走過，看了她一眼，她低頭鞠躬。
她經過日軍宿舍，往糧倉的方向走去，突然被叫住。

日軍（日語）：
喂！妳在幹嘛？

何景儀停下腳步不敢動，她緩緩轉過身，一個日本兵從窗臺探出身子，手上拿著衣服。

日軍（日語）：
故意沒看到我啊？
拿去！

日軍把衣服丟向何，就轉身沒入房中，何拾起了衣服放入籃中，繞到建築物背面，繼續往糧倉走去。
何景儀放下洗衣籃，靜靜的蹲在糧倉門口另一側。
伙房兵竹崎、濱田兩人走來，拿出鑰匙打開大門。
濱田走進糧倉後，很快地又拿著水桶走出，過沒幾秒，竹崎也拿著鍋具出來，到糧倉旁邊的炊事帳，開始生火。
天空又積累了厚重的雲朵，隨時就要落下雨來。
何景儀深吸一口氣，趁機溜進沒有上鎖的糧倉。

EP4_25_ 內景 / 糧倉　　　戰時 / 晨

何景儀伸手抓了幾個罐頭抱在胸前，轉頭要溜走。
濱田剛好從門口走進來，兩人撞個正著。
濱田嚇一大跳，何景儀張大眼睛看著濱田，濱田也張大眼睛看著何，何景儀見濱田沒有動作，露出懇求的眼神。
此時，竹崎的聲音從外面傳過來。

竹崎（日語）：
濱田，順便拿油布過來。

濱田（日語）：
……是……

濱田指著糧倉角落，要何先躲好。
何景儀腳步慢慢往後挪。

竹崎（日語）：
快點！要下雨了

地上開始滴落一點一點的雨水，竹崎回頭催促濱田，看到濱田站在門後，只露出頭顱，竹崎順著視線往下看到門縫有四隻腳，竹崎站起身，慢慢走過去，把濱田拉開，何景儀就站在糧倉裡。
竹崎不懷好意對著何笑。
何景儀抱著罐頭不管一切地往外跑，但沒跑幾步，竹崎便抓住何的腳，何景儀撲倒在地，活生生被竹崎拉回。

EP4_26_ 外景 / 叢林 石灰岩洞　　戰時 / 晨

阿遠自己也拿起工具跟著俘虜一起鑿洞，但工具鈍到怎麼鑿也沒用，他氣得把工具丟到一旁，走向洞口。
洞口領事正在煮一些熱水讓虛弱的人飲用，阿遠看到俘虜 Raymond 拿著一塊木頭放進嘴巴裡啃，一啃嘴巴就流出鮮血。
阿遠趕緊過去制止，Raymond 還不肯放手。

阿遠（日語）：
這不是食物！

Raymond（英語）：
這是我的雞。

Raymond 奮力捍衛他的雞，兩人拉扯一陣。
羅進福跑過來幫忙。

羅進福（英語）：
Hey，Raymond，
這不是食物！

費了一番功夫，阿遠和羅進福終於把木頭搶走。
Raymond 崩潰地趴在地上哭喊。

Raymond（英語）：
雞腿，那是我的雞腿！

阿遠喘著氣，和羅進福對上眼。

阿遠（臺語）：
你說那個可以借工具的村子……有多遠？

EP4_27_ 外景 / 阿輝與獵人叢林　　戰時 / 晨

清晨，阿輝被搖醒，朦朧之中看到獵人身影。
獵人做手勢要阿輝跟他走。

EP4_28_ 外景 / 阿輝看港口叢林　　戰時 / 晨

阿輝與獵人一路往高處爬。
阿輝體力好，但也跟不上獵人的速度。
他們爬到一個裸露的制高點岩石上。
獵人要阿輝看向海的方向。
阿輝看清楚海面上那一點一點的東西，是軍艦。
阿輝仔細一看，不是日本的船艦，全部都是掛著星條旗，塗著大大編號的美國軍艦。
獵人指著軍艦，看著阿輝。

獵人（婆羅洲地方族語）：
JAPA! DATAI! BUYU! HONU!
（外來者，來。動物，躲起來）

阿輝看著海不知道該說什麼。
獵人指著山壁叢林某處裸露的地方，再指著阿輝

獵人（婆羅洲地方族語）：
RUMAH ！
（家）

阿輝一看，叢林中升起了一絲微弱的炊煙，正是他們的開鑿位置。
獵人比手勢要他趕快去。
阿輝向他鞠躬道謝，就趕緊朝炊煙的方向下山，他回頭看獵人望著海的背影，巨大卻無助。

EP4_29_ 外景 / 華人村　　　戰時 / 日

阿遠和羅進福走到一個村落，阿遠走在前，羅在後。
村頭有幾個小孩在玩小石頭，一個單眼皮男孩抬頭看到阿遠，面露驚恐，低聲說。

單眼皮男孩（閩南語）：
日本人。

孩子們紛紛倒抽一口氣。
另外一個平頭男孩喃喃自語。

平頭男孩（閩南語）：
慘了，我家阿姊。

孩子全都丟下手中石頭，不忘牽起小弟、小妹的手，拔腿跑回家裡。
阿遠看到孩子們的反應，感到錯愕。
羅進福看了阿遠一眼，往前走入村子裡。
村子裡一位領袖聽聞騷動，自行走出，看到羅進福有些驚訝。

領袖（閩南語）：
羅領事？！

羅進福（閩南語）：
吳先生。

領袖（閩南語）：
你……你在裡面……日本鬼……

領袖問到一半看了阿遠一眼，阿遠眼神飄開，假裝自己聽不懂。

領袖（閩南語）：
一切安好？

羅進福（閩南語）：
我沒事。
我今天來，是想跟村子借點力，
能不能給我們一點鐵鍬，農用的也可以。

領袖點點頭。

領袖（閩南語）：

當然，
羅領事有請求我們盡力幫忙，
我馬上去傳。

EP4_30_ 外景 / 返回修馬路叢林路上　　戰時 / 日

阿遠、羅進福背著竹簍子，裡頭裝有各式工具，兩人走至河邊休息。
領事將竹簍子放下，從裡頭拿出長條狀潮州粽準備進食，抬頭看到阿遠兩手空空。

羅進福（閩南語）：
村民沒有準備你的份喔？

羅進福拆開粽葉，咬了一口粽子，品嘗鹹香的滋味，一臉得意。
阿遠看得不是滋味，轉頭望向河邊。

羅進福（閩南語）：
吶，

阿遠轉頭過來，看到羅進福將粽子分成兩半，一半遞給自己。

羅進福（閩南語）：
要不是你這身制服，他們一樣會給你。

阿遠看著冒熱氣的糯米，心裡咀嚼羅領事的話，遲遲沒有收下。

羅進福（閩南語）：
還是你不餓？

阿遠伸出手，收下。

阿遠（臺語）：
在這邊哪一天不餓的？

EP4_31_ 外景 / 香蕉園　　戰時 / 日

香蕉田裡滿是已成熟的香蕉。
James 坐在 Ken 的肩上，伸手一根接著一根摘下。

Ken（英語）：

夠了夠了，不夠再拔。

James 跳下 Ken 肩膀，兩人抱著香蕉。
一名馬來婦女和一名十歲男童在樹叢間看著 Ken、James，兩人都面帶恐懼與無奈。

兩名日軍持槍從婦人身旁悄悄走過。

Ken、James 兩人大口吃著香蕉，突然後面有人拿槍指著他們。
那一刻，他們才發現自己被日軍包圍了。

EP4_32_ 外景 / 戰俘營 壕溝　　戰時 / 日

德仔臉頰上的傷清晰可見，看著戰俘挖壕溝，眼神帶著憎恨。

（日語）：
喂，新海木德，龜田副指揮官叫你。

德仔沒聽見。
順仔推了德仔一下，德仔反射性動作很大，彈起來瞪著順仔。

順仔（臺語）：
長官在叫你啦。

德仔才回過神，轉身走過去。

EP4_33_ 外景 / 戰俘營 指揮官室外　　戰時 / 日

德仔走到指揮官室前，看到 Ken、James 已被送回，雙手被綑綁在後，跪坐在地上。
德仔望著這兩人，感到一陣憤怒。
龜田搭上德仔的肩膀，在耳邊提醒他。

龜田（日語）：
去吧！讓他們尊敬你。

EP4_34_ 外景 / 戰俘營 壕溝　　戰時 / 日

在壕溝工作的俘虜們聽到 Ken 和 James 淒慘的喊叫聲。

EP4_35_ 內景 / 戰俘營 法庭　　　戰後 / 日

當時德仔失控暴打 Ken、James 的淒慘喊叫聲似乎還迴盪在法庭裡。
德仔站在被告席上，臉蛋依舊未脫稚氣，只是神情已不再像個孩子。
站立在德仔正前方的 Ken，一隻眼睛已經失明，他用他僅剩的右眼，盯著站在被告席上的德仔。
Ken 開口說話。

Ken（英語）：
在他暴打我們之後，James 昏了過去，
然後他就把我們關進小籠子裡，沒再理過我們。

威廉走向前補問一句。

威廉（英語）：
James 就再也沒有醒過來了？

Ken（英語）：
是的。

威廉點頭。

威廉（英語）：
謝謝你，Ken。

威廉轉身面向德仔。

威廉（英語）：
新海木德，
在你把 James 打到昏厥之後，
是否曾經想過，先送被害者到醫護站，
而不是關進小籠子？

坐在辯方律師位置的渡邊很替德仔緊張，德仔聽完翻譯，看看渡邊，渡邊給他信心的眼神，點頭要德仔回答問題。

德仔（日語）：
不可以……逃跑……要處罰，
關小籠子……

Lee 難以理解德仔的意思，愣在那裡想了一會兒。

渡邊感到不妙。

Lee（英語）：
沒有，
逃跑就是罪該萬死，一定要處罰。

威廉轉過去面對主審官。

威廉（英語）：
被告直到現在依舊深信自己沒有錯，
打人之後不送醫，就是殺人，
我主張新海木德有罪。

渡邊已經坐不住了，等待主審官點頭後馬上站起來發言。

渡邊（日語）：
被告的意思不是他不想送人就醫，
而是他不能，因為這是規定，
被害人是逃跑戰俘，
日軍最害怕戰俘逃跑洩漏機密，所以規定要懲罰，
而且，被告當時是被副指揮官龜田叫過去，
他是執行任務，不是自願的，
辯方主張不該把責任全推到被告身上。

威廉聽完即時翻譯馬上站起來。

威廉（英語）：
執行任務這個說法有嚴重謬誤，
如果被告不是自願的，只是執行任務，
為什麼下手如此慘重？
把人打到昏厥？把人打到眼睛失明？

威廉指著 Ken 的眼睛。

威廉（英語）：
這是執行任務嗎？

威廉搖搖頭。

威廉（英語）：

這是存心要致人於死地。

渡邊心急，站起來辯護。

渡邊（日語）：
新海木德，現年十六歲，犯案時只有十五歲，
他因為家庭經濟狀況需求，謊報年齡從軍，
他沒有接受完整的教育，
心智、生理都尚未成熟，
而他的長官，龜田副指揮官親自教導過被告怎麼處罰戰俘，
要打到人站不起來才可以，
我認為被告沒有自我判斷的能力，
他還只是個孩子，
長官要求，他就做。

威廉（英語）：
我認為辯方無所不用其極的，要把責任推給龜田副指揮官，
那是因為，龜田這個人已經在戰爭末期死亡了，
把事情都推給亡者……

威廉對著渡邊說。

威廉（英語）：
真是喪盡天良。

渡邊詫異地看著威廉。

渡邊（日語）：
反過來說，
你們也不能因為真正該負責的人已經死亡，
就要再找一個人來頂罪啊！

威廉回看渡邊。

威廉（英語）：
沒有人看到啊，
沒有人可以證明打人是龜田要求的，
但是被害人身上的傷，
確確實實就是這個殘暴的「孩子」造成的！

渡邊突然說不出話來。

德仔大概知道情況不好了，低下頭來。
主審官清清喉嚨，敲槌。

主審官（英語）：
雙方都坐下，休庭。

渡邊喪氣地坐下來。
德仔跟不上法庭上講日語的速度，看著窗外那棵高聳的椰子樹發愣。
椰子樹葉片隨風搖擺。
敲槌聲響起。

主審官（英語）：
新海木德於擔任戰俘監視員期間，毆打俘虜 James，下手殘暴，有不僅於執行任務的暴力心態，無視戰爭中應遵守之國際公法及習慣，毆打俘虜致死，
本庭宣判，絞首刑。

底下觀禮人又發出歡呼聲。
Lee 在德仔耳邊輕聲說。

Lee（日語）：
死刑。

德仔聽見了，不知作何反應。

德仔（日語）：
是。

那一瞬間，德仔的世界好像都變慢了，看到渡邊整個人將臉埋在手裡，看到觀禮的士兵對著他比中指，看著這不真實的一切。

EP4_36_ 外景 / 戰俘營 法庭外　　戰後 / 日

德仔恍恍惚惚，被壓著走出法庭，他望向哨口，看到了營區外那棵特別高聳的椰子樹，一陣海浪聲打入他的耳朵裡，他傻愣站在那聽。

士兵拍他肩膀要他繼續往前走。
他不走，反倒朝著海浪聲拔腿狂奔。

士兵 A（英語）：
Fuck ！ hey ！

抓住他！

士兵B（英語）：
喂，不要跑！

士兵們揹起步槍追上。

剛從法庭走出的渡邊，也丟下手上的文件，跟著跑出去。

EP4_37_外景/德仔奔跑景　　　戰後/日

德仔跑過廣場，跑過哨口，跑過椰子樹，來到廣闊的白沙灘與大海，他好像回到家鄉了，嘴角揚起，眼角不自覺地泛出淚水。
此時，後方的澳洲士兵追上。

砰！

子彈穿透德仔額頭，他倒在雪白的沙灘上，被綑綁住的雙手怎麼樣也觸不到家鄉的海。
渡邊此時才穿過防風林，他奔上前去抱住德仔，看著生命的消逝，難以接受。

EP4_38_內景/監所　　　戰後/日

囚禁房門打開，阿遠看到渡邊身上沾染著鮮血，然後無力地蹲在自己面前。
渡邊低聲說。

渡邊（日語）：
新海木德畏罪逃跑，
死在澳軍的槍下。

阿遠低著頭許久才緩緩抬起頭，眼睛充滿血絲。

阿遠（日語）：
我要上訴。

第四集　終

痕跡就在白紙上

劇本定稿後，夥伴們如火如荼進行著前期製作。我回歸日常，上課，讀書，看電影，但好像一切都食之無味，原來用盡全力寫作，整個人會被挖空。開拍前一個月，北半球最冷的一月，導演帶劇中三位主演：翰林（飾演阿遠）、冠智（飾演阿輝）、宥丞（飾演德仔）到日本去，進行為期一個月的密集文化體驗和語言訓練。空空的我，決定跟走一趟。

當演員努力上日文課的時候，我和導演搭乘複雜的地鐵系統，抵達「九段下」，走出地面，東京的風吹過來，我整個人縮了起來，雙手躲進大衣的口袋裡，我們穿過一座巨大莊嚴的鳥居，來到靖國神社旁的戰爭博物館。這裡所述說的戰爭，和六月所去的山打根，是兩個截然不同的風景。

零式戰機、曾經行駛過泰國鐵軌上的C56型蒸汽火車、日軍士兵使用過的水壺、眼鏡、槍彈夾、步槍、武士刀……，皆展示在一座乾淨明亮的建築物裡，我們一個一個瀏覽，透過物件想像曾經使用過它們的主人，是什麼模樣呢？他們使用這些東西的時候，是在哪裡？是什麼狀態呢？跟我們設定的角色雷同嗎？當我走到最後一間展覽室，看到牆上掛滿二戰時期殉難士兵的大頭照，他們一致的沒有頭髮，一致的沒有笑容，一致的沒有顏色，他們好像盯著我看，無言的。

我想我腦中那些問題，在這裡難以找到答案。

走出博物館後，我們前往神社。想起曾經看過的一則新聞，生於日本時代，年輕時曾為臺籍日本兵的李登輝先生，於二〇〇七年拜訪靖國神社，時隔六十二年，他終於能來此悼念二戰殉難的親哥哥。這件事在當時的臺灣引起了一波激烈的討論，終戰後，臺灣從大日本帝國底下的殖民地，變身成戰爭中曾飽受日本殘暴侵害的中華民國，已經轉換身分的臺灣人，該跟殘暴的敵人表達敬意嗎？

那我們兩個來靖國神社也會被罵嗎？

會吧。

不會吧，時代往前進了。

也對。

應該啦，不確定。

我和導演互視，聳聳肩，面朝神社，三鞠躬。

記憶清洗需要多久的時間？終戰後的臺灣，很快地迎來一波因為生活、思想、語言等各方面落差都極大，而引起的族群衝突（二二八事件），又很快的迎來長達四十年以上高壓極權控管的白色恐怖，為了活存，臺灣人徹底把記憶抹除了嗎？

神社旁有一家小店鋪，架上擺放各式各樣的御守，有一小塊區域擺放系列書籍，全日語書寫，我們拿手機掃描翻譯，大概理解裡頭的文章是殉難士兵們的遺書，內文大多數寫得非常簡短，提及報效國家盡忠職守之類的，是基本格式，不過在這極短的文字裡，我們發覺不少人會在生命中最後一次表意的機會裡，傳達私人情感，像是對母親、對年幼兒女的思念。我們從第一冊開始翻閱，在第八冊中找到唯一一位臺灣籍士兵，董長雄先生的遺書，當下的我們感覺好像在一片被抹掉字體的記憶白紙上，找到了痕跡。六十二年，李登輝先生沒忘記年輕時曾活過的日本時代，我想記憶沒有被洗掉，只是被噤聲了，它們沉睡在那裡，在適當的時代，又再度被喚醒，恰巧的，被我們看見、聽見了。

我們帶著這本書，穿過巨大鳥居，回到高樓林立、滿是電子看板的現代東京街道上。我們和三位演員約好一起吃晚餐，演員領著我和導演進餐廳，冠智向服務生介紹自己是 Shinkai Akira ！（新海輝）

原來他們以劇中身分的名字訂了位啊。

跟著他們在日本的日子裡，我看見演員們隨時隨地都變身成阿遠、阿輝和德仔。可能是在用餐時，飾演哥哥的冠智給飾演弟弟的翰林夾菜，翰林會突然拋一句：「あなたはわざわざ哀れなこの死に損ないの台湾人に会いに来たのか？」（*你是特別來可憐我這個要死的臺灣人嗎？*引自劇本第三集，第 24 場，阿遠臺詞）又或是，我們一同步行在路上，最年幼的宥丞腳步慢下來因此脫隊時，冠智會突然轉身，對著小弟說：「予定通り完成させろ。然もなくば、貴様らも「豪邸」にぶち込むぞ！」（*照進度完成，不然連你們也關小籠子！*引自劇本第二集，第 21 場，阿輝臺詞）

我常常被他們逗得笑哈哈。

在劇本階段，每個角色在我腦袋裡有我自己想像出來的模樣，此刻，看著他們三位演員，講出我所寫下的對白，慢慢將劇本中所虛構的角色揉進自己的

身體裡，我腦袋中的人物漸漸脫離編劇，慢慢長成劇組所有人共同形塑出來的模樣。

這就是影像創作。和原本我自己想像的，肯定存在著落差，有時落差大到需要時間來消化，但是有時候的落差，讓我體會到影像集體創作的美，這裡有好多人，好多變化，好多不同想法，我們在這一路上挖掘真實，又一路將真實轉化成虛構，最後再將虛構轉化成我們所認為的真實，我們把不一樣通通揉合在一起，成為一個由我們所思所想所演所做的複合體。這樣很美。

從日本飛回臺灣時，我想該是時候卸下編劇身分，用新的眼光來看待《聽海湧》。說實在的，有點捨不得，但我想，未來的我們還是會因為電影／影集，再度聚在一起。

導演與演員走在東京街頭，編劇視角。

第五集　海湧

EP5_1_ 外景 / 中央廣場　　　　戰後 / 夜

在夜燈照明下，絞刑臺的影子被拉得老長，占據整個中央廣場，一隻黑鳶飛至絞刑臺的上方駐足，凝視著底下的人。
竹崎雙手被綑綁在前，走進黑影之中。
帶竹崎來的澳洲士兵指著絞刑臺，面向看守的人。

澳洲士兵（英語）：
這個傢伙想確定這玩意可以一秒要他的命。

看守士兵露出詫異的表情，看看竹崎，看看絞刑臺，遲疑地點頭。
竹崎走到絞刑臺前，停下腳步，抬頭仰望這個即將結束他生命的機器，過往冷酷殘暴的眼神，現在多了恐懼與倔強。
竹崎踏上臺階，一階一階地踩上去，嘴巴一邊低聲數。

竹崎（日語）：
一、二、三、四、五……

站在底下的兩名澳洲士兵，抬著頭目不轉睛看著這個人。

竹崎（日語）：
……十、十一、十二、十三……

踏了十三階走到平臺上，竹崎將雙腳踩在平臺中間的小方格裡，抬頭看吊掛在橫梁上的麻繩，他舉起被綁住的雙手，測量麻繩的粗度，繼續喃喃自語。

竹崎（日語）：
很好，夠粗。

竹崎撫摸著掛在上面的麻繩圈套。

竹崎（日語）：
準備。

竹崎眼珠轉向右方，盯著握閥，瞬時，他眼中的握閥動了起來，咚地一聲，被推到底。
緊接著，他腳下的方格陷落，頭頂上的麻繩被突如其來的重力，用力向下拉扯。

竹崎（狀聲詞）：
咔

雙手掛在麻繩圈套上的竹崎，想像自己的頭被套在上面，頸部被瞬間扭斷的情境。
整個行刑的流程栩栩如生展現在竹崎腦中，這就是死亡，他非常確定了。
竹崎伸直彎曲的膝蓋，將手抽離麻繩，轉頭向底下的士兵點了個頭。
士兵們看著竹崎，完全無法理解，只感到畏懼。
竹崎走下絞刑臺，穿過士兵，朝監所走去。

聽海湧

第五集 海湧

EP5_2_ 內景 / 俘虜營 法庭　　戰後 / 日

審判庭上，主審官，威廉及其助理，高橋、小林與渡邊，全都坐定位，嚴陣以待。
書記官大聲唱名。

書記官（英語）：
南鄉忠，臺灣守衛。
廣田順，臺灣守衛。
新海輝，小隊長。
北川國夫，營區副指揮官。
田中徹，營區指揮官。

阿忠、順仔、阿輝、北川、田中依序走出。

書記官（英語）：
壕溝屠殺案，新增五名被告。

從指揮官田中到監視員阿忠，五人從辯護律師那方依序排列。
田中依舊穿著整套日軍軍官制服，只是身上所有軍階徽章全已拔除。

書記官（英語）：
請原被告新海志遠，
陳述事發經過。

此時，阿遠走上證人席，緩緩轉過身，抬起頭望向站立在自己前方的兄弟，阿輝。
阿輝回望弟弟。
兄弟在終戰後第一次見到彼此，卻是置身在法庭這樣的空間，兩人眉眼之間都透露著無奈，哭笑不得。

EP5_3_ 外景 / 石灰岩洞　　　戰時 / 日

阿遠和俘虜一同持借來的工具繼續開挖山洞，雖也不是多新的鑿子，但速度要比之前快上許多了。
一塊較大石頭被鑿落，阿遠擦汗暫歇，轉頭看到洞口站了一個男孩，是之前村口的那個小男孩。

阿遠（臺語）：
你要幹嘛？

男孩約略十二歲，肩上扛一擔子，被阿遠的問話嚇得說不出完整句子。

男孩（閩南語）：
我……我……

羅進福停下手邊工作，望向男孩，神情顯得緊繃。

阿遠想起上回到村莊時，自己被當成大壞人的情景，收拾情緒，語氣放緩放柔。

阿遠（臺語）：
你……擔子裡面是什麼？

男孩趕緊把擔子放下，掀開上面的白布，裡面是滿滿的馬鈴薯、地瓜、雞蛋等食物。
男孩依然很緊張，雙手貼緊大腿兩側，恭敬地對阿遠說

男孩（閩南語）：
長官，
這是我們村子的心意，
羅進福領事的朋友，要互相照顧。

男孩好像演練過似的，快速又僵硬的把話說出來。

阿遠先看竹籃子裡的食物，再轉頭回望俘虜們。
俘虜皮膚蠟黃的蠟黃、長皰疹的長皰疹、長癬的長癬，那可憐的模樣露出渴望的眼神，嘴巴不停吞口水。
阿遠點頭。

阿遠（臺語）：
吃吧。

戰俘雖然不懂臺語，但都像是看見聖光似的，開心地奔向阿遠身邊拿取食物。

阿遠（日語）：
等一下，我分配，
這邊可以吃五天。

羅進福趕緊起身跟著俘虜們過來，眼睛專注盯著俘虜們拿取的食物，當俘虜 A 拿走一顆特別小且皮也不完整的地瓜時，羅進福眼神也跟著飄過去。

EP5_4_ 外景 / 熱帶雨林　　戰時 / 日

阿輝快步走在熱帶叢林裡，急著趕回山洞，但沒走幾步就被藤蔓纏住，不時要舉起上了刺刀的步槍將草劈開。

遠方樹縫間依稀看得見阿遠和俘虜們就在洞口。

EP5_5_ 外景 / 石灰岩洞　　戰時 / 日

羅進福手拿著食物走到俘虜 A 旁，在蹲下身子前先回頭看看阿遠的動向。
阿遠還在張羅俘虜們領取食物。

羅進福蹲下來，把手上較大的地瓜遞給俘虜 A。

羅進福（英語）：
兄弟，
這顆，跟你換那個小的，
你需要多一點營養。

俘虜 A（英語）：
我愛你，羅領事，真的。

羅進福（英語）：
我知道，但抱歉，我結婚了。

俘虜 A（英語）：
Oh~No~

俘虜 A 調皮地做出心痛樣，羅進福笑著拍拍他，起身走往沒有人的地方。
羅進福遠離洞口的大樹，並繞至後方坐下，準備享用食物前，再次確認阿遠的視線不在自己身上，羅進福才低頭將地瓜剝開，在地瓜的肉裡翻找東西，最後抽出一張紙條。

EP5_6_ 外景 / 熱帶雨林　　　戰時 / 日

阿輝就快抵達，但越著急就越容易被討人厭的雜草拖住，阿輝氣得甩腳，好不容易擺脫藤蔓，一個重心不穩跌倒，又馬上用槍托把自己撐起來。

EP5_7_ 外景 / 石灰岩洞　　　戰時 / 日

阿輝趕到阿遠面前，一心只想趕快告訴阿遠消息。

阿輝（臺語）：
阿遠，港口美軍……

阿輝突然覺得不對，轉頭看到俘虜們正喜孜孜地在享用食物。

阿輝（臺語）：
這是在幹嘛？

羅進福聽見騷動，從樹幹後方探頭出來。
阿輝和阿遠都同時看見羅進福的樣子。
羅進福馬上縮回樹幹後方。
阿輝怒瞪阿遠。

阿輝（臺語）：
我叫你不要聽他的話！

阿輝往樹幹右方跑過去。
阿遠慢了半拍，才驚覺大事不妙，往樹幹左方跑過去。
羅進福努力把紙條塞進嘴巴裡，正要吞下肚，阿遠即時抓住羅進福下顎，羅進福掙扎，阿輝舉起步槍用力往羅進福後方敲下，羅瞬間昏厥癱軟。
阿遠從羅進福的嘴裡抽出因口水沾濕而斷裂成四片的紙張，阿遠慌忙拼湊，字條上的資訊漸漸清楚：「營區位置已收到，盟軍即將登陸」。
阿遠震驚，抬起頭看向哥哥。
阿輝氣得說不出話來，轉過身去對戰俘大吼。

阿輝（日語）：
收東西！
回營區！
快！

戰俘們不知所措的起身去收拾物品。

EP5_8_ 外景 / 回營區路上寬闊大景　　戰時 / 日

昏迷的羅進福被綁在木頭上，由兩名戰俘扛著搖搖晃晃，頭上的傷口沿路滴下鮮血。阿輝一臉嚴肅快步走在前方，阿遠壓在隊伍後端，一行人走在一片草原上。

突然，後方天空的雲層裡傳來轟鳴聲，聲響越來越近，越來越大，阿輝轉頭往天空看，臉色一沉，大喊。

阿輝（日語）：
趴下！全部趴下！

大夥雙手抱頭，趴在地上。
一陣風吹來，地上的芒草被吹得東倒西歪，一架巨大飛機從大家頭上飛過。
某俘虜抬起頭看到機腹上的美軍藍白條紋，露出興奮的表情。

某俘虜（英語）：
我方的飛機！

沒一下子，前方傳來劇烈爆炸聲，戰俘嚇了一跳。
山峰裡營區的方向竄出兩股黑煙，直衝天際。
阿遠看傻了眼。
阿輝爬起來要大家繼續趕路。

阿輝（日語）：
走，快！

EP5_9_ 外景 / 戰俘營外圍　　戰時 / 日

阿輝、阿遠一行人終於趕回營區，在大門哨口外，營區周圍幾處鐵絲網被炸壞了，後方幾處冒著煙，裡頭傳來陣陣士兵混亂喊叫聲。

阿輝拿起步槍轉過來面對戰俘們。

阿輝（日語）：
別想趁亂搞事！走前面！
走！

戰俘舉起手。
阿遠也跟著拿起步槍壓在後方。

EP5_10_ 外景 / 戰俘營　　　戰時 / 日

一行人走進營區，部分房舍被炸毀，有的冒黑煙，有的還正在焚燒，竹子建材散落各地。
所有人像熱鍋上的螞蟻東奔西跑，有人扛著水桶跑往日軍宿舍區，有人邊跑邊急忙呼喚人幫忙。

日軍（日語）：
這邊火已經滅了，去後面、去後面！

（日語）：
快來幫忙，人被壓在下面！

整個亂烘烘的，阿輝一時也不知如何是好。
前方有日軍對空鳴槍在管理戰俘，要戰俘抱著頭，進去男俘虜房舍裡。

（日語）：
進去！手放頭上！不要亂來！

阿遠看到地上躺著一名日軍，走近一看，是濱田

阿遠（日語）：
濱田長官……

士兵（日語）：
讓開！

阿遠跑過去想叫醒濱田，兩名抬著擔架的救護士兵衝過來，撞開阿遠。
阿遠坐倒在一旁，阿輝跑過去將弟弟拉起。
救護士兵把濱田抬上擔架，阿遠此時才看到，濱田的身體已斷成兩截，救護兵抬著擔架離去，濱田的腸子外露，垂掛在擔架上晃啊晃。
阿遠震驚得只能發出喘氣聲。

又有另外兩名士兵抬著擔架從兩兄弟眼前跑過，往日軍宿舍區跑去，阿遠順著視線看過去，日軍宿舍區外被炸出一個大洞，裡頭有另一具屍體，上半身露出仰躺著，雙眼還張開看著阿遠，是副指揮官龜田，龜田左半邊的腦勺被炸出一個洞。
擔架衝過去，士兵合力將龜田抬上擔架。

阿輝（臺語）：
阿遠！

阿遠整個人傻了，阿輝大力地搖他，阿遠驚恐的看著阿輝。

阿輝（臺語）：
你把羅進福關進小籠子。

阿輝指扛著羅進福的兩個戰俘。

阿輝（臺語）：
我先去找北川小隊長。

阿遠傻愣地點頭。
阿輝對著戰俘比手畫腳，戰俘一直站在兩人旁邊不敢亂動。

阿輝（日語）：
你們兩個把人搬過去。

阿輝看著另外兩個戰俘。

阿輝（日語）：
你們兩個跟我走。

EP5_11_ 外景 / 戰俘營 所長室外 戰時 / 日

阿遠帶領兩名扛著羅進福的俘虜往小籠子走，北川小隊長匆匆忙忙撞過阿遠，跑進所長室裡。

EP5_12_ 內景 / 所長室 戰時 / 日

北川小隊長跑進所長室，喘著氣。
田中站在桌前看著地圖，握緊拳頭，大拇指不斷搓揉著。

北川（日語）：
報告，
龜田副指揮官，已經身亡。

田中抬起頭看著北川，可以從眼神裡看出一絲震撼，但很快的，田中馬上整理好情緒。

田中（日語）：

你過來。

北川走到桌前。

田中（日語）：
從現在開始，你就是副指揮官。

北川抬頭看著指揮官，一臉錯愕，完全沒有做好準備。

北川（日語）：
是⋯⋯

田中（日語）：
營區位置已經暴露，
馬上告知下面的人準備撤退。

田中指著地圖，遲遲沒有說出指令，呼吸有些紊亂。
北川偷偷抬頭，他從沒看過這樣的指揮官。
田中想了一陣子，終於開口。

田中（日語）：
新海那條路還沒好，
我們走這裡，
翻過這座山，到最裡面。

北川點頭。

北川（日語）：
是！

田中（日語）：
你找一個副手，接小隊長的位置，幫忙執行任務。
第一，打包所有糧食、彈藥，
東西全部背身上帶著走，這些都是小路。

北川點點頭，田中繼續說。

田中（日語）：
第二，戰俘集合好，先發部隊先帶走，
第三，後勤部隊留下來燒毀文件，記住，不留任何資料。
以上三點，有問題嗎？

北川消化一下資訊後，有點遲疑地問。

北川（日語）：
醫護站的戰俘……該怎麼處置？

田中停頓一下，堅定地看著北川。

田中（日語）：
做該做的事。

北川看著田中，一時沒反應過來。

田中（日語）：
北川，趕緊動作！

北川（日語）：
是！

北川向田中敬禮後匆匆走出。

EP5_13_ 外景 / 戰俘營 所長室外　　　戰時 / 日

北川走出所長室，營區依舊混亂，所有人跑來跑去、喊來喊去，使得北川腦袋更加混亂。
阿輝穿越人群走來。

阿輝（日語）：
北川小隊長。

北川（日語）：
新海，你們……

阿輝（日語）：
我們提早回來了，
對不起，我……

北川看起來不知所措，直接打斷阿輝。

北川（日語）：
新海，我們要撤退了。

阿輝（日語）：
撤退……
可是我任務沒有完成，那條路……山洞……

北川（日語）：
那不重要了，我們走別的路，就用走的。

阿輝看著北川，點點頭。

阿輝（日語）：
是。

北川腦袋一直轉動著，突然想到什麼似的，看著阿輝。

北川（日語）：
新海，
現在……
你是小隊長了。

北川將手槍交給阿輝，阿輝一臉錯愕，話卡在喉嚨又收回去。

阿輝（日語）：
……是……

北川一邊思索下一步，一邊下指令。

北川（日語）：
馬上準備撤退，
吩咐臺灣兵到醫護站去……
帶那些俘虜到……壕溝

阿輝（日語）：
壕溝？

阿輝還在思索北川的話。

北川（日語）：
新海！
做該做的事

阿輝：

喔……

北川（日語）：
快去吧！

阿輝點點頭，北川拍了阿輝的肩膀匆匆離開，阿輝思緒還沒抽離，轉身走入人群，一路心神不寧尋找監視員的身影。

阿忠跑過阿輝眼前，阿輝大喊。

阿輝（臺語）：
阿忠！

EP5_14_ 外景 / 戰俘營 小籠子　　　戰時 / 日

阿遠將羅進福塞進小籠子，正要關上門，羅發出低沉的呻吟聲，阿遠趕緊將門上鎖，起身要離去。

羅進福（閩南語）：
喂！

羅從籠子的縫隙伸出手，抓住阿遠的腳。
阿遠轉過身來，看著羅。

羅進福（閩南語）：
怎麼樣？美軍來了嗎？

阿遠看著羅，眼神不滿。

阿遠（臺語）：
這炸彈敢是你叫美軍放的？！（肯定句）

羅進福聽到這句話時，頓時激動起來。

羅進福（閩南語）：
炸彈？

阿遠想甩開羅進福的手，但羅死命抓著。

羅進福（閩南語）：

什麼炸彈？不是救援兵？

阿遠奮力甩開，右腳綁腿被扯掉，但阿遠頭也不回地離去。

羅進福（閩南語）：
啊我某勒？我兒勒？
喂！喂！

EP5_15_ 外景 / 戰俘營　　戰時 / 日

阿遠從小籠子區跑出，看到糧倉有兩個日軍忙著把東西綑綁好。
阿遠繼續走，往廣場方向看去，還能行走的戰俘們正跟著日軍走出營區。
阿遠跑到人流旁，邊跑邊找人，眼前多是男性戰俘，裡頭有一兩名女性，但不是何景儀。

阿遠跑過所長室前，看到兩三個日軍從所長室抱著一疊又一疊的文件，跑到外面燒毀。

阿遠繼續往營區內跑，看到德仔跟著另一批撤退兵走來。

阿遠（臺語）：
德仔！

德仔看到阿遠，露出開心的笑容。

德仔（臺語）：
阿遠哥！

阿遠很高興弟弟毫髮無傷，摸摸德仔的頭。

阿遠（臺語）：
你沒事？

德仔搖搖頭。

德仔（臺語）：
炸彈丟來時，
我在你說聽得到海湧聲的地方，
海湧聲有保庇。

兩兄弟情緒稍微和緩。

阿遠（臺語）：
你知道領事太太在哪嗎？

德仔臉沉下來。

德仔（臺語）：
後來太太狀況不好…
應該是在醫護站。

阿遠點頭。

阿遠（臺語）：
我去找她。

德仔（臺語）：
可是，要撤退了，
剛剛阿輝哥有交代我們兩個要一起走。

阿遠（臺語）：
你先走，我會跟上去。
你自己要小心。

德仔（臺語）：
喔。

阿遠往醫護站跑，德仔又叫住阿遠。

德仔（臺語）：
阿遠哥！
我已經很少被處罰了，長官都說我進步，
你放心。

德仔露出驕傲的笑容，阿遠笑著點點頭。

EP5_16_ 外景 / 醫護站外　　戰時 / 日

阿遠正要跑進醫護站，順仔扛著一名走不動的俘虜出來。

順仔（臺語）：
阿遠，快點，把人帶出來，
美軍的炸彈又要來了！

阿遠（臺語）：
要帶去哪裡？

順仔（臺語）：
不知道，亂七八糟，
跟著走就對。

EP5_17_內景 / 醫護站　　戰時 / 日

阿遠跑進醫護站，裡面都是病入膏肓、幾乎遊走在生命盡頭的患者。
阿遠一路找，一路跑到醫護站最底端，看到何景儀抱著嬰兒躺在最後一張床上。
阿遠跑過去，看到她全身遍布被毆打的傷痕外，還有被炸開的木條劃過的傷口，流著鮮血。
阿遠看到何景儀的樣子，一時不能接受。

阿遠（臺語）：
是我……

何景儀精神渙散，沒什麼反應。
阿遠把何景儀扶起來。

阿遠（臺語）：
沒事了，要撤退了。

阿遠雙手扶著領事太太的肩膀，想把她推起來坐著，但胸前的步槍阻礙手腳，阿遠慌亂地把步槍扯下，丟到一旁。
阿遠一鬆開手，領事太太又馬上癱回床上，雙眼空洞看著阿遠。

阿遠（臺語）：
不用擔心，
我會一路扛著妳走。

阿遠抓起何景儀的手搭在自己肩膀上，用力扛起。
何景儀鬆開手中的嬰兒，阿遠才看見孩子和媽媽之間有一大片血跡，嬰兒身上插著一塊被炸飛的尖銳木片，已經死亡一段時間了。
阿遠很震驚。

何景儀幾乎沒有氣力說話，指著阿遠剛剛丟到旁邊的步槍，再指向自己，然後點頭。
阿遠看懂何景儀的意思，激動地搖頭。

阿遠（臺語）：
我們要出去了，
妳不能留在這裡，妳看，我的衣服都破了，妳要幫我補。

阿遠奮力把何景儀扛起來。

EP5_18_ 外景 / 醫護站 到 壕溝　　戰時 / 日

阿遠扛著何景儀跟著前面的阿忠走。

EP5_19_ 外景 / 小籠子　　戰時 / 日

被關在小籠子的羅進福，從縫隙看到沒有綁腿的阿遠，以及何景儀流著鮮血的雙腳，羅情緒激動。

羅進福（閩南語）：
景儀？景儀！
喂！你要把她帶去哪裡啊！

兩人很快地就離開羅的視線，羅只能在籠子裡嘶吼。

羅進福：
喂！喂！

沒人聽得見羅進福的嘶吼。

EP5_20_ 外景 / 戰俘營 壕溝　　戰時 / 日

阿遠扛著何景儀走出樹林。
順仔走來，很順手的把何景儀接過去。
阿遠還沒搞清楚這是什麼情況，看著順仔把何景儀推入坑裡。
何景儀摔入坑裡，手裡還緊抱著嬰兒的屍體，她身旁的戰俘各個在哀嚎啜泣。
阿忠、順仔、阿輝都站在壕溝上，北川則站在更後面的地方。
阿遠傻眼，看向哥哥。
阿輝看到阿遠忍不住皺了眉頭，他並不希望阿遠攪入這蹚渾水。

北川（日語）：
新海。

北川出聲提醒阿輝，阿輝側頭看向北川，點點頭，接著走過去阿遠旁邊，把身上的步槍塞到阿遠手中，阿遠沒有意識地接下了。
阿遠愣在那，阿輝推阿遠走到壕溝前。

北川在一個看不到坑裡戰俘的位置。
阿輝看著哀求的戰俘們，撇開眼神低聲下指令。

阿輝（日語）：
舉槍。

監視員遲疑一下才舉起步槍，瞄準戰俘，只有阿遠沒有動作。
有些戰俘已經無力反抗，只能縮著身子哭泣，有些用盡最後力氣想要爬上來，但怎麼爬怎麼滑下去。
一陣推擠中，太太被推成仰躺，正對著阿遠。

這般情景，監視員們都猶疑了，阿輝也下不了指令。

俘虜 Birdy（日語、英語）：
我可以幫助你們，我會說日語……
我會敬禮……

北川（日語）：
新海！
你這個懦弱的傢伙！

北川深吸一口氣，拔出腰間的長刀，想要堅定地握著，但手不停顫抖。

北川（日語）：
你們對敵人心軟，就是對自己殘忍！

阿輝回頭看著北川，北川拿著刀對著阿輝，堅定地點了一下頭，卻再也沒有抬起來，手在微微抖著。
阿輝回過頭，鐵了心，後退一步，拔出短槍，對著監視員。

阿輝（日語）：
開槍，
不然，
就是我對你們開槍。

監視員們恐懼的將步槍瞄準戰俘。

阿輝（日語）：
上膛！

阿輝聽見槍枝上膛的聲音，阿遠沒有動作。

阿輝（日語）：
新海志遠！

何景儀沒有哭、沒有恐懼、沒有情緒。

阿輝（日語）：
新海志遠，今天營區會淪落到這個下場，
你也有責任，
舉槍！

阿輝（日語）：
我叫你舉槍！上膛！

何景儀微微點頭，輕輕說了兩個字，雖然距離很遠，周圍的哭喊聲也蓋過了她的聲音，但阿遠知道，那是他每次把雞蛋藏在衣服中、每次偷塞罐頭給太太時，她會輕輕跟他說的那句話：多謝。

阿遠眼眶布滿淚水，咬著牙，最終決定，舉起槍，上膛。
阿輝發出最後指令。

阿輝（日語）：
開槍！

阿遠食指在扣板機位置，閉上眼睛。

槍聲此起彼落。

EP5_21_ 內景 / 戰俘營 法庭　　　戰後 / 日

阿遠張開雙眼，此時他站立在法庭的證人席上。

現場一片沉默，無論是主審官、威廉、還是高橋，沒有一個人說話，所有人都在消化剛剛聽到的故事。

羅進福坐在觀眾席第一排，雙手緊抓大腿，情緒激動。
書記官抬起頭看主審官，主審官嘆口氣，挺起身子向他點頭，書記官轉身看威廉。

書記官（英語）：
Sir？

威廉抬起頭，整理好情緒，向主審官點頭後起身，走到阿忠面前。

威廉（英語）：
南鄉忠，
你是否同意新海志遠所說的，
當天把醫護站的俘虜帶到壕溝，開槍射殺？

被告口譯在被告後方低聲即時翻譯，高橋、小林、渡邊皆神情嚴肅聽著。
阿忠聽完後，緩緩點頭。

阿忠（日語）：
是。

威廉走到下一位順仔面前。

威廉（英語）：
廣田順，
你是否也把醫護站戰俘帶到壕溝，開槍射殺？

順仔聽完翻譯後點頭。

順仔（日語）：
是。

威廉（英語）：
這個屠殺戰俘的指令，來自長官新海輝？

阿輝看到威廉指著自己，神情緊張側頭聽著翻譯。
高橋正襟危坐，緊握拳頭。

順仔（日語）：
是。

威廉又往下走到阿輝面前。
阿遠站在渡邊旁邊，緊張的看著大哥。

威廉（英語）：
新海輝，
你當時是否拿著短槍威脅下屬開槍殺人？

被告口譯很快地低聲翻完內容，阿輝看一眼高橋律師，又看一眼阿遠，遲疑後點頭。

阿輝（日語）：
是。

高橋、小林面色凝重。

威廉（英語）：
屠殺戰俘的指令，是來自北川國夫？

北川就站在阿輝身旁，阿輝點頭。

阿輝（日語）：
是。

高橋閉上雙眼，握緊拳頭。
威廉往下走到北川國夫面前。

威廉（英語）：
北川國夫，你當天……

高橋突然站起身來。

高橋（日語）：
抗議！
檢察官試圖以引導式的問句影響審判方向！

威廉瞪過來，嚴肅地說。

威廉（英語）：
我還沒問完。

高橋完全不理會威廉，繼續大聲說自己的。

高橋（日語）：
當天新海輝收到的指令是「做該做的事」，
不是開槍殺人，

根本沒有所謂的屠殺指令！

阿輝聽到高橋說法，愣了一下。
威廉不甘示弱，對著北川大聲問話。

威廉（英語）：
北川國夫，
你當天是不是拿出你的軍刀威脅下屬開槍殺人？！

威廉和高橋的聲音混在一起，主審官皺起眉頭敲槌子。

主審官（英語）：
兩位，請重視法庭秩序，把音量降低！

兩人閉上嘴巴，主審官嘆口氣，指著高橋。

主審官（英語）：
高橋律師說什麼？

Lee（英語）：
長官給的指令是「做該做的事」，
不是開槍殺人。

主審官思考了一會。

主審官（英語）：
辯方抗議接受。

威廉不甘心看主審官一眼，走回位置上。
高橋走到田中面前。

高橋（日語）：
田中徹，
當時北川國夫詢問你，醫護站的戰俘該怎麼辦時，
你的指令是「做該做的事」嗎？

田中點頭。

田中（日語）：
是。

高橋（日語）：
你並沒有說要開槍殺這些戰俘？

田中（日語）：
沒有。

高橋點頭，往下走到北川面前。

高橋（日語）：
北川國夫，
你當時下達給新海輝的指令是「做該做的事」嗎？

北川（日語）：
是。

高橋（日語）：
沒有明確指出開槍殺人？

北川（日語）：
沒有。

高橋往下走到阿輝面前。

高橋（日語）：
新海輝，
你當時下達給下屬的指令是「做該做的事」嗎？

阿輝看著高橋，話完全卡在喉嚨，說不出來。
高橋撇開頭，往下走到順仔面前

高橋（日語）：
廣田順，
當時新海輝給你的指令是「做該做的事」嗎？

順仔眼神偷瞄阿輝一眼，搖搖頭。

高橋（日語）：
那他當時給你的指令是什麼？

順仔低聲回答。

順仔（日語）：
帶到壕溝，處理掉……

高橋點頭，轉身面向主審官。
阿輝僵硬地站在中間。
Lee 在威廉耳邊即時翻譯，威廉瞪著高橋，腦袋不停思索。

高橋（日語）：
「做該做的事」這句話，
是到了新海輝身上才被解讀成殺人，
殺人並不是長官的原意，
辯方認為，庭上應該將這點列入考量。

阿遠緊張的看向渡邊，渡邊也陷入苦思。
Lee 對著威廉把高橋的結論翻譯出來。

Lee（英語）：
「做該做的事」這句話，
是到了新海輝，才被解讀成殺人，
殺人並不是長官的原意，
辯方認為，庭上應該將這點列入考量。

羅進福坐在臺下認真聽。
一名穿著短袖中山裝的華裔年輕男子壓低身子，快步走到羅進福旁邊，遞出一封文件，羅進福轉頭看一眼，揮開文件，表示現在不是時候。
羅進福看著翻譯翻完，主審官思考後向高橋點頭。

主審官（英語）：
好，我會。
請檢方進行第二輪審問。

華裔男子不放棄，靠近羅進福的耳邊低聲說話。

華裔男子（華語）：
是中央來的重要電報。

羅進福轉過來看著男子，接下文件後，男子離開。
羅進福用右手將對折的紙翻開看，是一紙從中華民國中央政府傳來的行政命令：「臺灣人民應自民國三十四年十月二十五日臺灣光復之日起，恢復中華民國國籍，即日起，無論臺灣本島、或海外之臺灣人，皆以中國國民身分對待之，請外交部各外館照會所在地友邦政府。」

羅進福匆匆瀏覽過一次，皺著眉頭看向前方的審判，怎麼在這麼剛好的一刻來這麼一封信件，羅再次低頭讀信：「臺灣人，皆以中國國民身分對待之」。
羅把紙張對折握在手裡，繼續看審判。

威廉走到阿輝面前。

威廉（英語）：
新海輝，
為什麼你會將「做該做的事」這句話解讀為開槍殺人？

阿輝聽完翻譯，一時說不太出來。
阿遠緊張的看著大哥。

阿輝（日語）：
北川長官要我把走不動的戰俘都帶到壕溝，
我……

Lee（英語）：
北川要我把走不動的戰俘都帶到壕溝。

阿輝整理一下思緒。

阿輝（日語）：
他沒有明講，
但是，
我認為長官的意思就是要處決他們沒錯。

Lee（英語）：
我認為意思就是要處決他們。

阿輝抑制因為緊張而急促的呼吸，決定把話都說完。

阿輝（日語）：
而且，在壕溝，北川長官有……
有拿出軍刀要求我們執行任務。

Lee（英語）：
北川國夫拿出軍刀威脅他們開槍殺人。

阿輝忍住情緒把能表達的都表達了，威廉點頭，走到北川面前。
高橋面色更加凝重了。

威廉（英語）：
北川國夫，
如果你的意思不是要下屬殺人，
你為什麼要拿出軍刀威脅？

高橋努力耐著性子聽威廉審問。

威廉（英語）：
你到底要他們做什麼？
是不是就要他們開槍殺人？

北川聽完翻譯，眼神飄到高橋身上。
高橋又站起來了。

高橋（日語）：
抗議，
被告剛剛已經明確表示沒有要下屬開槍殺人了，
檢方不該重複問題！

Lee才要開口翻譯，威廉又開口逼問北川，完全不理會高橋。

威廉（英語）：
「做該做的事」是不是就是要下屬殺人？
不然為什麼戰俘都是往大門口走，
而這些走不動的要被帶往壕溝？
為什麼你要拔出軍刀威脅下屬！

威廉語速很快，律師口譯很努力地要跟上節奏。

律師口譯（日語）：
「做該做的事」……就是殺人……
為什麼其他……往大門口……
這些人都去壕溝
你還拿軍刀……

高橋沒等翻譯翻完整就繼續講話。

高橋（日語）：
北川國夫沒有要殺人的意思。
軍刀，是日本軍人的武士刀，
是一種「義勇奉公」的精神象徵！

不是威脅殺人，
新海輝是臺灣人，
把長官的意思解讀錯誤了！

Lee（英語）：
武士刀是別的意思……
新海輝是臺灣人，把長官的意思搞錯。

威廉（英語）：
我認為辯方現在有意將所有責任都推給殖民地的臺灣人，
但是這些臺灣人只是守衛、連士兵都不是，
根本就沒有決定殺人的權力！

律師口譯壓著一邊的耳朵，努力大聲說出翻譯內容。

律師口譯（日語）：
罪責推給臺灣人，但他們其實沒有權力決定殺人！

小林馬上站起來回答。

小林（日語）：
新海輝在戰爭末期已經被升為小隊長了，
不是監視員，
他有決策權力。

Lee（英語）：
新海輝是小隊長，有權力。

威廉（英語）：
不要再誤導庭上！
殺人的指令是從田中徹這裡傳達下來，
他們每一個人都知情，全部都是共犯，
偏偏這兩個日本長官不願一起承擔責任！

威廉大吼著，伸手指向田中。
田中盯看著地板，默不吭聲。

律師口譯（日語）：
全是共犯……日本長官不願一起承擔責任……

高橋（日語）：

這跟國籍沒有關係！
真相就是長官沒有要殺人，
殺人，完全是新海輝的意思！

Lee（英語）：
不是國籍……是新海輝，只有他想殺人……

威廉（英語）：
現在臺灣不是日本殖民地了，
所以你們就想把責任推到他們身上！

整個審判庭夾雜著各種語言，充滿爭執的聲音。
阿輝夾在日語與英語的怒吼聲中茫然著，阿遠瞪大眼睛看著法庭上每一個爭執的人。

主審官用力敲槌子，大喊。

主審官（英語）：
秩序！秩序！

兩邊終於安靜下來。

主審官（英語）：
你們兩個再這樣，我會請你們出去！

主審官嚴厲地看著威廉和高橋，兩人爭得面紅耳赤，低下頭來喘口氣。
渡邊看著前方，突然用力站起來。

渡邊（日語）：
我想提出一個問題。

全部的人都看過來，高橋、小林的眼神尤其緊張。

渡邊（日語）：
戰爭結束後，原本屬於日本殖民地的臺灣，已經歸屬中國，
理論上他們是戰勝國的國民，
但是，我們現在把他們視為戰敗國的戰犯在審判。

威廉聽著 Lee 翻譯，漸漸露出詫異的表情。
小林拉扯渡邊的衣服要他坐下，渡邊不理。
高橋忍不住出聲斥責渡邊。

高橋（日語）：
渡邊！

渡邊繼續講。

渡邊（日語）：
我認為這是很奇怪的事，
我們根本沒有權利在這邊審判臺灣人，
他們是中國人，是勝利的盟軍。

Lee 在威廉旁翻譯最後一句。

Lee（英語）：
我們沒有權利在這邊審判臺灣人，
他們是中國人，是勝利的盟軍。

威廉皺著眉頭，突然也不知道說什麼。

威廉（英語）：
戰勝國……

威廉轉身看向莫頓，莫頓也一副不知道怎麼辦的樣子，開始低頭翻閱法律資料和一本本厚重的國際公法典。
小林和高橋對看一眼後，也低下頭沒有頭緒地找資料。
主審官皺著眉頭看著臺下的一切，亂糟糟的。
羅進福坐在觀眾席，手裡緊握著那份「將臺灣人視作中國公民」的文件。

主審官（英語）：
檢方和辯方律師，請上前。

威廉、高橋起身走到前方，高橋走出律師席時還瞪了渡邊一眼，渡邊撇開頭不看高橋。

羅進福手上那份文件都要被握爛了。

主審官與兩位主席低聲商討後，威廉、高橋走回位置上。

主審官（英語）：
有關這個問題，
我想我們應該找中國官方代表商議後，
再擇日開庭。

底下觀眾發出一陣騷動與嘆聲。
此時，羅進福把文件用力對折，塞進胸前口袋裡，站起身來。

羅進福（英語）：
我是中華民國駐北婆羅洲使館的領事，羅進福。

所有人看往羅進福的方向。

羅進福（英語）：
臺灣在戰後確實歸屬中國，
現在所有臺灣人都是中國人沒有錯，
但是，這幾個……

羅進福停頓整理情緒。

羅進福（英語）：
這幾個臺灣人，在戰爭時期，
是為日本人工作的漢奸，
他們整天拿步槍毆打盟軍，
殘暴地踹打盟軍，
毫無人性地屠殺盟軍！
他們是徹徹底底的日本人，
是殺了中國人的日本人！
我認為，
他們不該享有戰勝國國民的權利，
審判應該繼續！

所有人都看著羅進福說完這一席話。
阿輝和阿遠兩人眼睛都盯著地板，無法吭聲。
主審官點頭思考一番，看向威廉和高橋。

主審官（英語）：
你們同意嗎？

威廉和高橋都點頭。

威廉（英語）：
是。

高橋（日語）：
是。

主審官敲一下槌子。

主審官（英語）：
審判繼續！

渡邊低頭失落地大吐一口氣，阿遠擔憂看向阿輝。
阿輝一直盯著地板，不發一語。

主審官（英語）：
檢方，請。

威廉點頭，準備好，帶著氣勢站起來，直接走到田中面前。

威廉（英語）：
田中徹
我只想問你一個問題，
如果「做該做的事」，本意不是要下屬殺人，
你為什麼要燒毀戰俘名冊？

威廉音量不大，以堅定的語氣和眼神看著田中，田中將原本撇開的視線轉到威廉身上。
高橋無可奈何又站起身來。

高橋（日語）：
那些文件都是軍事機密，
撤退本來就會燒毀文件，以免落入敵人手中……

威廉沒有理會高橋，直盯著田中。

威廉（英語）：
回答我，
「做該做的事」是不是就是要下屬開槍殺人？
燒毀文件，是不是就是要湮滅證據？

田中看著威廉。

威廉（英語）：
回答我！
你的下屬在替你頂罪！

站在旁邊一排的下屬都低著頭。

田中聽到這句話，看著威廉的眼睛，終於點頭。

田中（日語）：
是，
「做該做的事」就是指殺人。

高橋洩氣低下頭，坐下來。
威廉終於問到了，點點頭，看著田中繼續問。

威廉（英語）：
你記得被你殺害的四十二位戰俘是誰嗎？
能不能告訴我他們的名字？

田中撇開眼神，搖頭。

田中（日語）：
我不知道他們的名字。

威廉往下問北川。

威廉（英語）：
你知道嗎？

北川也撇開眼神搖頭。
威廉繼續問阿輝。

威廉（英語）：
你知道嗎？

阿輝眼神往下看。
威廉繼續問順仔和阿忠。

威廉（英語）：
你呢？
你呢？

威廉轉過去看著阿遠。

威廉（英語）：
你呢？

阿遠答不出來。

威廉（英語）：
你們每天奴役這些年輕人，
毆打這些善良的孩子，
但你們不知道他們任何一個人的名字？

威廉往後退，從胸前口袋拿出一張紙。

威廉（英語）：
我來告訴你們。

威廉秀給所有人看。

威廉（英語）：
這是中國領事羅進福在俘虜營時記下來的姓名。

威廉低頭開始唱名。

威廉（英語）：
Mark Khanin 十九歲、
Arthur Affleck 二十三歲、
Bill Cosgrove 十八歲、
Ted Hicks 二十五歲、
Frank Field 十七歲、
Mrs. He-Jing-yi 三十二歲、
The baby Luo-Zai-Wang 十一個月。

每個人都面色凝重聽著威廉唱名。
阿遠聽到何景儀的名字忍住情緒低下頭來。
羅進福眼眶泛紅。
威廉把名單放下，看著這些被告。

威廉（英語）：
七個受害人，
這已經是我們盡最大努力去找出來的名字了，
然而，
還有三十五位我們仍然不知道他們是誰，
我們永遠都不會知道了。

整個審判庭沒有人說話，被告們低著頭。

威廉轉過去面對主審官。

威廉（英語）：
我主張，六位被告，
都有罪！

威廉唱名的方式讓在場所有人包括主審官都不勝唏噓，主審官嘆口氣後，繼續主持審判。

主審官（英語）：
辯方律師還有話要說嗎？

高橋深呼吸，知道大勢底定，仍緩緩站起身來。

高橋（日語）：
當時日軍的營區遭到轟炸，
加上糧食嚴重短缺，
田中下此指令有不得已之情，
請庭上將這要素列入考量。

主審官聽了翻譯後，吐了一口氣無奈搖了搖頭。

主審官（英語）：
被告有話要說嗎？

主審官看著田中。

主審官（英語）：
田中徹，你同意這是「不得已」嗎？
究竟為什麼你要下令殺這麼多人，
要燒掉名冊不讓我們知道這些人是誰？

田中聽完翻譯後，毫不遲疑地望向主審官表達自己的態度。

田中（日語）：
不然我該怎麼做？
記住每個敵人的名字，跟他們當好朋友？
美國人就要打過來了，
我們還要扛著這些走不動的人一起跑？一起吃沒剩多少的糧食？
我的弟兄都沒得吃了。

田中語氣略轉為無奈，看著主審官。

田中（日語）：
這就是戰爭不是嗎？

主審官皺著眉頭看田中，無奈地搖頭。
阿遠認真聽著這些有受教育、有地位的人的對話。

主審官（英語）：
沒錯，這是戰爭，
但這場戰爭是你們日本人發起的啊，
我們一點都不想打仗，不都是為了制止你們的侵略才參戰的！？

田中突然笑了出來。
阿輝彷彿什麼也聽不進去，頭低低看著地板。

田中（日語）：
我們想打仗？
是你們逼我們打的，你忘記了嗎？
你們西方人來到亞洲殖民，搶走土地、礦脈、石油、橡膠，
我們什麼都沒了，你要我們怎麼樣？
是你們逼著我們走出來反抗的，
不然誰想打仗啊？！

阿遠越聽越感到困惑，突然開口說話。

阿遠（日語）：
你們說……都說……

所有人詫異的轉過頭來看阿遠。

阿遠（日語）：
你們都說……
自己是逼不得已的，沒有人願意打仗，
那天在場的每一個人，也沒有人願意開槍，
那……
這一切是為了什麼？

阿遠看著律師、檢察官、主審官、指揮官，真心地尋求答案。

阿遠（日語）：

所以，到底是為了什麼？

沒有人回應，沒有人答得出來。
塞滿了人的審判庭上，鴉雀無聲，所有人都在想：到底是為了什麼？
沒有人有答案。
只有一直盯著地板的阿輝抬起了頭，掉下兩行淚水回答了弟弟的問題。

EP5_22_ 內景 / 監所　　戰後 / 日

小房間內，一名日本兵（田中徹）穿上乾淨整潔的制服，一個扣子一個扣子認真地扣好，領子理好，坐在床上。

Vo. 主審官（英語）：
壕溝屠殺四十二人案，
田中徹，官階，中佐，營區最高指揮官，
有計畫性的屠殺戰俘，
屬於B級罪犯，
本庭判，絞首刑。

EP5_23_ 內景 / 戰俘營日本律師辦公室　　戰後 / 日

律師們都在收拾行李，渡邊把一疊文件放進箱子後，站起來拿取桌子上另一疊文件，看到何景儀的小冊子在文件旁。

Vo. 主審官（英語）：
北川國夫，官階，伍長，營區副指揮官，
持刀威脅下屬，協助指揮官執行屠殺計畫，
屬於B級罪犯，
本庭判，絞首刑。

EP5_24_ 內景 / 監所　　戰後 / 日

一名澳洲士兵端來一盤豐盛的餐點，打開小房，送到日本兵（阿輝）前，為他倒一杯酒。

Vo. 主審官（英語）：
新海輝，官階二等兵，營區小隊長，
持手槍威脅下屬，協助指揮官執行屠殺計畫，

本庭判，絞首刑。

EP5_25_ 內景 / 監所　　戰後 / 日

一名日本兵（北川）坐在床上，舉起顫抖的雙手，拿取眼前的酒杯，一飲而盡。

Vo. 主審官（英語）：
新海志遠、廣田順、南鄉忠，
軍屬無官階

EP5_26_ 內景 / 監所　　戰後 / 日

阿遠的背影坐在床上，外頭傳來腳步聲，阿遠抬頭，門打開，澳洲士兵站著，阿遠主動站起身伸出雙手，士兵將阿遠雙手綁牢。

Vo. 主審官（英語）：
三人執行長官命令，
開槍屠殺二十一名戰俘致死，
因違反人道罪判處絞首刑。

士兵將阿遠帶出。

EP5_27_ 內景 / 戰俘營日本律師辦公室　　戰後 / 日

渡邊拿起小冊子，往外看到一輛吉普車正往營區外開，渡邊拿著小冊子衝出去。

Vo. 主審官（英語）：
然而，
三人是在長官的刀槍威脅下開槍。

EP5_28_ 外景 / 戰俘營　　戰後 / 日

渡邊一邊喊一邊在吉普車後面追。
吉普車停下來。

Vo. 主審官（英語）：

有不得已之情，本庭予以從寬判決，
新海志遠、廣田順、南鄉忠三人，
十年有期徒刑。

渡邊跑到副駕駛座窗戶旁，羅進福坐在裡頭。

渡邊（日語）：
不好意思。

渡邊把小冊子遞給羅進福。

渡邊（日語）：
這個，
新海志遠要我還給你。

羅進福看到是太太的小冊子，看了許久都沒有拿，渡邊再強調一次名字。

渡邊：
志遠……（日語）
呃……阿遠（臺語）

羅進福伸手拿走，情緒有些激動，但眼神堅持不看渡邊，只是點個頭。

羅進福（閩南語）：
開車。

吉普車開走。
羅進福翻至最後一頁，一艘船正往地平線航行而去，畫出一條海的足跡，右下角寫了一行字：「回家的道路 海的形狀」

羅進福低頭，眼淚滴下來。渡邊目送吉普車離開。

EP5_29_ 外景 / 戰俘營　　　戰後 / 日

士兵帶著阿遠走出房舍，兩人站在房舍外頭，阿遠轉頭看到後方的廣場上，絞刑臺矗立著，有不少人在絞刑臺前方等著看行刑。
阿遠低頭等待。

阿輝從另外一棟房舍被士兵帶過來。
阿輝遠遠看到阿遠，在這樣的時刻，突然不知該怎麼面對弟弟，苦笑低著頭走著。

阿遠不捨的看著大哥走到面前，阿輝抬起頭，兩人對看，情緒都有些激動，卻都不知道要說些什麼，就這麼來來回回看著彼此。
阿遠強迫自己講些什麼。

阿遠（臺語）：
你……敢有吃飽？

阿輝忍不住苦笑出來。

阿輝（臺語）：
沒代誌啦，
那個……
一下子就過去了。

阿遠一陣鼻酸，忍住眼淚。

阿輝（臺語）：
你回去，可要說我是光榮戰死喔！

阿輝刻意擠出笑容。
阿遠點頭。
士兵碰阿輝肩膀一下。

士兵（英語）：
說完了？
走吧。

阿遠情緒激動起來，但卻說不出話，阿輝依舊勉強笑著。

阿輝（臺語）：
我來去了。

阿輝往前走了幾步，突然又停下腳步，側過頭來。

阿輝（臺語）：
阿遠。

阿遠激動看著大哥。

阿輝（臺語）：
那天在壕溝邊，你兩手空空走過來，

我不是塞給你一把槍？

阿遠不懂大哥想講什麼。

阿輝（臺語）：
那把槍裡面沒有子彈啦。

阿遠愣住，看著大哥。

阿輝（臺語）：
回去臺灣，好好生活。

阿輝低頭笑了一聲，轉頭，往前走。
阿遠站在後面看著大哥的背影，眼淚無法控制地、不停地流下來。

陣陣的海浪聲傳來從四面八方，包圍著他。

EP5_30_ 外景 / 汪洋中的船上　　戰後 / 日

字幕：十年後

汪洋大海上，遙遠的前方漸漸浮出一點綠意，船隻越往前行駛，綠點越大，船上傳來興奮的聲音。

（臺語）：
到了到了！
臺灣到了！

甲板上，阿遠靠坐在船緣，看到好多人興奮地跑到船隻前端。
阿遠也站起身來，瞇著眼睛看著前方，歲月在阿遠臉上留下了痕跡，眼尾多了好幾條魚尾紋。
阿遠安靜地看著，好像想起什麼了。

EP5_31_ 外景 / 船艙甲板　　戰時 / 日

軍艦的甲板上，水兵們忙碌穿梭著，整理準備運往南洋的軍需補給品。阿遠、阿輝、德仔三人窩在一起，每人手上都拿著一張紙，低頭苦思的樣子。

一群新兵盤坐在甲板上，紛紛低著頭寫著自己的資料，北川在人群中，收走一名小兵的紙張，看了一眼後，打了那個小兵的頭。

北川（日語）：
笨蛋，沒有日本人會姓臭水溝，
你乾脆取豬舍算了。
重取！

新兵們大家笑出來，阿輝、阿遠也低頭噗笑，只有德仔聽到後，趕緊低頭劃掉自己的筆跡。
阿輝看到德仔的反應，伸手跨過阿遠抓著德仔的紙張看，德仔還真的在姓氏欄位寫「豚舍」，阿輝、阿遠忍不住大聲噗笑出來，北川看過來，德仔一臉緊張，低聲問兩個哥哥。

德仔（臺語）：
長官不是說，看家裡附近有什麼就取什麼姓嗎？

北川走到三兄弟前面，看到德仔紙上的字又氣又好笑，敲了德仔的頭。

北川（日語）：
笨蛋！

阿輝低頭偷笑，阿遠則是把紙張遮在臉面前。
北川把阿遠的紙張抽過去看，阿遠抬頭看著北川。

北川（日語）：
大海志遠……

北川皺著眉頭想了一下。

北川（日語）：
家住海邊嗎？

阿遠（日語）：
是，
家附近有一片藍藍的大海。

北川（日語）：
喔……
帝國南方新天地的海啊！
那……

叫新海吧，新海志遠。

阿遠點頭。

阿遠（日語）：
是！謝謝長官。

北川走離。
阿遠低頭寫下自己的名字，阿輝和德仔都湊過來偷看，也趕緊在自己的紙上寫下新海，阿遠抬起頭左右看大哥和小弟的名字。

阿遠（臺語）：
喂，
你們取你們的啦，
我們又不同姓。

阿輝（臺語）：
我家旁邊也是一片海啊！

阿輝抬起左手臂防衛，低頭繼續寫，阿遠嘖了一聲，笑著撥開阿輝的手，德仔從另一頭也湊過來。

德仔（臺語）：
我家後面也是一片海啊！

阿遠笑著輕輕推了德仔的頭，德仔笑著，阿輝也笑著，海上金黃色陽光照耀下，三人的笑容彷彿能永遠刻印在這世界上。

全劇終

INK PUBLISHING 文學叢書 738

聽海湧 啟航 歸來

導　　演　孫介珩
編　　劇　蔡雨氛
採　　訪　崔舜華
出　　品　公共電視
總 編 輯　初安民
責任編輯　陳健瑜
美術編輯　陳淑美　丁菁菁
校　　對　孫家琦　陳佳蓉　宋敏菁　陳健瑜　蔡雨氛　孫介珩

發 行 人　張書銘
出　　版　INK 印刻文學生活雜誌出版股份有限公司
新北市中和區建一路249號8樓
電話：02-22281626
傳真：02-22281598
e-mail：ink.book@msa.hinet.net
網　　址　舒讀網www.inksudu.com.tw

法律顧問　巨鼎博達法律事務所
施竣中律師
總 代 理　成陽出版股份有限公司
電話：03-3589000（代表號）
傳真：03-3556521
郵政劃撥　19785090 印刻文學生活雜誌出版股份有限公司
印　　刷　海王印刷事業股份有限公司

港澳總經銷　泛華發行代理有限公司
地　　址　香港新界將軍澳工業邨駿昌街7號2樓
電　　話　852-2798-2220
傳　　真　852-2796-5471
網　　址　www.gccd.com.hk

出版日期　2024年 8 月 31 日 初版
ISBN　978-986-387-752-3
定價　500元

國家圖書館出版品預行編目(CIP)資料

聽海湧：啟航 歸來／孫介珩 導演；公共電視 出品
--初版. --新北市中和區：INK印刻文學，2024. 08
面； 17 × 23公分. --（文學叢書；738）
ISBN　978-986-387-752-3 (平裝)

1. 電視劇
989.233　　113010752

舒讀網

Production 海湧
Take
1
Scene
4-2
Roll
A 012
Director 孫介珩
night
Camera
Date 2022.03.24

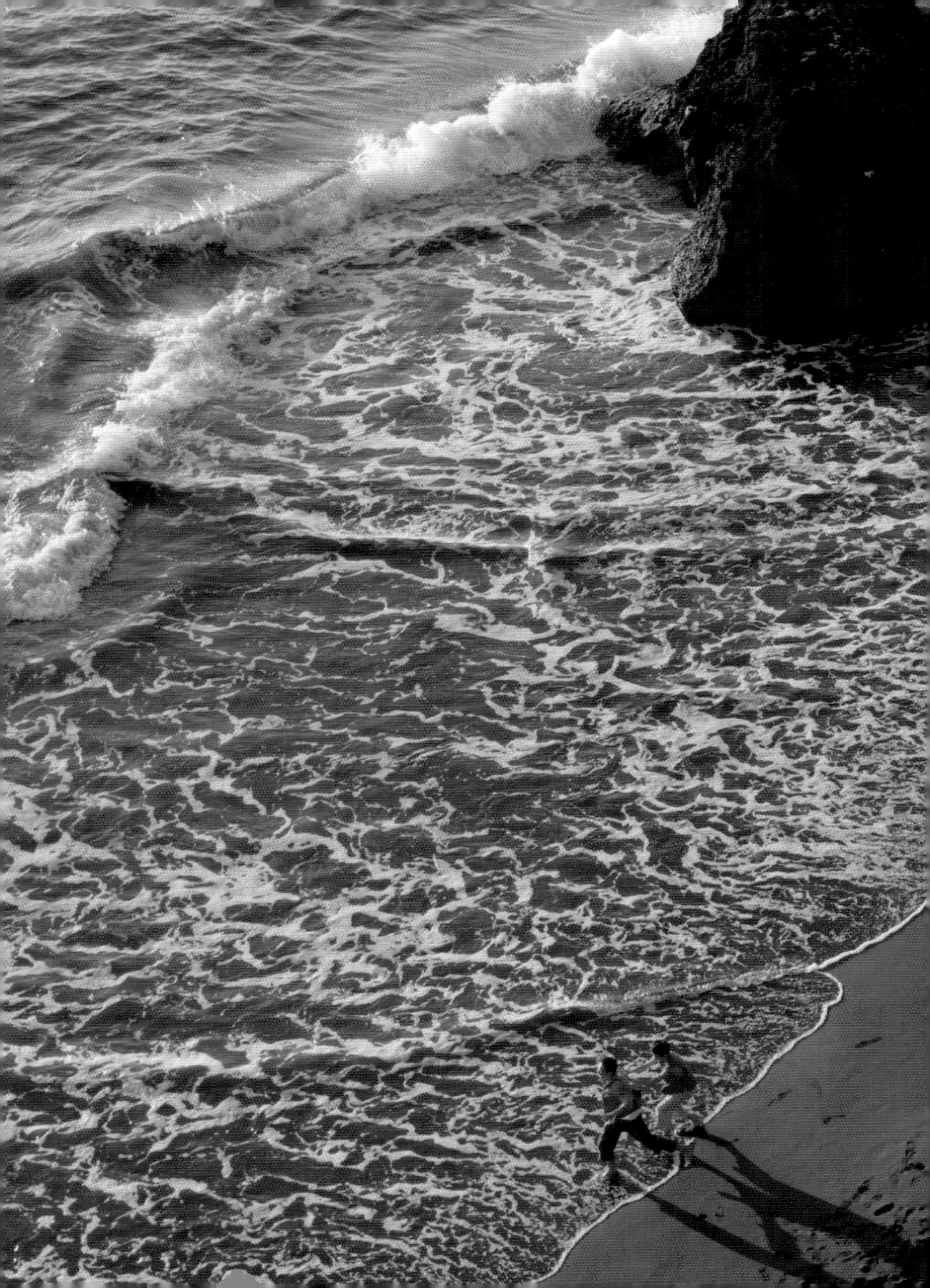